Peter Schaap

De Schrijvenaar van Thyll

Spatterlight

Amstelveen 2023

De Schrijvenaar van Thyll

Peter Schaap

Uitgegeven door Spatterlight, Amstelveen 2023
Eerder verschenen bij Meulenhoff, Amsterdam 1987

ISBN 978-1-61947-444-4

www.spatterlight.nl

PROLOOG

De eerste die het geschreven woord gebruikte om de werkelijkheid te veranderen was Randoer de Onverzettelijke. Hij bezat toen nog niet de legendarische reputatie waarmee de geschiedenis hem nu eert. Hij was destijds zelfs nog geen magiër, maar reisde mee met het leger van koning Okander als kroniekschrijver om diens daden te verslaan voor het nageslacht — zoals ook in die dagen al gebruikelijk was.

De feiten rond Randoers grote ontdekking zijn vele malen geboekstaafd, doch evenzovele keren op een wijze die de creativiteit van de schrijvers alle ruimte liet, maar geen recht deed aan de geschiedenis zélf. Een accuraat verslag dient aan te vangen bij het begin, in dit geval bij het besluit van Randoers meester om verder te kijken dan zijn landsgrenzen.

Okander was toen nog een tamelijk onbetekenende vorst van Askania, een van de zeven vorstendommen van Haratir, dat nu ook wel het Hoge Land wordt genoemd. Zijn ambities waren veelomvattend, maar hij was bij lange na niet zo succesvol als hij wel zou wensen. Okanders werkelijke overwinningen op het slagveld begonnen pas laat in de ochtend op de vijfde dag van de vijfdaagse campagne tegen Wakkar, de vorst der dwergen — toen Randoer de poel ontdekte.

Wakkar, die zich met zijn volk van kleine strijders veel meer thuis voelde in de grotten en kloven van het drakengebergte dan de lange mensen uit de vlakten van Askania, was er in geslaagd het leger van Okander goeddeels te omsingelen. Okander had geen andere uitweg gezien dan de gedoofde vulkaanmond die achter hen lag. Hij trok zich met zijn ontredderde manschappen terug middels een manœuvre dat alle kenmerken van paniek vertoonde.

Wakkar groepeerde zijn leger rond de voet van de vulkaan en wachtte op de komst van Nirnir, de laatste nog levende vuurdraak, wier nest zich dichtbij bevond, vlak onder de top van de Montedivi. Vergeefs naar later bleek: Nirnir voelde er niets voor om haar unieke bestaan op het spel te zetten in een strijd die haar niet interesseerde. Liever wachtte zij af hoe de kamp werd beslist, om dan met indrukwekkend geklapwiek bezit te nemen van de krijgsbuit. Doorgaans bestond deze uit kostbare kurassen en roemrijke zwaarden waarmee geen eer meer zou worden behaald.

De Askaniërs echter wisten niets van Nirnirs besluit en waren achter de getande vulkaanrand van diepe vrees vervuld. Okander zelf wist van geen ophouden. Hij rende in volledige wapenrusting langs zijn uitgedunde troepen, zwaaiend met het zwaard van zijn voorvaderen onder het uitroepen van niet bijster effectieve strijdkreten.

Er was gebrek aan alles wat voor de Askaniërs maar enigszins van belang was. Hun mondvoorraad was door de dwergen buitgemaakt, water was op rantsoen gesteld. En wat voor Randoer de roodharige kroniekschrijver het ergste was: de inkt was op.

Hij zat wat apart van de anderen op de ruwe puimsteen van de kratervloer. Weggekropen in de smalle schaduw van een rotsblok beschermde hij zijn gevoelige huid tegen de brandende stralen van de zon. Hij overdacht juist de nutteloosheid van zijn positie toen zijn oog viel op een lichtspiegeling in een kleine rotsspleet.

In de verwachting dat het hier een drakenschub betrof boog hij zich om het wat beter te kunnen zien. Een onverwachte meevaller, dacht hij, tenminste voor het onwaarschijnlijke geval dat hij deze campagne zou overleven, waarna hij dit kostbaar kleinood in klinkende dukaten zou kunnen omzetten. Het bleek een poel te zijn, geen schub. Zijn hart sprong iets minder geestdriftig op bij de gedachte aan water — ook niet onwelkom — maar ook dat scheen het niet te zijn. Wat het ook was, het bezat een diepzwarte kleur. En toen Randoer een vinger in de substantie stak, bleek hem dat deze enigszins stroopachtig van samenstelling was.

In zijn onwetendheid was hij gestoten op een zeldzaamheid: een extract van drakenschubben. Een reservoir afkomstig van een draken-kerkhof, of een drakenschat, miljoenen jaren geleden getransformeerd door de hitte van de vulkaan. Randoer besefte dat een van zijn problemen was opgelost. Verheugd stak hij zijn pen in de poel, nam zijn strijdverslag en begon te schrijven. Hiermee kreeg de geschiedenis een andere wending. En wel letterlijk.

Al gauw merkte de kroniekschrijver dat hij zijn pen niet meer van zijn blad kon lichten. Dat deerde Randoer niet. Integendeel: hij vond het wel grappig. Gefascineerd door het in één lijn doorvloeiende resultaat begon hij de slag te beschrijven zoals die de afgelopen ochtend verlopen was. Niet naar waarheid natuurlijk — ook dat was toen al niet gebruikelijk. Op het papier stierf er een tienvoud aan dwergen door de hand van dappere Askaniërs, die vaak geen ander wapen meer bezaten dan het gevest van hun zwaard. Nog wisten ze niet van ophouden. Ondanks de overmacht van die kleine, woeste en watervlugge tegenstanders had Okander fier de aanval gezocht.

Toen Randoer een ogenblik van zijn papier opkeek zag hij tot zijn verbijstering dat de vulkaanhelling bezaaid lag met kleine lijken terwijl de troepen van Askania omlaag stormden, enkel bewapend met gebroken zwaarden. En op datzelfde moment, of in ieder geval weinige ogenblikken later, drong het tot Randoer door dat hij met zijn pen op iets magisch was gestuit.

Hij beschreef de slag tot aan een grandioze overwinning voor Okander. En alles verliep precies zoals het uit zijn pen vloeide.

Toen de koning zwaaiend met de dwergenvlag zijn zege uitjubelde — en Nirnir vanaf de hoogten van de Montedivi op de gesneuvelde vijanden neerdaalde om haar winst op te strijken — liet eindelijk de pen los van het papier en realiseerde niemand behalve Randoer zich dat er iets heel bijzonders was voorgevallen.

De kroniekschrijver vulde zijn inktkoker, zijn waterzak en elke beschikbare kruik met het zwarte goedje en reisde met Okander mee, waarna hij de ene na de andere overwinning in de kronieken bijschreef.

Wel merkte hij dat het extract, weggevoerd van de plaats waar het gevonden was, zich steeds moeilijker aan het papier liet hechten. Ten slotte moest hij zijn toevlucht zoeken tot magie om het wondere goedje nog adequaat te kunnen toepassen.

Dit werd het begin van Randoer de magiër. Toen de reputatie van Randoer de magiër die van de kroniekschrijver begon te overvleugelen, daagde onontkoombaar het besef dat hij aan een hachelijke zaak begonnen was. Okander had alle zeven vorstendommen onder de voet gelopen — uiteraard had Randoer dit voor hem bewerkstelligd — en was tot koning gekroond. Maar Okander de koning bleek een ander dan Okander de veroveraar en Randoer besloot om niet langer meer in de Grote Werkelijkheid in te grijpen. Hij ontwierp een plan dat ervoor moest zorgen dat zoiets ook nooit meer — althans nooit zonder een zeer dwingende noodzaak — zou kunnen gebeuren.

Hij schiep zeven boeken, geheel gewrocht uit drakenschubben, afkomstig van zeven draken uit een lang vervlogen era, en laadde ze met de krachtigste magie die hij op het hoogtepunt van zijn macht kon samenbrengen. Vervolgens leidde hij evenzovele leerlingen op tot meesters in de magie. Zij werden de schrijvenaars die de Werkelijkheid moesten bewaken.

Ieder boek kon slechts de werkelijkheid veranderen vanuit het gezichtspunt van de meester die de desbetreffende band onder zijn hoede had. Iedere verschrijving, op deze wijze tot stand gebracht, kon verstrekkende gevolgen hebben, maar bezat onherroepelijk een tijdelijk karakter. Slechts alle boeken samen zouden een ware verandering van de Werkelijkheid nog kunnen volvoeren. En daarvoor was de samenwerking van alle zeven magiërs nodig.

Randoer installeerde zijn leerlingen in ieder van de zeven gouwen die tezamen het Hoge Land Haratir uitmaakten, te weten: Askania, Tyrania, Zulcho, Thyll, Astala, Katos en het bergland Divos, dat het laatste toevluchtsoord van de verslagen Hogelandse dwergen was en dat grensde aan de noordelijke provincies van Askania.

Randoer werd bij de uitvoer van zijn plannen gesteund door het feit dat de poel met zuiver extract inmiddels was opgedroogd.

De magische substantie kon alleen nog in ongezuiverde vorm uit de omliggende rotsen worden geperst en had dus aan directe kracht ingeboet.

Zo bewaakte een gilde van schrijvenaars het geheim van de magische verandering door middel van het geschreven woord.

Okander bleef tot zijn dood toe proberen om ook de Lage Landen onder zijn kroon te verenigen, maar na de laatste deprimerende resultaten van wéér een kostbare veldtocht werd hij gedwongen een concordaat te sluiten met elfenkoning Elelil. Een teleurstellend com-promis, te meer daar Okander besefte dat Elelil ook nog een groot deel van de Eeuwigheid aan zijn zijde had. Hij stierf dan ook verbitterd in zijn eigen bed.

Eonen gingen voorbij…

Hoofdstuk 1

Zaranthe sloot het Boek dat voor hem op de eikenhouten tafel lag en probeerde de letters uit zijn hoofd te bannen. Dat was niet eenvoudig, want de zesvoudige spreuk van verandering die hij zojuist bijna tot het eind had uitgeprobeerd bezat een ban die van de gebruiker een hoge graad van zelfbeheersing eiste. Het was niet niets om het weefsel van de waarschijnlijkheid in een ander patroon te dwingen en het vervolgens in de werkelijkheid terug te voeren zonder dat er iets veranderde aan de feiten van de tijd.

Zaranthe zuchtte diep en louterend terwijl hij uit het venster staarde waaruit reeds lang de sponningen waren verdwenen. De burcht van Thyll, het kleinste van de zeven vorstendommen, was al een ruïne toen de oudste verhalen erover werden verteld, nog vóór ze ooit werden opgeschreven. Het kasteel bevond zich niet ver van de grens met de Lage Landen van Elelil. Een koude wind blies door het vierkante gat in de metersdikke muur, maar het was een droge luchtstroom uit de bergen, die de substantie van het boek niet aantastte.

Toen de magie van de letters was uitgewerkt doorstroomde een voldane rust het gemoed van de schrijvenaar. Hij had de verleiding weerstaan om zich door middel van de spreuk naar de keldergewelven te transporteren. Magie bracht luiheid. Hij zou de trap nemen, dat was minder gecompliceerd en beter voor zijn lichaam. Hij was niet ouder dan honderdtwaalf en na zijn tweede verjonging bepaald niet toe aan de definitieve verstijving van de ouderdom.

Monter verliet Zaranthe de vervallen torenkamer middels een stenen wenteltrap. Via een poort bereikten zijn voeten het plaveisel van de vroegere ridderzaal, waaruit nog immer de aura verspreid werd van primitieve intriges die menige toekomst van Thylls verleden hadden bepaald. De gebroken vloer lag bezaaid met stukken dakbedekking en verpletterde resten van zandstenen zuilen.

Zaranthe stapte door de onttakelde overblijfselen van het eens zo gevreesde en invloedrijke bastion: een kaarsrechte man van meer dan gemiddelde lengte, ascetisch gebouwd; regelmatige trekken in een langwerpig en mager gezicht. Zijn neus was klein en recht, zijn hoofd omlijst door een dichte, halflange en spierwitte haardos, een aantrekkelijk contrast vormend met de wijde mantel van zwarte kattenvellen die hij droeg. Het meest opvallende kenmerk van Zaranthe de schrijvenaar waren echter diens ogen: ongeloken en blauw als het zuiverste aquamarijn. Ze toonden een uitstraling die menigeen bij een ontmoeting deed terugdeinzen.

Onterecht, want Zaranthe stond bij zijn confraters bekend als zachtmoedig van inslag, met sporadische uitvallen van ironie. De intensiteit van zijn blik was een kenmerk dat hem toevallig bij zijn geboorte was toebedeeld. Over zijn jeugd herinnerde hij zich niets en het weinige dat zich van tijd tot tijd in een heldere droom naar zijn bewustzijn werkte, herinnerde hem enkel aan het feit dat hij zich van die periode ook niets wilde herinneren.

Een onverwachte zonnestraal doorkliefde de stoffige lucht, en verlichtte het ene dakloze vertrek na het andere, terwijl Zaranthe — bijeengeveegde scherven omzeilend — door een poort naar de binnenplaats stapte. Door een speling van het lot of een vorm van natuurlijke magie, was deze ommuurde ruimte wél van een dak voorzien; een natuurlijk dak.

Ter hoogte van een uitgedroogde en deels ingestorte put stond een reusachtige eik, die zijn bebladerde armen zó ver om zich heen liet reiken dat op iedere muur enkele zware takken rustten als dakspanten van een eeuwenoud donjon. Een vrijwel ondoordringbaar plafond van takken en groene bladeren scheen er welhaast opzettelijk overheen gelegd; een dakbedekking die iedere regenbui weerstond. Dit was het vertrek dat Zaranthe het liefst bewoonde. Het dak zorgde jaarlijks voor zijn eigen onderhoud. Afgevallen bladeren vormden een aangenaam tapijt. En dat er van tijd tot tijd een eikel op zijn hoofd landde, dat nam hij graag voor lief.

Achter de resten van de put had de schrijvenaar een houten afdak getimmerd waaronder zijn bed zich bevond: een eenvoudige stromatras met een kussen van wol en een deken die ooit deel had uitgemaakt van een kostbaar gobelin. Als hij sliep bewogen er twee verschoten faunen over zijn billen, maar dat besefte Zaranthe niet.

Hij stak de binnenplaats over en stapte een donker gat binnen waar de wenteltrap begon. Deze maakte de indruk van een omgekeerde toren waarvan de spits diep de grond in priemde tot aan een reeks lage gewelven, deels ingestort of onveilig om te betreden. Enkel een paar vierkante meters rond het trapgat waren nog begaanbaar en het was daar dat de magiër van losse stenen een oven had gebouwd. Een hoge spleet in het gebogen plafond en de verzakte muren daarboven vormde het rookkanaal waarlangs die ochtend mét de rook de geuren van bakkend brood de hemel in waren gezonden. Het brood stond op een stenen blok en zou nu wel voldoende zijn afgekoeld.

Zaranthe stak enkele vingers door de krokante korst en brak een stuk af. Hij constateerde dat de fakkel die hij een uur tevoren had aangestoken nu half opgebrand was en dus nog niet vervangen hoefde te worden. Het brood was aangenaam warm en de volle korrels knapten tussen zijn tanden. Nog één belangrijke taak stond er, tussen nu en zijn middagmaal, gevolgd door middagrust: het controleren van de boeken.

Zaranthe nam de fakkel ter hand, betrad voorzichtig het ingestorte deel van de kelder en tilde enkele zware steenblokken opzij; ogenschijnlijk de achteloos ineengezakte delen van een muur.

Achter de stapel puin bevond zich echter een zorgvuldig van steenblokken opgetrokken kluis. De schrijvenaar had deze zodanig gebouwd dat zelfs een werkelijke instorting weinig of niets aan de constructie zou veranderen.

In dit kleine vertrek bewaarde hij zijn boeken. Zaranthe prevelde de vijfvoudige ontsluitingsformule, waarbij hij de letters en woorden zorgvuldig visualiseerde in runenschrift. De boeken bevatten het verslag van de realiteit zoals die van zichzelf was en bleef, zodat het eenvoudig viel te controleren of iemand geknoeid had met de werkelijkheid waarin hij zich bevond of dacht te bevinden.

Hij opende het eerste boek en bevond alles in orde. Ook de andere delen klopten in alle details. Tevreden plaatste hij de boeken weer terug naast de stapel lege folio's en experimentele geschriften en onderwierp ze vervolgens aan de bescherming van de spreuk der onwaarschijnlijkheid, waardoor er geen letter meer aan veranderd of toegevoegd kon worden. Eén boek lag wat apart van de andere. Het was in hertenleer gebonden en beslagen met banden van roodkoper. Dit was het gastenboek.

Zaranthe voelde er eigenlijk weinig voor om het te openen en wellicht zijn maaltijd door een bezoeker te laten verstoren. De beleefdheid gebood hem er tenminste een blik in te werpen, waarbij hij zich troostte met de gedachte dat waarschijnlijk niemand contact met hem zocht. En uiteindelijk hoefde hij niemand te ontvangen als hij niet wilde.

Zaranthe krabde zich nadenkend over zijn kin. Sedert hij zichzelf enkele maanden terug door een kleine verschrijving van zijn werkelijkheid, die verder zonder gevolgen bleef, van zijn hinderlijke baardgroei had verlost, bestond daar het eerste jaar feitelijk geen reden toe. Maar oude gewoontes verdwijnen slechts moeizaam.

"Nu, vooruit," mompelde hij voor zich heen. "Even dan…"

Hij nam met beide handen het boek uit de kluis, plaatste het op een steenblok en maakte een voor een de banden los, waarbij hij over elke band het geheime ontsluitingsgebaar uitvoerde.

Zijn gezicht betrok opmerkelijk snel toen op pagina één het ronde hoofd verscheen van Merwold van Astala.

"Bijzonder vriendelijk van je," sprak de mollige gildesecretaris, terwijl hij de muffe geur van vochtig papier van zijn mantel poogde af te schudden. Zaranthe had hem met een toetredingsformule binnengelaten, minder uit nieuwsgierigheid naar zijn boodschap dan uit het verlangen zo snel mogelijk weer van hem af te zijn.

Merwold nam de puntige muts van zijn hoofd, schudde zijn lange haren die als een bos peenkleurige pauwenveren rond zijn hoofd kwamen te staan en nam met zijn kleine fletse oogjes de omgeving in zich op. Vervolgens zette hij het rood met paarse hoofddeksel weer nauwkeurig op zijn plaats.

"Jouw voorliefde voor alles wat uiteenvalt van armetierigheid houdt niet op mij te verbazen, Zaranthe. Waarom leef je toch in deze bouwvallige behuizing? Je bent een magiër van aanzienlijke reputatie. Je kunt je een optrek veroorloven waar je status van afstraalt. In plaats daarvan huis je in een onderkomen waar zelfs de eerste de beste passerende marskramer zijn neus voor zou optrekken."

"Er komen hier geen marskramers; in het algemeen is mijn belangstelling voor koopwaar gering, aangezien ik zelf verbouw wat ik nodig heb. En snuisterijen interesseren mij niet," reageerde Zaranthe opgewekt. "Ik schenk je een kans om mijn waren te keuren."

Hij maakte een uitnodigend gebaar naar het trapgat en volgde zijn gast naar de binnenplaats, het verse brood vergenoegd onder zijn arm geklemd.

"Maak het je gemakkelijk." Hij wees Merwold een gebarsten steenblok toe, afkomstig van een omgevallen pilaar en nam zelf plaats op de enige luxe die hij uit de puinhopen had kunnen opdiepen: de met leren kussens beklede houten zetel van de Heren van Thyll. Merwold sloeg met een geparfumeerde zakdoek het fijne gruis van het blok en liet zich neer. Zijn bolle gezicht verried misprijzen, ondanks alle moeite die hij deed om hoffelijk te blijven.

"Wat dacht je van een beker wijn?" vroeg Zaranthe. Hij nam een kruik en twee aardewerken bokalen onder zijn zitplaats vandaan.

"Een uitmuntende inval," knikte de gildesecretaris, al iets milder gestemd. "Ik zal het product op waarde schatten."

Zaranthe schonk een goudkleurige drank uit de kruik en scheurde een stuk brood af. Merwold van Astala nipte keurend.

"Ah…Een onberispelijke kwaliteit, Zaranthe. Een buitengewoon bouquet. Je zult mij een dezer dagen maar eens de woorden moeten leren waarmee men deze drank schrijft, hoewel ik persoonlijk rode wijn prefereer."

"Er komt geen toverkracht aan te pas. Ik verbouw mijn druiven zelf, op de hellingen achter de burcht. Het zonlicht staat er gunstig en de grond is rijk aan natuurlijke voeding. De enige magie waaraan ik mij dienaangaande bezondig is een te dikke griffioen die ze voor mij perst."

"Waarlijk!" hoofdschudde Merwold. Hij gebaarde met zorgvuldig gemanicuurde handen om zich heen.

"…Je wordt een notoire zonderling. Neem jezelf eens in ogenschouw; de omgeving waarin je leeft. Je mijdt contact met je vrienden. Twaalf volle dagen heb ik getracht jou te spreken te krijgen, vóór je eindelijk het gastenboek opende. De geur van papier moet zich welhaast voorgoed in mijn poriën hebben genesteld. Geen ander dan jouw meest toegewijde vriend zou zulk een beproeving willen ondergaan. Het komt mij voor dat je door het gilde niet langer serieus wilt worden genomen. Op de jaarlijkse bijeenkomsten valt jouw naam enkel nog in negatieve zin, aangezien je nooit aanwezig bent."

"Wanneer de secretaris twaalf dagen lang regelmatig het ongemak van mijn gastenboek op de koop toe neemt, word ik waarachtig serieus genoeg genomen. Besef wel, Merwold, bij ieder woord van advies: ik houd mij nauwgezet aan de reglementen van ons schrijvenaarsgilde. Ik beoefen het scheppend schrijven enkel in de geest van Randoer en het Magisch Statuut dat hij voor zijn opvolgers heeft opgesteld. Dit verplicht ons om niets aan de werkelijkheid te verschrijven dat niet hoogstnoodzakelijk is. Onze vaardigheden dienen de wetenschap der magische sferen en niet onszelf...We hebben alle zeven, zonder uitzondering of voorbehoud, de eed afgelegd op de PEN DIE IS EN NIET IS."

Merwold zuchtte als antwoord. Hij schoof wat ongemakkelijk heen en weer en ontweek Zaranthes blik.

"Die eed," sprak hij voorzichtig. "Wel, die eed is misschien aan een kleine bijstelling toe."

Een gevoel van alarm bekroop Zaranthe, als een wezel die het hol van een bunzing had ontdekt en nu rook dat dit bewoond was...

"Ter zake: ik neem aan dat je een boodschap komt overbrengen van Coprates? Ik pleeg mijn contacten met het gilde op minimaal niveau te houden, maar begrijp desondanks wel dat je hier niet uit vriendschap bent gekomen."

"Dat is het nu juist. Minimaal contact is niet langer voldoende. Het gaat niet alleen om de gildevoorzitter. We hebben jouw stem nodig, Zaranthe."

Zaranthe leunde peinzend achterover, zijn spitse kin op zijn pols geleund.

"Wie zijn 'we' precies?" vroeg hij op narrige toon.

"Het gilde van schrijvenaars natuurlijk: Coprates, Adlay de Zwarte, Moeri Zeshand, Babacar de Grote, Falyrias van het Eiland en ikzelf. Geloof het of niet, er is overeenstemming."

"En de andere magiërs?" Het vage gevoel van alarm werd sterker en uitte zich als klauwen die omhoog kropen langs zijn ingewanden.

Merwold antwoordde: "De anderen zijn in deze zaak niet wezenlijk van belang. De drieling, Farathar, Andolan, Tamias; zij dragen geen verantwoording voor de opdracht van Randoer. Hun magische activiteiten betreffen andere terreinen en zijn minder omvattend." Merwolds roze handen fladderden wijduit van onder zijn cape.

Zaranthes argwaan had een prooi gekregen waaromheen zij zich draaien kon.

"Het is dus feitelijk niet mijn stem waarnaar jullie belangstelling uitgaat, maar mijn boek, nietwaar?"

"Het boek alleen is niet voldoende, dat weet je. Jij alleen kunt het beschrijven, tenminste, binnen de tijd die ons voor ogen staat. Bovendien: met jouw medewerking wordt aan alle voorwaarden het best voldaan."

Zaranthe vouwde de handen voor zijn korte rechte neus, fronste de wenkbrauwen tot één gitzwarte streep en keek zijn bezoeker strak in de ogen. Dit was ernstig. Hij had een hekel aan de jaarlijkse bijeenkomsten, die zonder uitzondering eindigden in geruzie en protserig gekrakeel. Hij benijdde Coprates niet, die in weerwil van de zelfgenoegzaamheid van de gildeleden hun eenheid als leidend college van de magische wereld trachtte te bewaren, en die de hand hield aan het Magisch Statuut.

Een vrijwel onmogelijke taak, bedacht de witharige schrijvenaar. De leden hadden al vele regels overschreden — Coprates voorop — door zichzelf naar aard en wens een privé-paradijs te beschrijven op hun respectievelijke standplaatsen. En onderling waren ze het nog nooit eens geweest. Ze volgden de letter van het Statuut, maar niet de geest ervan.

"Ach." Merwold slaakte een zucht terwijl hij met duidelijke ergernis overeind sprong.

"Is dit werkelijk de enige zetel die deze bouwval te bieden heeft? Mijn zitvlees voelt langzamerhand aan als een verlengstuk van deze zuiltrommel."

"Neem anders mijn bed," noodde Zaranthe aanvankelijk, maar Merwolds omvangrijke gestalte schattend voegde hij eraan toe: "Of nee, bij nader inzien toch maar niet. Vertel me meer."

"Meer?" vroeg de gildesecretaris verbluft.

"Welzeker. Ik neem aan dat er een gewichtige reden is waarom

Coprates voor het eerst in het bestaan van het gilde Randoers pen wil oproepen om een verandering van de Grote Werkelijkheid te verschrijven."

"O, dat? Nu ja, de zaak is urgent. Er heeft zich een noodgeval voorgedaan." Hij liet zich met tegenzin opnieuw op zijn zitplaats neer.

"…Of eigenlijk het omgekeerde van een noodgeval: een buitenkans."

"Draai er niet omheen, Merwold. Jouw houding bevestigt mijn gelijk: ik heb niets bij mijn confraters te zoeken. Mijn tijd is kostbaar. Mijn maag schreeuwt om een ontspannen maaltijd; mijn lichaam en geest snakken naar een middagslaap. Daarna moet ik mijn spruiten ontluizen."

"Welnu," begon Merwold. "De zaak is aldus: het gilde heeft een bericht ontvangen van koning Omandras de derde van het Hoge Land…"

"Een melkmuil."

"Een accurate omschrijving. Maar de koning beheerst wél alle toegangswegen naar de mijnen van Thorzy, waar de dwergen van over de grens met Divos ons schubextract delven."

"Je vertelt me niets nieuws."

"Dat komt nog." Merwold nam de tijd om het effect van zijn woorden voor te bereiden. Toen vervolgde hij: "…Waar het om gaat is dit: het extract is op… De mijn is leeg, geen druppel meer om uit de rotsen te persen."

"Verontrustend."

"Dat vond Omandras niet, tenminste niet noemenswaard. Hij trok een paar dwergen een voor een de baardharen uit, sneed hier en daar een paar oren af om erachter te komen of hij niet belogen werd en kwam toen bij Coprates met een praktisch voorstel dat het onheil in zijn eigen voordeel moet keren; en om eerlijk te zijn: eveneens in het onze."

"Vertel mij niet dat de jonge vorst zich op de magie heeft gestort." Het idee scheen niet meer of minder dan een smet op het beroep te zijn, vond Zaranthe wiens belangstelling nu gewekt was.

"Hij heeft geen andere keus… Het is echter beter wanneer je de feiten uit Coprates' mond verneemt. Laat ik volstaan te zeggen dat er door het leegraken van de mijn een crisis is ontstaan waaruit de jonge koning ons weer redden kan. Zonder zijn medewerking gaat het in ieder geval niet."

"Dit in ruil voor een kleine, maar ingrijpende verschrijving van de Werkelijkheid? Aha, dan moet het tekort aan schubextract voor jullie wel heel dringende gevolgen hebben."

Zaranthe kende de consequenties. Ieder gildelid had een constante hoeveelheid extract nodig om zijn levensstijl in stand te kunnen houden. Hij was echter desondanks benieuwd naar de achtergronden van deze zaak, maar besloot nu niet verder aan te dringen.

Merwolds stem bezat een wat nijdige ondertoon toen hij opmerkte: "De gevolgen voor jou zijn even dringend als voor de rest van ons, collega."

"Dat betwijfel ik … Wanneer is de volgende bijeenkomst?"

"Er is een buitengewone vergadering uitgeschreven voor morgen-middag," antwoordde de gildesecretaris hoopvol.

"Op de gewone plaats? De wolk van Coprates?"

Merwold schudde veelbetekenend zijn lobbige hoofd. "Nee, de voorzitter roept het gilde bijeen op de plaats van de oude elfen."

Zaranthe wreef peinzend over zijn hoge voorhoofd.

"Wel, wel. Dan is er inderdaad een crisis … Ik zal er zijn."

"Dan kunnen we dus op je medewerking rekenen?"

"Dat niet. Maar ik zal er zijn."

Hoofdstuk II

Ebbewegge-bosconcours was een stoffig kolenbrandersdorp aan de kruising van twee bospaden en een groezelige beek. Vroeger, vele eeuwen geleden zou zich hier geen levende mensenziel hebben gewaagd, omdat deze plaats zich bevond midden in een dicht en duister elfenwoud, dat zich uitstrekte tot over de grens met de Lage Landen. Enkele inwoners, hoofdzakelijk kinderen en half-seniele oudjes, meenden nog af en toe ongrijpbare echo's op te vangen van al even ongrijpbare elfenmuziek. Of dit de oorzaak, dan wel een gevolg was van de vreemde naam die het dorp droeg wisten de bewoners niet; wel echter de magiërs die deze middag verwacht werden in DE HOLLE PLAG, de enige herberg die de nederzetting rijk was. Het twee-verdiepingen-hoge bouwsel van leem en hout bevond zich tussen de beide paden op het punt waar deze bij de beek samenkwamen — en pal in het zicht van de houten brug die het water overspande.

Zaranthe had zich voor de reis gekleed in een eenvoudige bruine reiscape met bijbehorende hoed, voorzien van een brede, afhangende rand die zijn gezicht hoofdzakelijk in schaduwen hield. Zijn voeten waren gestoken in laarzen van buigzaam zwijnsleer, magisch geloogd en kruiselings opgebonden met stroken van hetzelfde materiaal.

Dankzij het houtskoolgruis dat hem gedurende het laatste deel van de reis van zijn hoed tot de kromme punten van zijn laarzen had overdekt, onderscheidde hij zich in niets van de gemiddelde reiziger die het dorp als halteplaats voor de nacht verkoos.

Zaranthe beende de herberg binnen, stampte het zwarte stof van zijn voeten. Hij verheugde zich over het feit dat hij het eerste deel van de reis tenminste comfortabel had afgelegd, door middel van een korte bijschrijving in het Boek, dat zich onder straffe beveiligingsspreuken in Thyll bevond. Hij had gemeend zich voor deze speciale gelegenheid wel een druppel extract te kunnen veroorloven. Hij stapte van de deurmat en vroeg de waard te spreken.

"Zoek niet verder," antwoordde degene tot wie hij zich met zijn vraag gericht had. Het was een magere man, een en al botten, met een grauwe ongezonde huid — niets om zich zorgen over te maken in deze streek — en half geloken ogen, die zich bewogen op de trage wijze van een blokkerend wagenwiel. De waard nam ruimschoots de tijd om zijn bezoeker aandachtig op te nemen en hernam toen bedachtzaam het woord: "Sador Tifias, om u te dienen; eigenaar en beheerder van dit etablissement. Wat kan ik voor u doen?"

"Er is een reservering gemaakt, beste man, voor de schrijvenaar Zaranthe van Thyll. Ik vertegenwoordig deze magiër en ben vooruit gezonden om mij van de geschiktheid van de getroffen maatregelen te overtuigen."

"Zaranthe van Thyll?" reageerde de waard terwijl hij zich omdraaide naar een van nagels voorzien sleutelbord uit ongeschaafd hout. "...Een groot magiër naar ik heb gehoord."

"De grootste," verbeterde Zaranthe de ander opgewekt.

"Zonder twijfel, Heer... Hier is de betreffende sleutel; deze completeert het slot van kamer vier."

Hij gebaarde omhoog. "...Niets persoonlijks mee bedoeld, kan ik u verzekeren. Ik heb de reserveringen naar volgorde van binnenkomst behandeld."

"Een praktische methode." Zaranthe bewoog zich in de richting van een ruwe trap die naar de bovenverdieping leidde, maar deed toen alsof hij zich bedacht.

"Hm. Puur om redenen van nieuwsgierigheid: is er misschien al een van de heren magiërs gearriveerd?"

"Dat niet, Heer. Maar vanochtend vroeg is een vertegenwoordiger van het gilde hier geweest om de kamers te inspecteren."

Zaranthe glimlachte fijntjes onder de brede verhullende hoedrand.

"Weet u ook namens wie van de heren hij zijn opdracht uitvoerde?"

De herbergier trok zijn magere schouders op en nam een poetsdoek van een plank achter zich.

"Namens het gehele gilde, veronderstel ik."

Daarna liep hij de gelagkamer in, waar enkele dorpelingen mistroostig achter een pot bier zaten te zwijgen en begon met trage gebaren een lange tafel op te wrijven.

Zaranthe tikte beleefd tegen de rand van zijn hoed en stapte de buitenlucht weer in, nagestaard door de verbaasde waard.

Aan de oever van de beek, vrijwel ter hoogte van de brug had men een aarden wal opgeworpen die begroeid was met verwelkte pinksterbloemen en fluitenkruid. De schrijvenaar leunde met zijn rug tegen de verhoging, onderwijl speurde hij behoedzaam om zich heen. Een zacht briesje deed de takken aan de rand van het woud bewegen. Verder roerde er zich niets.

Een handvol huizen, nauwelijks meer dan plaggenhutten, stond opeengepakt op de open plek nabij de oversteek. Af en toe drentelde een zelfverzekerde kip tussen de woningen vandaan om met langzame, afgemeten stappen tussen twee andere weer uit het gezicht te verdwijnen. Juist toen het allemaal wat lang begon te duren naar Zaranthes zin en hij er over dacht om een ander, riskanter plan op te stellen, slenterde een vijftal kolenbranders onder de schaduw van het woud vandaan, kennelijk op weg naar DE HOLLE PLAG om de grauwheid van hun bestaan uit de mond weg te spoelen. Stuk voor stuk droegen ze stoffige lompen. In hun ogen lag de argwanende blik van lieden die weinig momenten kennen om naartoe te leven. Ze zouden net zo sjofel sterven als ze geboren waren. Zaranthe bekeek ze met uitgesproken belangstelling zoals ze langs sjokten, gebogen onder het gewicht van de dagelijkse sleur.

De achterste van het stel was wat langer dan de rest en hij liep ook iets meer rechtop. De vormeloze vilthoed op zijn hoofd, ongetwijfeld afkomstig van een geplunderde reiziger, was nog enigszins jolig over zijn kruin geschoven. De blik eronder staarde onschuldig en verbluffend monter de wereld in. Niet de slimste van het stel, concludeerde de magiër. Hij maakte zich los van de aarden wal en sprak de dorpeling aan: "Goede man. Ik bevind mij in een onaangename situatie. U lijkt mij de enige persoon in dit dorp die ik nog vertrouwen kan."

"Huh?"

"Ja, ik besef dat ik u met mijn problemen overval, maar ik móét u spreken."

Steelse blikken om zich heen werpend voegde hij eraan toe: "Echter niet hier. Ik vrees te worden afgeluisterd."

Hij liep naar het midden van de brug en merkte tot zijn genoegen dat de dorpeling hem gevolgd was.

"Wat afgeluisterd? Hoezo problemen? Wat moet u, wie bent u?" begon de kolenbrander argwanend.

"Sst, niet zo luid... Luister. De zaak dient uiterst discreet behandeld te worden. Ziet u dat gebouw daar?"

"De herberg. Dat is de herberg."

"Volkomen juist. Ik merk dat u mij begrijpt. U weet wie daar de scepter zwaait?"

"De scepter? O, u bedoelt de waard, Sador Tifias? Ja, die ken ik. Ziet u, het is de echtgenoot van de nicht van de zuster van mijn..."

"Ja ja," brak Zaranthe de woordenstroom af. "...Maar daar gaat het hier niet om. De zaak is als volgt: ik heb de functie van betaalmeester op mij genomen voor een hooggeplaatst persoon wiens naam ik niet kan prijsgeven; het is een kasteelheer van aanzienlijke reputatie. Hij is Tifias een beloning schuldig voor een vertrouwelijke opdracht die de waard voor deze Heer heeft uitgevoerd."

"Sador? Voor een Hoge Heer?" De onschuldige ogen vlogen wijd open.

"Zeker. Sador Tifias is een opmerkelijk persoon, gelooft u mij. Beslist een voorrecht om hem in de familie te hebben."

"Nou, niet direct familie. Het zit zo..."

"Zonder twijfel, zonder twijfel. Bijzonder interessant," onderbrak Zaranthe de kolenbrander. Hij had haast. Zijn plan moest zijn uitgevoerd voordat een van de andere magiërs zou arriveren.

"...Luister. U wacht een opvallende beloning wanneer u precies doet wat ik u zeg: in kamer vier bevindt zich als alles klopt een goedgevulde zak met dukaten. U dient deze op te nemen en heimelijk de waard ter hand te stellen."

"En de beloning?" vroeg de ander nu gretig.

"Wel, alles wat u afgezien van de buidel met het goud in de kamer aantreft. Ik verzeker u: u zult er danig van opkijken."

Vervolgens overhandigde hij de opgetogen dorpeling de kamersleutel.

"Let wel, ga behoedzaam te werk."

De kolenbrander liet geen tel verloren gaan. Hij haastte zich naar de oever en verdween even later door de deuropening van DE HOLLE PLAG. Zaranthe zocht op zijn gemak de andere oever weer op en ging zitten op een vermolmde boomstronk in de schaduw van een reusachtige kastanje, van waaruit hij onopvallend de herberg in de gaten kon houden. Lang hoefde hij niet te wachten. Een luid tumult verstoorde de rust van het dorp. Het was overduidelijk afkomstig uit de taveerne aan de overzijde van de beek. Zaranthe tuurde onbewogen over de grauwzwarte stroom.

Even later vloog de deur van DE HOLLE PLAG open en een man stormde naar buiten, wild om zich heen slaand, onder het uitstoten van ijselijke kreten. Het was de kolenbrander. Zelfs van enige afstand viel duidelijk waar te nemen dat hij was overdekt met etterende zweren…

Zaranthe stond mismoedig op van zijn boomstronk en verliet hoofdschuddend het dorp via het pad dat diep het woud in leidde.

Hij liep enkele mijlen door, tot hij een grote rechtopstaande menhir bereikte. De steen was overdekt met nauwelijks zichtbare elfenrunen en bevond zich aan de rand van een open plek. Enkele kolenbranders waren in traag tempo bezig een verse stapel hout te bedekken met plaggen. Zaranthe bracht de ongeïnteresseerd opkijkende arbeiders een beleefde groet en stelde zich op naast de elfensteen, die lang geleden het centrum had gevormd van het belangrijkste van alle elfenforten. Mistroostig nam hij het tafereel voor zich in ogenschouw. De plaats waar de plaggen werden gestoken leek een ruwe wond in geheiligde aarde.

Hij stelde met een toverspreuk de laatste regel van zijn grote Boek, die hij voor zijn vertrek met een omgekeerde spreuk had stilgezet, in werking. Hij keek naar de kolenbranders; even glimlachte hij bij het idee van hun verbluffte gezichten, wanneer hij opeens voor hun ogen in het niets zou zijn opgelost. Toen vergat hij de arbeiders weer. Hij was thuis.

Zaranthe sloot het Boek, dat op de tafel in de torenkamer lag, bedacht zich, opende het weer en staarde in gepeins verzonken naar het glanzende papier. Hij zou zich vanaf nu tegen het gilde moeten beschermen, maar hoe? Hij zuchtte, nam het Boek op en bracht het naar de binnenplaats. Daar ging hij zitten en legde het zware schrijvenaarswerk open op de knieën.

Hij nam de ontstane situatie in ogenschouw:

De extractmijn was leeg. Hijzelf bezat nog een volle kruik van het materiaal, maar zelfs wanneer deze voorraad zou zijn opgebruikt zou hem dit op geen enkele wijze hinderen, integendeel: het was de ultieme oplossing van het dilemma waarvoor Randoer zich destijds geplaatst had gezien. Zonder het extract kon de kunst van het verschrijven van de Werkelijkheid niet meer worden misbruikt, aangezien deze kunst mét het extract zou uitsterven. Zelf prees hij de dag waarop hij eindelijk van de verantwoordelijkheid zou zijn verlost die op hem drukte sinds hij door zijn excentrieke voorganger, de magiër Rinaldus, tot diens leerling was uitverkoren. Kennelijk ging dit voor de andere zes gildeleden niet op. Hun probleem was evident: ze hadden zichzelf uitgerust met schitterende paleizen, vaak architectonisch onmogelijke constructies die ze enkel met de hulp van het extract in stand konden houden.

Het paleis van Coprates de Hoge bijvoorbeeld, de voorzitter van het gilde. Diens onderkomen was gevormd uit een reusachtige helderwitte wolk, hangend boven de Barranora-top, de hoogste piek in de bergen van west-Katos.

Vroeg of laat zou de wolk zijn vastheid verliezen en met de daar heersende winden worden uiteen geblazen. En Coprates was nog de meest integere van het hele stel.

Binnen afzienbare tijd zouden ze allemaal staan te dringen in zijn gastenboek, bedacht Zaranthe somber. Maar hij zou geen van hen meer toestaan een voet binnen de muren van Thyll te zetten.

Hij hield er niet van om onder druk te worden gezet. Hij zou zichzelf beveiligen met de sterkste spreuken die hij beheersen kon.

Maar zou zijn macht toereikend zijn? Zou de gecombineerde magie van zes buitengewoon begenadigde magisters wel blijvend kunnen worden afgeweerd? Zaranthe twijfelde er niet aan dat ze elkaar ondanks hun voortdurend gekibbel zouden vinden in een gemeenschappelijk doel: het koste wat kost in stand houden van het leven zoals ze dat gewend waren. Het was een situatie die nog niet eerder was voorgekomen … Nee, hij zou het niet alleen kunnen redden.

Hulp was onontbeerlijk. Maar hoe kwam hij aan die hulp? Wie kon hij ter assistentie oproepen... Rinaldus... ?

Zijn vroegere leermeester had zich sinds de overdracht van Thyll en het grote Boek fanatiek gestort op een heel speciaal probleem: het verstenen van steen. Naar verluidde zou dit een nieuw soort diamant opleveren met bijzondere eigenschappen, waarvan de aard slechts kon worden vermoed. Daartoe had Rinaldus zichzelf getransformeerd tot een mannelijke sfinx. Tot dusver had Zaranthe geen berichten vernomen over een mogelijk succes van deze grootse onderneming. Misschien had zijn vroegere leermeester de juiste steensoort nog niet gevonden, of anders was zijn sekse verkeerd gekozen en vreesde Rinaldus oncontroleerbare veranderingen in zijn magische vermogens wanneer hij de sfinx — en dus zichzelf — van geslacht liet veranderen. In ieder geval kwam Rinaldus niet in aanmerking.

Toch leverde deze gedachtestroom hem een bruikbaar idee op: hij zou een leerling kunnen nemen. Het zou een extra beveiliging betekenen. Bovendien gaf het opleiden van een leerling tot meester-magister hem op de lange duur de gelegenheid zich van de drukkende verantwoordelijkheid voor het grote Boek te ontdoen.

Het idee bezat zoveel aantrekkelijke kanten dat Zaranthe besloot om het terstond uit te voeren.

Er zaten echter nogal wat haken en ogen aan het plan. Hij moest de procedure grondig voorbereiden om te voorkomen dat Thyll door het gilde geïnfiltreerd zou worden. Hij achtte zijn collegae tot alles in staat.

Toen Zaranthe concludeerde dat hij zijn zaken voldoende had overwogen maakte hij zich gereed om te gaan verschrijven... Hij boog zich opzij over de armleuning en verwijderde een losse steen uit de resten van de waterput. Een bruin koord werd zichtbaar, aan het eind waarvan een blaas met kwik was bevestigd, niet te onderscheiden van de stenen rond de schacht en bedoeld als tegenwicht voor wat zich aan het andere eind van het koord bevond.

Het touw hing omlaag in het gat van de put, waarin zich sedert lange tijd geen water meer bevond. Zaranthe trok het koord op en maakte de knoop los die rond de hals van een groen-geglazuurd kruikje was bevestigd. De kruik was afgesloten met een kurk, die de magiër voorzichtig verwijderde. Vervolgens zat hij enige ogenblikken volkomen roerloos om zich magisch op te laden en sprak toen de spreuk die de PEN DIE IS EN NIET IS tevoorschijn bracht...

Tot zover was het gemakkelijk genoeg. De spreuk was niet al te gecompliceerd en hield niet meer in dan zeventien strofen. Het gebruik van het magisch kleinood echter vereiste alle kracht die Zaranthe in zich droeg en was afgestemd op zijn persoonlijk fluïdum, dat deels aan hem onttrokken werd. Hij mocht vooral niet worden afgeleid.

De pen was niet echt, zoals de naam al aangaf, maar bestond enkel door de geest van degene die hem had opgeroepen. Hij was echter wel zichtbaar, omdat een deel van de geest van de schrijvenaar zich mengde met de essentie van Randoers oorspronkelijke pen — die verloren was gegaan — en er zo de schijn van vaste materie aan verleende. Het attribuut bezat evenwel altijd dezelfde kenmerken, dezelfde afmetingen en wat vreemder was: het sleet ook.

De pen zag eruit als de schacht van een ganzenveer; glad en aan beide zijden in een punt uitlopend. Slechts één uiteinde was te gebruiken en het was daar dat de druk van Zaranthes vingers duidelijke oneffenheden had doen ontstaan. De pen was glad zoals gezegd, maar diende overdekt te worden met zeer gecompliceerde runen, spiraalsgewijs rond de schacht lopend tot aan het versmallende uiteinde.

Iedere haal moest gevisualiseerd worden in Zaranthes brein en dan worden gefixeerd. Pas wanneer de volledige spreuk in zijn totaliteit zichtbaar kon worden gehouden, was het magisch voorwerp voor gebruik gereed.

Randoer had de schrijvenaars geen gemakkelijke taak toebedacht, maar het doel van dit alles was immers het gebruik van de pen beperkt te houden. Diverse magiërs hadden geprobeerd Randoers spreuken en beveiligingen met andere ongedaan te maken, maar doordat niemand van Randoers opvolgers diens geniale niveau had kunnen bereiken, tevergeefs.

Zaranthe concentreerde zich intens. Er verschenen zweetdruppels op zijn spitse gezicht en het duurde niet lang of zijn witte haar hing in vochtige slierten omlaag. Zijn magere handen trilden. Haal voor haal, krul voor krul werd voor zijn geestesoog de tekst in de schacht geëtst. Verscheidene keren moest hij van voren af aan beginnen, omdat hij er niet in slaagde het een of andere teken samen met het geheel zichtbaar te houden. Zaranthe smakte met zijn lippen, boog en strekte zijn wenkbrauwen en de rimpels op zijn voorhoofd, die steeds meer op miniatuur-rivierbeddingen in een proces van overstroming begonnen te lijken.

Hij knarsetandde, balde zijn vuisten en trappelde onbeheerst op de grond, in een staccatoritme dat nét de juiste trance opriep om nog een extra haal, een dubbele punt of een spiraal te volbrengen en aan het voorgaande deel van de formule toe te voegen.

De formule groeide, langzaam maar gestaag en begon nu het eerste cruciale moment te naderen: dat van Randoers syllabische paragraaf. Naast de toch al niet geringe opgave waar hij aan bezig was, een extra struikelblok voor hen die zich ongeoefend van de schrijvenaarsmagie trachtten te bedienen. Onder het uitstoten van zorgvuldig gerang-schikte lettergrepen zwaaide Zaranthe met beide handen door de lucht in een sierlijke accolade, waarna hij een ogenblik ontspande en het zweet van zijn gelaat wiste met een linnen lap.

Het eerste deel was volbracht. De eerste alinea was nu gefixeerd. Er zouden nog zeven van deze fasen volgen. Het kostte Zaranthe de rest van de middag.

Toen de zon achter de bergen wegzonk en een kille schemering over de binnenplaats was neergedaald sloot de magiër met een apotheotisch handgebaar de laatste paragraaf af. Voor zijn ogen zweefde de PEN DIE IS EN NIET IS, nu met runentekens overdekt en gebruiksklaar.

Zaranthe ontstak een kaars en plukte met een nijdig gegrom het schrijfgerei uit de lucht. Hij zou blij zijn wanneer hij deze beproevingen achter zich zou kunnen laten, zijn verantwoordelijkheden overdragen aan een goed-opgeleide leerling, bedacht hij, zodat hij al zijn tijd kon besteden aan het kweken van een nieuwe druivensoort: de ZARANTHE EMINENT. Maar eerst moest hij nu deze leerling zien te vinden.

Voorzichtig doopte hij de pen in het schubextract en zette aan voor de eerste letter van de verschrijving.

Niet lang daarna hing er op de met reusachtige nagels beslagen deur van de stadshal in het dichtstbijzijnde stadje, dat toch op geruime afstand van de burcht van Thyll lag — althans wel zó ver dat Zaranthe er de inspanning van een verschrijving voor overhad om thuis te kunnen blijven — een vel papier, waarop met sierlijke letters de volgende tekst stond:

Heer, in bezit van eigen kasteel — tevens niet onverdienstelijk
magiër — zoekt knecht van het mannelijk geslacht...

Even had Zaranthe overwogen om de sollicitatie voor beiderlei kunne open te stellen, maar hij was er niet zeker van of hij de aanwezigheid van een aantrekkelijke deerne wel zou kunnen hanteren.

...Beslist niet ouder dan dertien jaar. Sollicitanten dienen
zich binnen de komende drie dagen te begeven naar het
kruispunt van de Kleine Berkweg en het Pad van Grijze
Stenen, westelijk van Ralin. Zij die de kunst van het lezen
en schrijven beheersen hoeven niet te reflecteren!

Zaranthe sloot tevreden het Boek, borg het weg op een geheime plaats onder de trap naar de torenkamer, beveiligde het geheel en haastte zich vervolgens terug naar de binnenplaats, waar hij hoed en mantel tevoorschijn haalde. De pen had zichzelf inmiddels opgelost en zou weer even moeilijk te bereiken zijn als tevoren.

Gewapend met stukken hout en een pot oker verliet Zaranthe zijn ruïne langs het oostelijke bospad. Er scheen een volle maan over het woud en boven de tegenoverliggende horizon straalde de Avondster...

Hoofdstuk III

Zaranthe had juist een vers gekneed brood in de oven geschoven toen de eerste sollicitant zich aandiende.

Het humeur van de magiër was beneden peil, sinds hij die ochtend had ontdekt dat een deel van zijn druivenbloesem was gedood door een onverwachte — en verlate — nachtvorst. Het geluid van kiezelsteentjes die tegen de kasteelmuur tikten, wist hem echter op te monteren. De officiële ingang was al sinds jaar en dag voor niemand meer toegankelijk, omdat het poortgebouw was ingestort en Zaranthe had de ladder wijselijk binnengehaald. Hij klom uiterst tevreden met zichzelf de keldertrap op naar de binnenplaats en vervolgens begaf hij zich geruisloos naar de torenkamer. Van daaruit keek hij neer op een blondharige jongen, gekleed in een korte groene tuniek, die op ongeduldige wijze zijn aanwezigheid kenbaar bleef maken.

Zaranthe reageerde niet.

Pas toen er met tussenpozen van gemiddeld een halfuur nog vijf sollicitanten waren gearriveerd — nog een blonde, drie zwartharige, een roodharige en één met een kleur die door de lichtblauwe muts die hij droeg onmogelijk te duiden viel, leunde de magiër uit het raam en zond ze allemaal met luide stem weer weg.

Daarna liep hij terug naar de binnenplaats en klapte driemaal kort na elkaar in zijn handen. In de deuropening verscheen de gesnavelde kop van Aug, zijn griffioen. Zaranthe sprak enige ogenblikken met het fabeldier, waarna het zich morrend uit de opening terugtrok.

Nu zat er weinig anders op dan te wachten. Zaranthe vleide zich neer over zijn bed, ontspande zich moeiteloos en viel vrijwel onmiddellijk in slaap.

Niet lang nadat de Avondster achter de kim was verdwenen trok er een omvangrijke schaduw voor de maan langs. De sterren van de Melkweg werden geblokkeerd door een inktzwart wolkendek dat werd voorafgegaan door windstoten, zó hevig dat menige woudreus met een luide schreeuw en hevig gekraak van brekende takken zijn einde vond. Ten slotte barstte er een hevig onweer los.

De eik die Zaranthes dak vormde, weerstond het geweld, maar kon toch niet verhinderen dat deze keer een constante stroom van druppels de weg naar de bodem wist te vinden, wat in geen jaren gebeurd was. Zaranthe sliep er dwars doorheen. In een onbewust gebaar trok hij een leren vel over zijn hoofd, dat hem drooghield en het geluid van zijn gesnurk dempte.

Het was een ander geluid dat hem uren later wekte: het gekras van klauwen en een zwiepende staart die over de natte stenen van het kasteel kletste. Aug was terug.

Zaranthe sprong overeind. Haastig ontstak hij een kaars, die hij met een vuurdoos op een altijd droge plek bewaarde en terwijl hij met zijn hand het wakkerende vlammetje beschutte, stapte hij door de kleine poort naar de ridderzaal.

Op een muur boven de schouw zat de griffioen, ternauwernood in balans door het kind dat aan beide zijden uit zijn snavel bungelde. En heftig nahijgend van de sprong omhoog, waar zijn vadsige lijf feitelijk niet op berekend was. Aug staarde met een glanzend oog schuins en woedend omlaag, als gevolg waarvan de prooi scheef kwam te hangen. In doodsnood greep de jongen zich vast aan Augs rechtervleugel, waardoor de vogelleeuw niet langer zijn evenwicht kon bewaren. Met een schreeuw, elk heraldiek wezen onwaardig, tuimelden kind en griffioen omlaag. Beiden landden ze tamelijk hard op de vloer van gebarsten tegels. Zaranthe hielp de jongen overeind, waarbij hij vaststelde dat er niets onherstelbaars was gebeurd en bekeek het kind van onder tot boven.

Hij was tien, hooguit elf jaar, broodmager en doornat. Zijn haar was langer dan voor kinderen uit deze streken gebruikelijk was. Toen de schrijvenaar de spitse gelaatstrekken opmerkte, kreeg hij een sterk vermoeden wat de reden voor deze haardracht kon zijn. Terwijl de magiër zijn hand naar hem uitstak, deinsde de jongen bevreesd terug.

Zaranthe negeerde de reactie en tilde het haar aan een kant van het vosachtige hoofd op. De oren wezen spits omhoog…

"Een elfenkind, Aug," grijnsde hij. "Ik heb een elf als leerling getroffen."

"Nee, Heer," protesteerde de jongen. "Mijn vader noemt mij een wisselkind. Maar mijn moeder schudt dan altijd het hoofd en staart zwijgend naar het woud achter onze plaggenhut."

"Is ze mooi?"

"Huh?"

"Je moeder. Is ze mooi?"

"O ja," knikte het kind. "Een huidje als jonge kaas, zegt mijn vader altijd."

"Hm, dat moet haast wel," peinsde Zaranthe, die de toedracht begreep.

"…Je bent een halfelf dus. Iets bijzonders. Het komt maar zelden voor dat een elf zijn onsterfelijkheid opgeeft en in de sponde van een mensenvrouw stapt. Hoe heet je, knaap?"

"Hufter, Heer."

Zaranthe grinnikte tevreden. Deze jongen bezat een geschikt gebrek aan slimheid. Zijn strategie had gewerkt. Hardop sprak hij: "Dat is geen naam voor je. Vanaf nu heet je Sjerdi. Dat betekent vosje in de oude taal."

De magiër nam de jonge knaap mee naar de binnenplaats, verschafte hem droge kleren en deelde een gloeiendheet brood met hem. Hij zond Aug terug naar diens hok achter de zuidertoren en zette zich ten slotte vergenoegd neer in zijn stoel.

Sjerdi stond er wat suffig bij, maar Zaranthe wees hem een plek aan bij de put. De halfelf begreep zijn gebaren pas toen hij ze enkele malen herhaald had. Nu zette het kind zich neer op de bladervloer, zijn rug leunend tegen de stenen van de put, zijn armen rond de magere knieën gevouwen.

"Zo, mijn beste Sjerdi. Je hebt het bericht op de deur van de stadshal gelezen en kwam jezelf aanbieden als knecht?"

"Eh… nee Heer, wel als knecht, maar eh…"

"Maar?"

"…Ik kan niet lezen. Mijn vader zegt dat dit niet nodig is voor een gewone turfsteker. Maar hij vond dat het tijd voor mij werd om ergens anders een baas te zoeken. Hij kon mij niet langer te eten geven, zei hij. Moet ik hier ook turfsteken?"

"Nou nee. Maar vertel eens: kan je vader soms lezen? Of je moeder? Iemand moet de boodschap op mijn pamflet toch begrepen hebben?"

"Dat zat eigenlijk zo, Heer. De halfbroer van de nicht van..."

"Ja, ja," zuchtte Zaranthe. "Ik begrijp het. Maar vertel verder. Je vader zond jou weg. En toen?"

Met grote, onschuldige ogen blikte Sjerdi gefascineerd in die van Zaranthe, alsof hij zojuist een grote ontdekking had gedaan.

"Mijn vader gaf mij mee aan een turfrijder. Die zette mij af op het kruispunt. Maar ik wist niet wat ik moest doen."

"En zag je niets buitengewoons aan deze plek? Iets dat afweek van het gebruikelijke beeld op een kruising van wegen?" vroeg Zaranthe sluw, terwijl hij het kind scherp bestudeerde.

"Nee, Heer. Ik heb geen beeld gezien. Enkel een soort omgevallen tafel, met vlekken er op. De koopman wees mij een of ander geitenpad. Maar verderop trof ik alleen maar nog zo'n tafel aan. Ik vond het maar vreemd en ben toen weer naar de kruising teruggegaan. Later kwam die demon en..."

Zaranthe maande Sjerdi tot stilte. Hij had genoeg gehoord. Dit was de leerling die hij zocht; onnozel en ongeletterd. Een hol vat dat hij op zijn eigen manier zou kunnen vullen. Hij grinnikte om zijn eigen sluwheid. Op het kruispunt had hij een bord getimmerd met de tekst: VOLG DE PIJLEN. Langs het kleine bosweggetje, dat Sjerdi als geitenpad duidde, had hij iedere honderd meter een soortgelijk bord geplaatst, dat eenvoudig het woord PIJL droeg. Hij had nu zekerheid. Het achterlijke kind kon onmogelijk met zijn boeken knoeien. Sjerdi was geen gildespion.

"Luister, Sjerdi," sprak hij op vriendelijke toon. "...Ik ben voortaan je Meester. En zo dien je mij aan te spreken. Naast wat eenvoudige werkzaamheden in en rond mijn slot zal ik jou een opleiding geven tot Meester-magiër." Het zou hem aardig wat spreuken en rituelen kosten om de slimheid van deze halfelf een eind op te vijzelen, maar het was het beste zo. Op deze manier had hij de ontwikkeling van het kind in eigen hand.

Het leek hem het beste om maar meteen met de eerste les aan te vangen.

Zaranthe kwam overeind en wenkte zijn leerling mee naar de kelder. Daar haalde hij het gastenboek tevoorschijn. Hij legde Sjerdi uit waar het voor diende en eindigde zijn betoog met de waarschuwende woorden: "Het is belangrijk dat voorlopig niemand die erin verschijnt hier ook maar een voet over de drempel zet, versta je? Goedschiks, noch kwaadschiks."

"Ja Meester," knikte de leerling gehoorzaam.

"Zaranthe!" De stem deed een succesvolle poging om over de open plek te galmen die zich voor de ruïne uitstrekte tot aan de eerste aarden wal waar Zaranthes verdedigingslijn was gelegd, bestaande uit beschermingsformules en vervloekingen.

"...Ik weet dat je thuis bent! Toon je gezicht!"

Zaranthe had ogenblikkelijk het geknepen stemgeluid van Merwold van Astala herkend. Het was de eerste maal sinds de poging tot infiltratie, enkele dagen geleden, dat het gilde van zich liet horen.

"Zaranthe!" ging de gildesecretaris verder. "Zaranthe. Je hoeft mij niet binnen te laten, maar luister alsjeblieft naar me. Ik kom namens het gilde, als een gebaar van verzoening...Zaranthe? Ik ben helemaal te voet gekomen om je een voorstel over te brengen van Coprates. Een voorstel dat de instemming draagt van ons allemaal."

Zaranthe stak zijn hoofd uit het venster en riep naar de gezette figuur omlaag: "Had het voorstel van laatst ook de instemming van allemaal?"

"Dat was een vergissing, Zaranthe. We zouden er niet aan denken om je opzettelijk schade te berokkenen. Er was een demon ontsnapt uit een van de flessen van Falyrias; een vervloekingswezen dat onder valse voorwendsels wist door te dringen tot de herberg. Niemand kon er iets aan doen."

Zaranthe glimlachte fijntjes. Merwolds antwoord toonde aan dat het tegendeel waar was. Toen de zaak in Ebbewegge-bosconcours zich afspeelde was geen van de anderen aanwezig geweest. Dus hoe had de demon geweten waar hij zijn slachtoffer zoeken moest?

"Ik wens je toe dat jou hetzelfde mag overkomen als die kolenbrander. Ik heb nog een interessant poeder dat een soortgelijk effect bewerkstelligt in combinatie met een zeer sterke jeuk. Het is een geschikt moment om het uit het raam te strooien. De wind staat gunstig."

Vergenoegd nam hij Merwolds reactie waar. Als door een insect gebeten sprong de magiër van Astala achteruit, waarbij hij ternauwernood kon voorkomen dat hij zijn paarse hoed verpletterde, die door de manoeuvre was afgevallen.

"Dít poeder, Meester?" klonk opeens Sjerdi's stem. Verschrikt keek Zaranthe over zijn schouder. Zijn leerling had een aardewerken pot met een uiterst explosief mengsel van poeders in zijn handen. Hij kon het vat amper tillen.

"Afblijven!" kreet de schrijvenaar. "Ik heb je al eerder gezegd nergens aan te komen. Ga de spruiten op luis controleren. Bind de bonen op, of iets soortgelijks. Dit zijn zaken tussen de ene magiër en de andere."

Hij nam behoedzaam de pot uit Sjerdi's handen en zette deze terug op de plank met zware plagen, tussen de zalf van eenzame duisternis — een smeersel dat afgrijselijke hallucinaties bevatte — en de fles met razende djinns. Hij zag zijn leerling door het trapgat verdwijnen en wendde zich weer om naar de potsierlijke figuur in het gras daar beneden.

"Prijs je gelukkig dat ik goed gehumeurd ben," riep hij. "Anders had je daar niet meer in je huidige gedaante gestaan. Laat horen je voorstel, opdat ik weet wat ik te weigeren heb."

"Dat staat nog te bezien, collega," riep Merwold terug. "Je kunt het maar beter accepteren. Bovendien heb ik het vermoeden dat mijn boodschap je wel zal aanstaan." De magiër van Astala schurkte zijn wijde mantel opnieuw in positie, zette zijn hoed recht en vervolgde: "Coprates de Hoge kent de bezwaren die jou vervullen tegen een definitieve verandering van de Werkelijkheid en hij respecteert ze…"

"Ho…ho!" smaalde Zaranthe, langzaam applaudisserend. Maar Merwold negeerde de interruptie.

"…We bevinden ons als gilde in een impasse, waarbij een onbevooroordeeld bemiddelaar goede diensten kan bewijzen. Wat zou je ervan zeggen wanneer we Randoer zélf om zijn mening vroegen?"

"Dan zou ik zeggen: dwaasheid. Randoer de Onverzettelijke is al duizenden jaren dood. Zijn geest is al te ver weg om nog te kunnen bereiken."

"Coprates is een andere mening toegedaan. Hij beweert dat het mogelijk moet zijn, vooropgesteld dat we alle zeven samenwerken. Volgens hem is Randoer nog altijd in ons midden. Ieder gildelid legt de eed af bij zijn graf. Er moet daar een magische cirkel in stand zijn gehouden die diep in de onstoffelijkheid is doorgedrongen. En die Randoer voortdurend blijft aantrekken."

"Mogelijk," peinsde Zaranthe. Er zaten elementen in Merwolds redenering die juist konden zijn... En áls Randoer bereikt kon worden en om zijn mening gevraagd; áls die mening bindend zou zijn?

Merwold had een tijdje zorgvuldig gezwegen. Nu schraapte hij zijn keel en vervolgde:

"We bieden je een vrijgeleide aan indien je met ons voorstel akkoord gaat. Je zult ongemoeid worden gelaten tussen Thyll en Randoers graf en weer terug."

"Een vrijgeleide? Wat geeft je het vertrouwen dat ik mijn gerechtvaardigde argwaan opzij zal zetten?"

"Kom nu, Zaranthe. Jij weet even goed als ik dat je jezelf beschermen kunt. Argwaan of geen argwaan, je loopt geen enkel risico."

Zaranthe begreep dat Merwold doelde op de incantatie van verlengde tijd, die het de aanroeper mogelijk maakte zich op twee plaatsen tegelijk te bevinden. Maar het was een spreuk met complicaties. Een andersoortige dekking was nodig.

"Ik zal mijzelf inderdaad beschermen, Merwold," riep hij uit het venster. "Ga terug naar Coprates en bericht hem dat ik mij met zijn voorstel akkoord verklaar. Een week vanaf nu bij Randoers graf."

"Een week? Maar je schijnt niet te beseffen dat de tijd dringt."

"Een week of helemaal niet. Overigens zou ik graag over alle informatie beschikken die op dit geval betrekking heeft."

Merwold hield afwijzend zijn handen op. "Dat zal niet gaan. Coprates is degene die de onderhandelingen voert met koning Omandras. Hij is de enige die alle details kent. Je zult net als wij op de hoogte worden gebracht wanneer we het geval aan Randoer voorleggen."

"Dat koning Omandras zo'n grote rol speelt in dit probleem bevalt mij geenszins. Maar goed, ik zal mijn nieuwsgierigheid zeven dagen opschorten."

"Coprates zal verheugd zijn," grijnsde de gildesecretaris, waarna hij met een eenvoudige groet in het woud verdween.

"Dat weet ik nog zo net niet," bromde Zaranthe peinzend terwijl hij de paarse gestalte langs het bospad nastaarde.

Niet lang daarna bracht de schrijvenaar van Thyll alles in gereedheid voor een reis, die hem langs een groot deel van de grens met de Lage Landen zou voeren, op weg naar de grotten van Astia, waar de kleine magiër Andolan woonde die de bijnaam de vogelaar droeg. Deze woonde in een streek waar de afgelopen jaren al menige jonge maagd was verdwenen om nooit meer te worden teruggezien — tenminste niet in de oorspronkelijke vorm. Andolan was bepaald niet een van Zaranthes meer intieme vrienden. Maar in de huidige situatie bezat de sadistische vogelaar tenminste één aantrekkelijke kant. Om zich de burgerlijke overheden van het lijf te houden had hij goud nodig; niet het magische spul dat zo kort van levensduur was en dat door zijn bedrieglijke gelijkenis — in zijn meeste eigenschappen — ook dikwijls zijn nut kon hebben, maar echt goud; het liefst in grote hoeveelheden. En Zaranthe was in een gulle bui...

Hoofdstuk IV

Toen de zeven dagen voorbij waren had Zaranthe zich verzekerd van een waterdichte bescherming tegen mogelijke intriges van het gilde. Hij instrueerde Sjerdi een extra oogje op zijn Boek te houden en vooral geen gildeleden op het kasteel toe te laten tijdens zijn afwezigheid. Welgemoed begaf hij zich ten slotte op weg naar de afgesproken plaats. Het gebeente van Randoer de eerste schrijvenaar rustte in een mausoleum van rode graniet, op de top van een kunstmatige heuvel in het golvende grasland dat zo karakteristiek was voor de noordelijke provincies van Tyrania; de streek waar de wieg van de grote magiër had gestaan. Het moest een reisweg zijn geweest, aangezien het grootste deel van de plaatselijke bevolking ook toen uit nomaden had bestaan.

Het grafmonument was gebouwd in de vorm van een septagram en volkomen gladgepolijst. Aan die zijde van het graf waar na de zonnewende de eerste ochtendstralen boven de kim verschenen, stond een tweede bouwsel, eveneens zevenhoekig, maar volledig open van structuur. Zeven zevenhoekige pilaren reikten hemelwaarts en droegen geen ander gewelf. Iemand, vermoedelijk de gildevoorzitter, had aan de binnenkant van de zuilenkring voor ieder gildelid een zware ebbenhouten zetel laten plaatsen.

Toen Zaranthe de klim naar boven had voltooid langs het slecht onderhouden, kronkelige pad dat hij zich nog herinnerde van zijn vorige bezoek, zag hij dat de anderen al voor hem waren gearriveerd. De laatste keer dat hij iedereen bij elkaar had gezien was bij zijn eedaflegging geweest, jaren geleden toen de bijeenkomst in een dusdanig onsmakelijke magische strijd was geëindigd — waarbij men elkaar had bestookt met gevisualiseerde scheldwoorden — dat hij meteen had besloten geen enkele zitting meer bij te wonen.

Het kan verkeren, dacht hij toen hij het platform betrad. Merwold van Astala groette hem gemaakt opgewekt. De corpulente gildesecretaris droeg een mantel met magische dieptewerking, waardoor Zaranthe het gevoel kreeg in een gat te staren. Het zou hem niet verbaasd hebben wanneer het géén illusie was. Merwold was blootshoofds deze keer. Zijn gezicht met de wijduitstaande haren leek als een stralende komeet uit de kosmos tevoorschijn te komen.

Naast hem bevond zich Babacar de Grote, die zijn bijnaam niet aan zijn gestalte te danken had maar aan de mening die hij over zichzelf koesterde. Het was een dwerg uit Divos die een getemde demon bereed. De demon bestond enkel uit een halve romp met twee benen, zodat Babacar tegen geen van zijn confraters hoefde op te zien — en zijn baard die langer was dan hijzelf de grond niet raakte.

Links van Babacar zat Coprates de Hoge. Coprates' hoofd was volkomen haarloos. Hij had zichzelf uitgerust met goudbruine veren die zijn lichaam bedekten tot aan de laatste halswervel. Vier vleugels die hij uit zijn rug had laten groeien zorgden voor comfortabel reisgemak van en naar zijn wolk boven de Barranora. Coprates' gezicht was mager en opvallend hoekig, geplooid in een opeenvolgende reeks runentekens. De volgende was Adlay de Zwarte: een onopvallende man die een strakzittend driedelig kostuum droeg in zijn favoriete kleur…

Falyrias, die de zetel bij de vijfde zuil bezet hield, was lang en goedgebouwd. Desondanks slaagde hij er in de indruk van een uil te wekken. Zijn neus was niet van grote lengte, maar wel sterk gebogen. Wijduitstaande bakkebaarden liepen door tot zijn kin die terugweek en regelrecht uit zijn lange hals scheen te komen. Het warrige haar groeide tot aan de brug van zijn neus, was lichtbruin van kleur, dezelfde tint als zijn ronde ogen. Hij droeg kleren in lichte, bleke kleuren, die eerder uit zijn lichaam leken te groeien dan er over aangetrokken. Een opvallend contrast vormden zijn laarzen, die diepblauw waren en eindigden in omgekrulde punten. Hij verspreidde een eigenaardige muskusachtige lucht.

Zaranthe nam zwijgend plaats op de vrije stoel. Hij negeerde de afkeurende blikken die op zijn eenvoudige mantel van kattenvellen werden geworpen. Naast hem zat Moeri Zeshand, zo genoemd omdat hij zijn linkerarm had getransformeerd tot een vijftal tentakels. Iedere tentakel eindigde in een dunne, uiterst beweeglijke punt die een sterke gelijkenis vertoonde met een uitgerekte regenworm. Op zijn langwerpige schedel stond een driekantige steek, met één punt vervaarlijk naar voren geschoven. Moeri bezat uiterst kwaadaardige trekjes en een perverse geest die zijn lichaam wist te bedienen van alle mogelijke en onmogelijke soorten van genot. Hij was de enige van het gezelschap voor wie Zaranthe heimelijk vrees koesterde.

Nu iedereen aanwezig was stond Coprates op met een geruis van duizenden veren en sprak: "Zo zijn we dan eindelijk compleet...Ik heet elk van u van harte welkom op deze belangrijke zitting van het gilde der schrijvenaars, hier bij het gebeente van Randoer."

"Eén ogenblik," interrumpeerde Zaranthe. "Ik ben het niet eens met de schikking van de stoelen."

"Als de geachte schrijvenaar Zaranthe eerder was verschenen had hij zelf de plaats kunnen uitzoeken die hem schikte," antwoordde Coprates met een geduldige zelfverzekerdheid terwijl hij triomfantelijk om zich heen blikte.

"Dat zou ik zeker hebben gedaan, voorzitter," reageerde Zaranthe, "wanneer ik in kennis was gesteld van de tijdstippen waarop de anderen van plan waren te arriveren."

"Ik ben het volledig met Zaranthe eens," bracht Moeri naar voren. "Met een betere voorbereiding had voorkomen kunnen worden dat ik naast die bedelaar was komen te zitten." De knik van zijn hoofd ging in Zaranthes richting.

"Misschien dat Falyrias een plaats wil opschuiven," grinnikte Babacar de Grote. "Ik heb vernomen dat Adlay een spreuk heeft ontwikkeld om jonge knapen in miereneters te veranderen. Moeri's opvallende voorkeuren kennend, zou deze ontdekking een aanwinst kunnen betekenen. Als ze beiden nu naast el —"

Babacars woorden en zijn grijns werden gesmoord door een van Moeri's glibberige tentakels die zich rond de keel van de dwerg legde.

De volgende die sprak was Falyrias: "Als nu Merwold zijn gebruikelijke verhandeling houdt over het nut van zelfkastijding tijdens de gezangen van verdubbelde baardgroei zijn we weer precies dáár waar we de vorige keer zijn opgehouden. Ik geloof dat ik maar beter weer naar mijn eiland kan vertrekken."

Hij maakte een gebaar alsof hij van plan was om op te staan. Maar Merwold boog zich beledigd naar voren en greep hem bij zijn bleekgele mouw.

"Die zelfkastijding bestaat er enkel en alleen uit, jouw stank te moeten ondergaan, telkens als we bijeenkomen."

Zaranthe genoot van wat hij teweeg had gebracht, maar op dat ogenblik greep de voorzitter in.

"Heren, heren," bezwoer hij de schrijvenaars. "De aanleiding voor onze bijeenkomst is veel te ernstig om onderlinge meningsverschillen uit te vechten. Moeri, wees zo grootmoedig om Babacar los te laten. Hij mag niet in katzwijm vallen. We hebben zijn magische krachten dadelijk nog hard nodig."

De aangesprokene gehoorzaamde met tegenzin. Babacar die paars aangelopen was haalde fluitend adem. Maar ook hij vreesde Zeshand zozeer dat hij zich verder onthield van commentaar op deze onterende schending van zijn lichamelijk welbehagen.

Coprates had de vergadering weer onder controle.

"Wat het probleem van de stoelschikking betreft, dat zo-even naar voren werd gebracht," vervolgde hij, "stel ik voor met Zaranthe van plaats te wisselen. Mits niemand daartegen bezwaar heeft."

Niemand had bezwaar. Even later werd de bijeenkomst in een gewijzigde schikking voortgezet. Coprates memoreerde de kritieke situatie toen hij betoogde: "Ieder van ons zal zijn levensinstelling moeten veranderen en zijn status dienen op te geven wanneer we er niet in slagen eendrachtig te zijn. Alleen zó zullen we de hand kunnen leggen op een nieuwe voorraad schubextract, ook al zien sommigen van ons de noodzaak daarvoor niet in —"

"Nog één ogenblik," interrumpeerde Zaranthe andermaal. "Bedoelt u alleen míj daarmee? Of zijn er nog meer onder ons die net zo denken als ik?"

"Wat doet dat er nu —"

"Tja, ik wil alleen maar duidelijk gesteld zien waar ik aan toe ben. Overigens, ik heb nog niet éénmaal de naam van koning Omandras horen noemen. Corrigeer mij Coprates als ik het mis heb, maar heeft de vorst zich op het pad van de magie begeven? Ik hoor daar graag meer over. Vooral omdat we allen een eed hebben afgelegd op deze zelfde plek, die ons niet alleen misbruik van onze status verbiedt, maar eveneens het betrekken van buitenstaanders in ons vak."

"Je vergeet," zuchtte Coprates nu met beduidend minder geduld, "dat we vrij zijn in het opleiden van leerlingen. Ik meen dat jij zelf kortgeleden een annonce in die richting op de deur van een stadshal hebt laten nagelen. Je veronderstellingen berusten evenwel niet op feiten. Maar vooruit, kennelijk betreft het hier een manco in jouw kennis van de politieke situatie hier in het Hoge Land. Ik ben graag bereid deze tekortkoming aan te vullen."

"Bij voorbaat mijn dank daarvoor," merkte Zaranthe op. Hij liet zich onderuitzakken en wachtte Coprates' verklaring af...

"Dit land wordt zoals ieder bekend zal zijn, sinds koning Okander, ononderbroken door dezelfde dynastie geregeerd. Okander werd opgevolgd door zijn zoon Odimus de Eerste, waarna diens zoon de troon besteeg als Odimus de Tweede, en zo verder en verder tot aan de huidige koning Omandras, die niet lang geleden zijn vader Ozatras opvolgde. Nu bevat het concordaat dat Okander destijds sloot met koning Elelil van de Lage Landen een speciale clausule, waarin Okander zich verplichtte te huwen met een vorstendochter uit een van de twaalf rijken waaruit de Lage Landen bestaan, waarna zijn zoon dezelfde verplichting op zich zou nemen en diens zoon na hem. In het concordaat is tevens de volgorde aangegeven waarin dit moet gebeuren.

"Ozatras huwde met prinses Atasa van Dhal. Dit betekende voor onze huidige vorst Omandras dat hij een dochter van de vorst van Choeri tot vrouw diende te nemen."

"Waar leidt dit alles toe?" bracht Zaranthe ongeduldig naar voren. Coprates ruiste geërgerd met zijn vleugels en beet hem toe: "Als je blijft luisteren zal ongetwijfeld je nieuwsgierigheid worden bevredigd... Waar was ik gebleven? O ja: Choeri...Helaas een land dat in hoofdzaak door kobolden bewoond wordt en mede als gevolg daarvan niet befaamd is om de schoonheid van zijn vrouwen. Koning Hiz van Choeri bezat maar één dochter: Iliria. Helaas, een vrouw zo afzichtelijk lelijk als haar naam schoon is. Koning Omandras was dit feit vanzelfsprekend bekend, wat een reden kán zijn geweest voor zijn onuitstaanbaar gedrag vanaf zijn vroegste jeugd. Toen zijn vader de goede Ozatras stierf, wist de jonge koning zeer wel wat hem te wachten stond. Maar liever dan te trouwen met een monsterlijk lelijke koboldendochter zou hij het concordaat verbreken, wel beseffend dat dit tot een hernieuwde oorlog met de Lage Landen zou kunnen leiden."

Coprates zweeg enige ogenblikken om de reacties van ontstemming te laten uitkabbelen en nam vervolgens de draad van het verhaal weer op: "Daar zit ze dan in haar paleis: de aartslelijke jonkvrouwe, prinses van een land vol lelijkaards, omringd door lelijke mensen, met een enkel lichtpuntje in de afzichtelijkheid van haar bestaan. Ze denkt aan een koningszoon aan wie ze versproken is. Maar dan hoort ze dat de nieuwe koning haar niet hebben wil, de belofte verbreekt die in het concordaat is vastgelegd. Ze stort in, in een chaotische toestand van zelfmedelijden. Dan echter realiseert zij zich dat er nog één enkele kans voor haar is: de cycloop van Givraun: een eiland voor de kust van Choeri.

"De éénogige reus beschikt over bijzondere krachten die hij soms anderen te hulp biedt wanneer daarom gevraagd wordt. Zou hij haar kunnen helpen? Ze weet maar al te goed dat de cycloop zijn krachten nooit vrijelijk wegschenkt, maar er altijd een prijs voor verlangt. Het risico deert Iliria niet; ook niet de aanwezigheid van wilde centauren die de cycloop van ongewenst bezoek moeten vrijwaren. Slechts eenmaal in de honderd jaar weet iemand de bloeddorstige wachters te omzeilen en door te dringen in de grot van Givraun waar het monster woont. Iliria raakt hierdoor niet ontmoedigd. Met haar hofdames reist ze naar de kust, waarna ze de oversteek maakt in een vissersboot.

"Spoedig na aankomst worden al haar hofdames, op één na, door de centauren gegrepen en verslonden. Iliria zelf weet haar leven te redden door op de rug van haar meest getrouwe dienares te springen. Ze dwingt haar op handen en knieën te lopen. Ze wordt door de centauren nu als een van hen beschouwd en wegens haar overstelpende lelijkheid met rust gelaten. Zo bereikt ze ten slotte de grot van Enn, zoals de naam van de cycloop luidt.

"De eenogige reus luistert geduldig naar haar verhaal en zegt haar zijn hulp toe. Maar hij stelt haar een voorwaarde. Hij zal haar bovenaardse schoonheid schenken in ruil voor iets dat zowel haar als hem zeer dierbaar is. Iliria stemt toe…

"Enn maakt van haar een vrouw, wier schoonheid alles overtreft wat de aarde ooit heeft aanschouwd. En vervolgens rukt hij haar een oog uit en plaatst dit in een kristallen vaatje, hangend aan een koord rond zijn hals.

"Iliria reist terug naar huis waar iedereen terstond betoverd raakt door haar schoonheid. De mare van Iliria's plotseling bovenaardse verschijning dringt door tot koning Omandras. Deze ziet af van oorlog en huwt Iliria, waarmee het concordaat alsnog wordt nageleefd."

"Eind goed al goed. Zonder twijfel roerend," reageerde Zaranthe toen de gevederde magiër was uitgesproken. "...Ik kan geen probleem ontdekken dat koning Omandras in onze zaken betrekt."

"Jouw conclusie is helaas onjuist, zoals je weldra zult moeten toegeven. Het probleem wordt veroorzaakt door de betovering die van Iliria's schoonheid uitgaat — en haar karakter, onveranderd dat van een kobold. Koning Omandras is niet in staat het laatste te beteugelen, aangezien het eerste hem in een voortdurende toestand van aanbidding houdt. Van 's ochtends vroeg tot... wel, 's ochtends vroeg, ligt hij hopeloos verliefd aan de voeten van zijn beminde koningin. Iliria heeft de macht over het rijk overgenomen of is daar tenminste volop mee bezig. En de koning is niet in staat daar ook maar iets tegen te doen... Ik besef, collega, dat Thyll en Askania ver uit elkaar liggen en dat er daardoor weinig zaken uit de hoofdstad tot jouw omgeving zullen zijn doorgegeven. Maar ik verzeker je: de situatie in Askania is rampzalig. Laagland-troepen onder leiding van kobolden, elfen en ook stervelingen uit Choeri hebben op vele plaatsen de grens overschreden. Gevechten zijn losgebarsten en Iliria's fanatieke volgelingen rukken overal op. In zijn laatste bericht aan mij maakt de koning melding van een bres die geslagen is in de muren van Kodar. Onze wettige vorst is ten einde raad."

"Het schijnt mij toe dat de oplossing voor de hand ligt," weersprak Zaranthe de ander. "Laat hem naar Givraun reizen en de schoonheid van zijn vrouw aanbieden in ruil voor haar oog."

Coprates' blik was bedoeld om Zaranthe aan diens zetel vast te nagelen, maar om een of andere reden werd dit effect niet bereikt.

"Een belachelijk voorstel, Zaranthe; een schrijvenaar onwaardig. Hoor hoe Omandras dit probleem heeft aangevat! Zoals je weet is het schubextract voor meer dan één doel te gebruiken. Afgezien van de voor ons belangrijke eigenschappen bevat het ruwe extract krachten die het uitermate geschikt maken voor verwerking in amuletten tegen lichamelijk geweld en tegen vergiftiging; hetgeen Randoer zelf met belangwekkende experimenten heeft aangetoond. Maar minder bekend, hoewel toegepast met een hoge mate van succes, is het gebruik van het extract als basis voor een liefdesdrank."

"Een liefdesdrank?" reageerde Zaranthe verbijsterd. En deze keer kreeg hij zelfs zijn collega's mee die hoofdschuddend, tongklakkend en enigszins lacherig van hun verbazing blijk gaven.

"Tracht je ons er werkelijk van te overtuigen dat de koning zoiets als een liefdesdrank nodig heeft?" grinnikte Babacar.

"Allerminst." Coprates keek de kring rond alsof het een groep kinderen betrof in plaats van de machtigste magiërs die de wereld rijk was. "Het is zíj die het nodig heeft…Zo, en zó alleen komt de stroom van eenzijdige gevoelens tot staan. De oplossing is evenwicht, zodat de magie die er van de ene stroom gevoelens uitgaat door die in tegengestelde richting weer wordt tenietgedaan…Grotendeels tenminste," voegde hij eraan toe.

"Hm," mompelde Zaranthe peinzend. "Evenwicht, hè?"

Maar de gildevoorzitter was nog altijd niet uitgesproken. Hij onderstreepte zijn betoog met slaande vleugels: "…Het komt er dus op neer dat we alles bij elkaar meer dan gegronde redenen hebben om onze uitgeputte voorraad extract weer aan te vullen. En de enige mogelijkheid daartoe bestaat uit een door ons allen uitgevoerde verschrijving…Tenzij een van jullie intussen een nieuwe poel heeft ontdekt. Omandras heeft mij toegezegd dat wij — anders dan in het verleden — voortaan vrij over het extract kunnen beschikken. De dwergen die de mijn tot dusver hebben ontgonnen zullen voortaan rechtstreeks onder de autoriteit van het gilde komen te staan, op voorwaarde dat wij de koning van een liefdesdrank voorzien die op basis van het extract is samengesteld. En die het beoogde effect bereikt. Jullie zien het: het voordeel is wederzijds."

"Persoonlijk verkies ik de door mij aangedragen oplossing," stribbelde Zaranthe koppig tegen. Maar het was duidelijk dat hij in zijn mening alleen stond. Hij zweeg en keek een ogenblik peinzend omhoog waar de zeven zuilen naar elkaar toe leken te neigen. Hun kapitelen schenen juist een zware cumuluswolk te schragen. De hemel begon al van kleur te verschieten tot de tint van Randoers tombe. Zaranthe besloot dat het tijd werd voor een bescheiden concessie. Het gilde was met een vooropgezette reden bijeengekomen. En als ze erin zouden slagen Randoers geest te wekken uit de diepste sluimer van eeuwenlange dood zou dit alleen te danken zijn aan een waarlijk eendrachtige samenwerking.

"Wel," gaf hij aarzelend toe. "De zaak bezit inderdaad facetten waarvan ik mij niet eerder bewust was; hoewel niet in die mate dat ze mijn zienswijze wezenlijk veranderen. Ik wens echter niet een absolute Waarheid aan te hangen. De Waarheid is duidelijk, maar altijd omstreden en dus niet absoluut. Ik blijf bij mijn mening, maar het is niet ondenkbaar dat Randoers geest naar een andere overhelt."

Hij peilde de anderen met een onderzoekende blik. De een na de ander wendde het gelaat af, met uitzondering van Moeri. De slangarmige schrijvenaar scheen volstrekt niet op hem te letten en zat in eigenaardig mummelend gepeins verzonken, alsof hij opeens beschikte over de kunst van de melancholie, waarvan Zaranthe wist dat hij deze niet machtig was. Moeri had zijn benen voor zich uit gestrekt. De vooruitstekende hoek van zijn hoofddeksel leek de punt van zijn neus te raken. De ogen waren aan het gezicht onttrokken…

"Verheugend," reageerde Coprates zichtbaar opgelucht. "Zeer verheugend te merken hoe je verantwoordelijkheden je gezonde verstand hebben teruggebracht, Zaranthe. Welkom in ons midden. Laat ons echter geen tijd nutteloos meer verliezen. De schemering nadert, wanneer de krachten van de natuur hun eerste rustpunt bereiken. Wanneer de wind gaat liggen, dienen onze geesten op elkaar te zijn afgestemd; het weefsel van onze gezamenlijke magie te zijn geweven tot een krachtig fluïdum. Reikt elkaar de hand, vrienden."

Zaranthe stelde vast dat hij er goed aan had gedaan van plaats te wisselen: Coprates' gezicht vertrok in een uitdrukking van afkeer toen Moeri's tentakels zich rond zijn vingers kronkelden. Maar de gildevoorzitter herstelde zich bewonderenswaardig snel.

"Sta op, vrienden," murmelde hij plechtig terwijl hij zijn ogen sloot. Daarna ging hij de anderen voor in een eentonig gezang: de incantatie van verlengde wil. Ook Zaranthe bracht zijn concentratie op peil en volgde de lijnen van ritme en melodie.

De lucht boven de heuvel begon voelbaar mee te trillen in een onregelmatige resonantie. Toen de zeven stemmen elkaar hadden gevonden in een strak unisono daalde er een weldadige rust over het paviljoen neer. De wind — toch al niet bijster sterk — leek te gehoorzamen aan een onuitgesproken bevel dat deze keer niet scheen te komen van de ondergaande zon, maar van de zevenvoudige stem die zich tot één dwingende macht had samengevoegd. Het werd windstil, alsof ieder atoom in de omgeving op zijn plaats werd gefixeerd. Zaranthe voelde dat zelfs de druppels transpiratie op zijn gezicht niet langer verdampten. Na dit moment van absolute rust begon de temperatuur gestaag te stijgen. Nu werd er een beweging merkbaar. Het was niet de lucht die begon te stromen. Ook was het niet de vloer die trillingen doorgaf van iemand die zich onverwachts verplaatst had. Het was het gezang zélf dat in beweging kwam. Zaranthe leek te zingen met de stem van de machtige dwerg-magiër Babacar, terwijl zijn eigen sonore klanken nu door de keel van Adlay de Zwarte schenen voortgebracht. Opnieuw bewoog het gezang, waarna een volgende verschuiving plaatsvond. De wisselingen volgden elkaar steeds frequenter op. De cirkel van gezang begon nu in een vloeiende rotatie te komen terwijl de snelheid toenam en toenam, als van een wagenwiel dat een heuvel afrolde.

Met het inzetten van een nieuw vers, waarvan een hortende spreuk een belangrijk onderdeel vormde — de incantatie van contrasterend karma — werd de beweging plotseling vertraagd. De soepelheid scheen er een moment uit te zijn verdwenen; keerde vervolgens weer terug. En was een ogenblik later compleet zoek.

Er klonk een donderend geraas dat de grond onder hun voeten deed schudden. Slechts de steun van elkaars handen voorkwam dat de magiërs hun evenwicht verloren. Zaranthe voelde hoe een kracht vanuit het midden van de kring aan hem begon te zuigen.

Instinctief zette hij zich schrap op de toppen van zijn tenen. Er moest sprake zijn van een soort vacuüm. En hij merkte dat zijn fysieke krachten niet genoeg waren om er afdoende weerstand aan te bieden. In zo sterk mogelijke concentratie zocht hij zijn toevlucht tot magie. Hij liet de krachtigste spreuken uit zijn mond rollen, waarna ze door die ontzagwekkende macht van zijn lippen schenen te worden weggegrist.

Ook de anderen voerden een soortgelijke strijd, terwijl merkwaardig genoeg los van hun stembanden de incantatie een eigen leven ging leiden. De toonhoogte steeg en steeg. Opnieuw nam de beweging van draaiende stemmen toe totdat andermaal een vloeiende rotatie zich had opgebouwd. Deze keer echter was het geen gelijkmatige cirkel, maar een vlakke spiraal die gevoed werd met de magische energie welke uit elk van de schrijvenaars stroomde.

Zaranthe opende de ogen en zag de vurige schijf die tussen hen in zweefde, met zwakke spiraalarmen wegstromend uit ieders voorhoofd. De ring van magisch vuur verlichtte de nachtelijke omgeving, verleende aan elk van de zeven magisters een spookachtig schijnsel.

Nu werd ieders aandacht, ondanks het geestelijk gevecht dat hen onverminderd bezighield, getrokken door iets dat zich in het centrum van de schijf begon te roeren. Het was een zwakke vonk van leven, die sputterend, opvlamde, weer in kracht leek af te nemen, maar feitelijk elke cyclus sterker werd. Allengs flonkerde een toenemend licht in ontelbare zweetdruppels. Zaranthes krachten begonnen te tanen. In paniek zocht hij naar onvermoede reservebronnen. En hij vond ze. De levensvonk in de spiraal werd een bolletje van vuur, een kogel, een sfeer; uitdijend en in kracht en helderheid toenemend.

Plotseling klonk er een flapperend geluid door de gezangen heen. Binnen in de vuurbol groeide een zwarte vorm die zichzelf uitvouwde. Waren dat vleugels? Nee, een mantel. Er plopten armen en benen tevoorschijn, zwart met bloedrode vlekken. Een nek… Daarna met een luide knal: een hoofd… Golvende haren, zwart en aaneen geklit met bloed. Het gezicht verwrongen in een doodsgrijns. Voeten vouwden zich uit, handen en vingers, het gevest van een zwaard; de kling rood van een bloedige veldslag, naar het scheen. Toen begon de gestalte te bewegen. De krijger keek verbaasd om zich heen. De ogen schoten vol vuur. En onder het slaken van een verschrikkelijke kreet van rauwe bloeddorst begon hij met woeste uithalen van zijn machtig wapen om zich heen te slaan.

Een hartenklop lang keken de magiërs vol verbijstering toe. Was dit Randoer? Onmogelijk, flitste het door allen heen. Iets ánders was door de ontstoken levensvonk opgeroepen en tevoorschijn gekomen. Toen, zich realiserend dat ze in acuut gevaar waren, lieten de magiërs elkaars handen los, waarbij alle verzamelde energie in één moment vrijkwam. De explosie die daardoor werd veroorzaakt wierp de magiërs uit het prieel en over de helling van de heuvel, meters omlaag. Al het gras op de heuveltop werd verschroeid door een enorme steekvlam en vervolgens met een vochtige rode laag besproeid.

Zaranthe — die nog redelijk goed was terechtgekomen — zag hoe het vuur vervolgens in dansende tongen naar de hemel reikte en doofde als dat van een vuurspuwende draak. Een luide knal bracht een donderend eind aan de magische seance, voortrollend over de lage heuvels van Tyrania...

De rust die op het voorgaande geweld volgde, bracht zowel opluchting teweeg als het besef dat er iets zeer ongehoords was voorgevallen...

Hoofdstuk V

"Ik begrijp het niet," stamelde Coprates hoofdschuddend. Van alle magiërs had hij nog het meest van de explosie te lijden gehad: het merendeel van zijn veren was weggeschroeid. Zwarte, verkoolde pennen staken uit het roze vlees van zijn buik en vleugeltoppen. "... Alles is toch volgens beproefde regels uitgevoerd. Ik kan geen fout ontdekken. Toch hebben we kennelijk niet Randoer opgeroepen, maar werd een woeste demon uit de dood vandaan gezogen."

"Misschien," opperde Falyrias, "hadden we de incantatie van contrasterend karma iets te vroeg ingezet. De krachten waren nauwelijks te beteugelen." Zijn uilachtig gelaat werd ontsierd door een rode striem, waar het wapen van de demon hem had geschramd. Het had maar weinig gescheeld of het zwaard had zijn neus gekloofd van boven naar beneden. Het tweezijdig slagwapen lag — nog altijd roodgloeiend — tussen de resten van zeven houten zetels. Het hout voedde nu een rustig vuur dat de magiërs en hun omgeving verlichtte.

"In geen geval!" protesteerde Coprates op lichtelijk gekrenkte toon. "Het ritme was duidelijk; het moment scherp afgebakend. Er moet een andere oorzaak zijn. Laten we het nogmaals proberen."

"In geen honderd jaar," bromde Babacar.

"Ga je gang," gaf Merwold vervolgens te kennen. "Maar dan zonder mij." Zijn haar was door de hitte gaan krullen en veranderde zo de karakteristieke verschijning die hem gewoonlijk kenmerkte. Moeri Zeshand draaide zich eenvoudig om, gevolgd door de zwarte Adlay wiens kleding ondanks de gebeurtenissen niets aan keurigheid bleek te hebben ingeboet.

"Goed. Ik begrijp jullie reactie." De gildevoorzitter spreidde toegeeflijk zijn handen. "We zullen van een tweede poging afzien, indachtig het desastreuze verloop van de eerste. Maar dat ontslaat ons niet van de verplichting om iets aan de crisis te doen. Ik stel voor dat we de opgedroogde bron van schubextract aanvullen met de PEN DIE IS EN NIET IS, nu we toch met ons zevenen bijeen zijn. Laat eenieder met de geëigende spreuk zijn Boek hierheen halen. Dan kunnen we aan de slag."

Het instemmend gemompel dat op Coprates' woorden volgde werd onderbroken door Zaranthe, die opmerkte: "Jouw voorstel stuit op een onoverkomelijk probleem."

"En wat mag dat zijn?"

"Het feit dat ik er niet aan zal meewerken."

"Luister, Zaranthe. We hebben ons best gedaan om aan je bezwaren tegemoet te komen. Wees loyaal en steun ons nu."

"Dat moet ik beslist weigeren, Coprates. Mijn mening is niet veranderd. Ik geloof niet dat een van ons opzettelijk Randoers' komst heeft tegengehouden; ik zou dit gemerkt hebben. Niettemin was mij diens bemiddeling beloofd. Nu deze niet tot stand is gebracht zit er voor mij niets anders op dan naar huis terug te keren."

"Hoor eens, Zaranthe," mengde Merwold zich in de discussie. "Jouw gedrag begint zo langzamerhand stuitende vormen aan te nemen. Je gastvrijheid is van een ergerlijk niveau, jouw wijn is niet te drinken. En wanneer je denkt hier zonder je medewerking weer vandaan te kunnen heb je het onherroepelijk mis."

Zaranthe wendde zich tot de voorzitter en vroeg op onbewogen toon: "Wat bedoelt mijn geachte collega van Astala?"

Coprates' antwoord kwam zonder aarzeling: "Ik heb een ondoordringbare cirkel rond de heuvel gelegd. Niemand van ons kan deze plaats verlaten tenzij ik deze barrière weer ophef."

"In dat geval adviseer ik je zulks terstond te doen. Er was mij een vrijgeleide beloofd."

"Dat is juist. Maar de omstandigheden zijn intussen dusdanig gewijzigd dat er niet langer aan de voorwaarden wordt voldaan waaronder ik dit vrijgeleide heb beloofd. Ik voel mij niet langer aan deze belofte gebonden."

Zaranthe keek vluchtig de kring rond. Eén blik was voldoende om vast te stellen dat de anderen Coprates in diens besluit steunden. Het maakte geen verschil.

"Juist," sprak hij. "Ik heb een situatie als deze voorzien. Deze keer, Coprates, adviseer ik jou in je eigen belang om de betovering in te trekken."

"Wat bedoel je met: mijn eigen belang?" reageerde de voorzitter achterdochtig.

"Wel, ik neem aan dat je nog onverminderd prijs stelt op het bezit van jouw zwevend onderkomen?"

Coprates fronste niet-begrijpend zijn geschroeide wenkbrauwen.

"Verklaar je nader."

"Zoals je wilt. Andolan de Vogelaar heeft een onverzadigbare behoefte aan goud…"

"Je stelt mij teleur, Zaranthe. Geen Andolan of wie ook kan tot de top van de Barranora doordringen, laat staan tot mijn paleis om mijn voorraad goud te ontvreemden. De plek is een zwaarbeveiligde vesting voorzien van de meest ingenieuze magische vallen, die iedere indringer vernietigen vóór hij tot tien mijlen afstand is genaderd…Oók vanuit de lucht," besloot hij triomfantelijk.

"Daar twijfel ik niet aan. Er zal dan ook niemand een poging wagen om jouw huis te betreden. Dat is ook niet nodig."

"Draai er niet omheen. Je hebt geen kans. De nevel wordt magisch bijeengehouden door een verschrijving in het Boek. En hij is onver-woestbaar."

"De nevel wel ja. Je zult dan ook geen bezwaar hebben tegen een experiment dat ik met Andolan heb opgezet: ik heb hem verteld dat je erin bent geslaagd om magisch goud in echt goud te veranderen. En het experiment stelt hem in staat om dit goud in handen te krijgen."

"Wat voor experiment?" Coprates was zichtbaar bleker geworden. Zijn gedachten werkten in een koortsachtig tempo, hetgeen wisselende uitdrukkingen over zijn gezicht liet gaan.

"Ik kan het nog afzeggen en hem vertellen dat alles op een misver-stand berust."

"Ik wil het weten!" gilde de voorzitter nu. "Wat voor experiment?"

"Magnesiumpoeder, Coprates. Op dit ogenblik hangt er meer dan een ton daarvan aan de klauwen van honderden condors en zeearen-den recht boven je wolk. Zonder tegenbericht zal Andolan dit poeder loslaten. Het gevolg daarvan is dat je paradijs omlaag zal regenen. Jouw goudvoorraad zal over de hellingen van de Barranora worden verspreid, rijp om opgepikt te worden. Andolan — zoals ik al zei — zal denken dat dit goud echt is en houdbaar. Het experiment zal hem helaas een teleurstelling bezorgen. Dat was onvermijdelijk. Maar omdat ik hem ervan verzekerd heb dat je zelf het succes van de transformatie van magisch goud hebt rondgebazuind ben ík voor eventuele schadeloosstelling niet verantwoordelijk. Ik vertrouw er echter op dat het experiment niet zal worden uitgevoerd, zodat ik mij nergens schuldig over hoef te voelen."

Coprates' huidskleur was aanvankelijk van lijkbleek naar vuurrood verschoten en wisselde vervolgens tussen beide tinten heen en weer. Zaranthe legde zijn hand op de arm van de gildevoorzitter en voegde aan zijn verklaring toe: "Een zekere tegemoetkoming zul je de Vogelaar toch wel ter hand moeten stellen, vrees ik. Het valt niet te ontkennen dat je enige verantwoordelijkheid voor deze situatie draagt, of vind je wel?" Hij maakte een buiging als groet naar de anderen en liep met grote passen de heuvel af. Er was geen barrière die hem tegenhield…

Bij zijn terugkeer vond Zaranthe zijn kleine dienaar diep in slaap.

Sjerdi had zich genesteld in het enige bed dat het kasteel rijk was: dat van Zaranthe. Omdat hij de jongen niet wilde wekken besloot hij voor deze keer zijn plaats voor de nacht te zoeken in een andere hoek van de binnenplaats. Maar voor hij zich daar op een hoop dorre bladeren ter ruste kon leggen had hij nog het een en ander te doen.

Hij liep ieder vertrek van het kasteel door en sloeg ook de onmiddellijke omgeving niet over, waarbij hij poeder strooide in de vorm van beschermingsrunen. Hij vreesde acties van het gilde nu hij hun plannen zo arglistig doorkruist had. Hij sprak krachtige spreuken uit terwijl hij de trap van de westertoren afdaalde en zich omwendde naar de nis met zijn belangrijkste attribuut. Plotseling bleef hij in bevroren houding staan…

"Sjerdi!" riep hij, terwijl een ijskoude band zich rond zijn hart scheen te leggen. De kleine leerling schoot half struikelend uit de poort naar de ridderzaal tevoorschijn.

"Meester?" De schuinstaande ogen stonden slaapdronken, maar de spitse elfenoren draaiden levendig.

"Sjerdi, is hier iemand geweest?"

"Zeker, Meester. Hij kwam op een grastapijt door de lucht en heeft voor u zijn kaartje achtergelaten."

"Wie was het?"

Sjerdi keek met grote, verbaasde ogen naar hem omhoog.

"Weet ik niet, Meester. Ik kan niet lezen. Kan ik nu weer gaan slapen?"

"Geen sprake van. Waar is mijn Boek, Sjerdi? Het bevindt zich niet onder de trap. Ik vrees dat ons een catastrofe is overkomen."

"Nee Meester," grijnsde de kleine halfelf enthousiast. "U kunt op Sjerdi vertrouwen. Ik zal u het boek tonen. De bezoeker is er niet met zijn tentakels aan geweest."

De laatste woorden werden uitgesproken op hetzelfde moment dat Zaranthe de naam op de kaart las.

"Moeri," fluisterde hij. "Dus toch…" Hij zag voor zijn geestesoog de slang-armige magiër, zoals deze onderuitgezakt op zijn zetel rustte bij het graf van Randoer: de benen voor zich uitgestrekt, de hoed over het smalle hoofd getrokken; zijn lippen die peinzend de een of andere gedachte natrokken…De incantatie van verlengde tijd. Moeri had zich enkele minuten op twee plaatsen tegelijk bevonden. Maar waren die paar minuten voldoende geweest?

Opgewonden volgde hij Sjerdi naar de keldergewelven. Het vossengezicht glom triomfantelijk in het licht van een flakkerende toorts.

"Hier Meester, hier is het zoals u bevolen had. Er mocht niemand aan komen. Er ís ook niemand aan geweest."

De kleine dienaar lichtte een steen op en gunde Zaranthe zo een blik op het gastenboek…

Zaranthe voelde hoe het bloed uit zijn hoofd wegtrok. Zijn knieën konden het gewicht van zijn lichaam niet langer dragen. Hij liet zich neer op een steenblok. Sjerdi's stem echode hol tegen de wanden van het oude gewelf.

"Kan ik nu weer gaan slapen, Meester?"

Zaranthe knikte woordeloos. De kleine halfelf holde met roffelende voetstappen terug naar zijn zachte rustplaats. Het werd stil in het kasteel. Zaranthe besefte dat wat hem betrof er niets van slaap zou komen. Hij diende zich te bezinnen op wat hem te doen stond. Reden voor paniek was er niet, althans nog niet ogenblikkelijk. Moeri Zeshand noch de anderen zouden nu iets met zijn Boek kunnen aanvangen. Men zou het zelfs niet kunnen openen.

Maar toch gaf het bezit van het zevende Boek de anderen een aanmerkelijk voordeel: met tijd en inspanning zou toegang geforceerd kunnen worden; zéker als het gilde eendrachtig samenwerkte. En er stonden voor hen grote belangen op het spel. Onder dwang van dit crisisuur zou het wellicht zelfs mogelijk worden veranderingen aan te brengen in Zaranthes eigen wereld. Mocht het gilde daar in slagen dan was het nog maar een betrekkelijk kleine stap naar een verandering van de Grote Werkelijkheid... Een echte verschrijving kortom. Ze konden hem dan eenvoudigweg uit het Boek schrijven, zijn bestaan en dat van het zevende Boek uitwissen!

Zaranthe ontdekte dat hij op zijn nagels zat te bijten, wat ze niet ten goede kwam. Hij besloot om er mee op te houden en iets constructiefs te gaan ondernemen.

Deze zaak was te groot voor hem, al was hij dan een kundig tovenaar — nog wel! Hij had zich te diep in moeilijkheden gewerkt. Het enige dat hem daar nu nog uit zou kunnen redden was een bondgenoot... Het gilde was uitgesloten, Andolan eveneens. Maar op dat ogenblik schoot hem een idee te binnen dat hij eerder onder minder desastreuze omstandigheden verworpen had: Rinaldus, zijn vroegere leermeester. Hij zou zijn aanvankelijke beslissing herzien. Hij kon het laten lijken op een beleefdheidsbezoek. Al was de kans groot dat Rinaldus te veel door zijn eigen academische problemen in beslag genomen werd om hem hulp te kunnen bieden, toch was het de moeite van een poging waard. Wellicht zag de oude leermeester als buitenstaander een opening die Zaranthe zelf over het hoofd zag.

Met de vereiste concentratie ging de magiër nu aan de slag. Thyll was beveiligd tegen indringers. Daar had hij voor gezorgd. Er zou echter een nieuwe plaats voor zijn controleboeken moeten komen. Ze zouden Sjerdi's geest kunnen gebruiken om achter de huidige bergplaats te komen. Moeri had de jongen ontmoet en had zonder twijfel een verbindingslijn gelegd. Hij kon deze verbreken, maar daar was nu geen tijd voor. Het beste zou zijn om de kleine halfelf terug naar huis te sturen. Maar dat kon Zaranthe toch niet over zijn hart verkrijgen. Argeloosheid verdiende geen straf maar zorgvuldige bescherming. Sjerdi mocht blijven, maar diende een spoedbehandeling in Hoge Magie te ondergaan om een herhaling van een ramp als van vandaag te voorkomen. En ook als reservebron om op terug te vallen.

Hij zou een deel van zijn kennis op zijn leerling kunnen overdragen, maar zoiets bezat ook gevaarlijke kanten. De jongen zou op eigen initiatief kunnen gaan experimenteren met niet te overziene gevolgen. Het was een lastig probleem dat een behoedzame aanpak vereiste.

Met de spreuk van beschutte verwijdering zond hij zijn collectie boeken, met uitzondering van een enkel niet ter zake doend exemplaar en enige lege folio's, naar een afgelegen plek in de Vallei der Schedels in het woestijngebied van Centraal-Astala. Het was Merwolds territorium, maar niet een plaats waar de dikke magiër zou gaan zoeken. Ter extra beveiliging zond hij het sleutelwoord VOETSCHIMMEL achter zijn boeken aan. Het was een woord dat in die omgeving wel nauwelijks genoemd zou worden. Vervolgens toog hij op weg naar de binnenplaats om zich met Sjerdi bezig te houden.

De jongen was diep in slaap, met wijd opengesperde mond. Zaranthe stak zijn handen uit en liet een stroom van toverkracht door zijn vingers vloeien. Daarna bracht hij deze met een knip van zijn vingers op de slapende gestalte over. De knaap zou zich de volgende ochtend van geen enkele verandering bewust zijn. Maar in een situatie van gevaar had hij nu de beschikking over nuttige kennis — inclusief de kunst van het lezen en schrijven.

Door het dichte bladerdek heen begon een roodachtig schijnsel te sijpelen en hier en daar klonken de eerste vroege vogels. Zaranthe voelde zich doodmoe, maar het was tijd om te vertrekken, besliste hij; slaap of geen slaap. Voor dat echter kon gebeuren, viel er nog een laatste zaak te regelen. Hij beende naar de westertoren, beklom de verbrokkelde treden van de wenteltrap tot aan de eerste torenkamer. Hij borg zijn meest relevante tovenaarsattributen in een houten kist en zond deze naar de bodem van de zee buiten de kust van Achra, tezamen met de oproepingsspreuk DROOGTERIMPELS. Vervolgens nam hij zijn hoed en reismantel en begaf zich opgewekt naar de ridderzaal.

Hij zou de normale wijze van reizen moeten gebruiken, hetgeen tijdrovend was en tamelijk oncomfortabel. Zaranthe beschikte echter niet over een geschikt reisgazon of een handig vloerkleed of gobelin, uitgezonderd het fraaie exemplaar dat op dit ogenblik Sjerdi tot beddengoed diende. Het begrootte hem zijn leerling op het kilste uur van de nacht zonder behoorlijke beschutting achter te laten. Dan moest het maar iets anders worden.

Zijn oog viel op een rechthoekig blok grijs basalt dat uit de deels ingestorte buitenmuur afkomstig was en wel deel zou hebben uitgemaakt van een schietgat. Zaranthe plaatste zich schrijlings op het blok, neuriede de drievoudige spreuk van ballistische verplaatsing. Het blok verhief zich naar de ochtendhemel en nam de magiër met zich mee.

Hoofdstuk VI

Zaranthe liet de steen dalen en koerste vervolgens in een horizontale baan in de richting van een vooruitstekende rotsrichel.

Vóór hem lag de berg Kartoral, een reeds lang gedoofde vulkaan, op de top waarvan zich een cirkelvormig meer bevond waaruit precies in het midden een zwart eiland stak. Naar verluidde had Rinaldus daar van platte stenen een onderkomen gebouwd, als een kegelvormige piek die het eiland bekroonde — áls het er nog stond. Aangezien dit gebied regelmatig door aardbevingen getroffen werd kon de situatie sindsdien veranderd zijn.

Juist begon Zaranthe zich gereed te maken voor een zo soepel mogelijke landing op de richel toen er opeens een voorwerp van onderen tegen het steenblok ketste.

Verschrikt staarde de magiër omlaag. Een pijl suisde rakelings langs zijn schouders, en miste ternauwernood de stof van zijn reismantel. Zaranthe verbleekte licht na nog zo'n snel vliegend object. Er was daar beneden iemand met een kruisboog bezig hem uit de lucht te verwijderen. Ging het om hem persoonlijk of was men hier in het algemeen niet op magiërs gesteld? En als dat laatste het geval was, wat kon daarvan de oorzaak zijn? Tot zijn genoegen merkte hij dat de derde pijl hem op ruimere afstand passeerde. Desondanks besloot hij om met zijn landing wat meer haast te maken.

Met een flinke schok landde het steenblok op de rotsrichel, waardoor Zaranthe zich buiten het schootsveld bevond van de schutter daar beneden. Na enig zoeken ontdekte hij een pad dat hoger de berg op leidde. Van tijd tot tijd zag hij een stenen beeld staan, meestal aan de kant van het pad, maar soms er middenop geplaatst. Enigszins verbaasd door dit regelmatig terugkerend fenomeen bekeek hij een van de sculpturen eens wat nader. Hij merkte op dat het hier de voorstelling van een jonge vrouw betrof; de gelaatstrekken artistiek gemodelleerd met een levensechte glans op de wangen, hoewel het beeld hier en daar al een ontsierend patina vertoonde.

Verwonderd vervolgde Zaranthe zijn pad. Gaandeweg ontdekte hij dat op een enkele uitzondering na alle beelden vrouwen en jonge meisjes voorstelden, sommige méér, andere minder verweerd. Ze moesten hier zeker al geruime tijd geleden zijn geplaatst.

Klauterend over de door de tijd afgeronde vulkaanrand ontdekte hij een complete beeldengroep. Het pad dat er oorspronkelijk dwars doorheen had gelopen was door vele voetstappen aan beide zijden verlegd, voetstappen die raadselachtig genoeg alleen van de vulkaan vandáán leken te komen. De meeste beelden vertoonden eigenaardige slijtplekken op schouderhoogte.

Niet-begrijpend vervolgde Zaranthe zijn weg tot aan de rand van het kratermeer. Er lag een boot vastgemaakt aan de arm van een hurkend meisjesbeeld. De kans was dus groot dat Rinaldus niet thuis was. Desondanks besloot Zaranthe de oversteek naar het eiland te maken. Hij zou daar kunnen wachten tot het zijn vroegere leermeester beliefde om terug te keren. Wellicht was er ook iets te eten. Hij merkte dat zijn maag hoorbaar protesteerde tegen het ontbreken van een stevig ontbijt.

Hij stapte in de wankele sloep en nam de peddels ter hand. Het water van het kratermeer was inktzwart. Of dit magische oorzaken had dan wel het gevolg was van een grote diepte viel moeilijk vast te stellen. In ieder geval kwam er tijdens de oversteek niets ongewoons uit het water — tenzij het eiland zelf een begoocheling was.

Hij trad aan land op het brokkelige puimsteen waaruit de bodem van het eiland bestond en ontdekte dat de tholos die Rinaldus' behuizing vormde nog het oorspronkelijke karakter behouden had: als een langgerekte bijenkorf stak het bouwsel hoog boven de omgeving uit. De tholos bezat slechts één enkele toegang. En deze was gesloten met een houten deur; dat wil zeggen: hij stond op dat moment wijd open.

Zaranthe stak zijn hoofd naar binnen en stelde vast dat Rinaldus uithuizig was zoals hij al had vermoed. Boven een gedoofd vuur hing een ijzeren ketel met daarin een brouwsel dat overborrelde van groenigwitte schimmel. Het pluizige goedje verspreidde een stank die de woning tot een onaangename verblijfplaats maakte en een slechte invloed had op Zaranthes eetlust.

Buiten de tholos was het aangenamer. Er scharrelden wat kippen rond die op de een of andere manier tussen de spaarzaam begroeide vulkaansteen wel iets vonden om op te pikken.

Een grote, hier en daar met mos begroeide heuvel herinnerde aan Rinaldus' bezigheden. De heuvel bestond uit de meest gevarieerde soorten mineralen en gesteenten; waaronder halfedelstenen als jaspis, turkoois en jade. Het zag ernaar uit dat de oude magiër al enige tijd geleden met zijn activiteiten gestopt was — al dan niet succesvol. Naast de stenen lag een stapel sprokkelhout. Zaranthe draaide een van de kippen de nek om, plukte haar kaal en bouwde een vuurtje.

Nadat hij de laatste oneetbare resten van het dier in de vlammen had geworpen voelde hij pas hoe moe hij was. Hij zocht een enigszins comfortabele plek waar het spichtige gras wat dichter opeen gegroeid stond, legde zich geeuwend neer, schurkte zijn reismantel wat strakker rond zijn lichaam en viel terstond in slaap…

Toen na een paar dagen de magiër Rinaldus nog altijd niet was thuisgekomen — en de laatste kip in Zaranthes maag was verdwenen — besloot de schrijvenaar dat langer wachten zinloos was. Er moest iets mis zijn met de bewoner van het eiland. Dat kon niet anders. Het was niets voor Rinaldus om een lange reis te ondernemen, of er moest wel een zeer gewichtige reden voor zijn. Zaranthe kon er geen bedenken.

Uiteraard herinnerde hij zich de boogschutter die gepoogd had om hem omlaag te halen. Waar kon de man vandaan zijn gekomen? En waar was hij nu?

Zaranthe stond op. Hij had al te veel tijd verknoeid. Hij sprong in de boot en roeide terug naar de oever van het meer, waar hij het vaartuig weer vastlegde aan het stenen meisjesbeeld dat in haar gehurkte houding nog altijd over het water scheen te turen. Hij volgde met grote passen het pad naar omlaag, waarna hij spoedig de richel bereikte waarop hij zijn reissteen had achtergelaten. Uit voorzorg gluurde hij even over de rand. Maar er was niemand te zien. De magiër sloeg zijn linkerbeen over het steenblok en even later zweefde hij soepel langs het uitspansel. Zijn helderblauwe ogen zochten speurend de omgeving af, tot zijn aandacht plotseling getrokken werd door een terrasvormige akker met olijfbomen halverwege de berghelling. De okergekleurde bodem contrasteerde met het stekelige grauwe gewas dat dit deel van de berg overdekte. Verscheidene akkers werden zichtbaar. Ze liepen in een serie halvemanen in de richting van het dal en waren ommuurd met poreuze rotsblokken. Op het punt waarop de reeks akkers zich naar twee zijden opsplitste langs een verweerde kloof lag een dorp van eenvoudige huizen met rode daken van brokkelige baksteen. Vanaf dit dorp liep een weggetje omlaag in een bocht rond een eucalyptusbosje. Het was daar dat Zaranthe zijn reisblok neerzette.

Hij was er zeker van dat niemand hem had gezien. Hij had het laatste deel uiterst oplettend tussen de kruinen van olijfbomen door gezweefd buiten het zicht van het dorp. Er bestond geen reden om zijn vervoermiddel aan het oog te onttrekken: één steen meer of minder zou niet opvallen en hij betwijfelde of er één dorpeling benul had van de leer der gesteenten.

Zaranthe verliet de akker en nam het steile pad in de richting van het dorp. De weg bleek een bergstroompje te volgen en de schrijvenaar hield enkele ogenblikken stil om zijn dorst te lessen.

Plotseling klonk het geklapwiek van vleugels uit de struiken aan de overkant: het was een raaf. Het dier zette zich neer op een tak en staarde Zaranthe aan met een uitdrukkingloze blik in de glanzend zwarte ogen. Zaranthe nam nog een handvol water tot zich en draaide zich vervolgens om naar het pad. Opnieuw klonk het vleugelgeklapper. En tot zijn schrik voelde hij de nagels van het dier in zijn schouder. Veren sloegen tegen zijn wangen.

"Verdwijn, mormel!" riep de magiër geërgerd. Met maaiende armen joeg hij het dier bij zich vandaan. De raaf zocht een plek hoog in een eenzame cipres en bleef hem vanuit die positie ondoorgrondelijk aankijken.

Zaranthe mompelde nog een verwensing en vervolgde toen zijn weg. Telkens hoorde hij hoe de vogel opvloog en een andere tak of boom opzocht, dichter bij de voortstappende magiër…

Toen de schrijvenaar de eerste huizen van het dorp bereikt had, was hij moe en bezweet. Het dorp was feitelijk één slingerende laan huizen, omhooglopend tegen de helling van de Kartoral. Aan beide zijden van het pad waren huizen gebouwd, terwijl de bergstroom nu achter de ene rij langs kabbelde. Ieder huis was witgekalkt en bezat kleine vensters vlak onder de dakrand, de plaats die de raaf verkoos tijdens Zaranthes tocht de berg op. Slechts af en toe gebruikte hij zijn vleugels wanneer hij zich van het ene huis naar het andere verplaatste.

Tussen twee gebouwtjes bevond zich een ruime open plaats waar de beek een scherpe meander maakte. Van stenen had men daar een bassin geconstrueerd waarin een deel van het water tijdelijk bleef staan, terwijl de rest kolkend over de rand zijn weg omlaag vervolgde. Eén enkele stokoude eucalyptus overschaduwde de plaats.

Zo kwam het dat Zaranthe niet onmiddellijk de man ontdekte die daar op de grond zat tegen de afbladderende stam. Er ging een deur open van een van de huizen die de magiër zojuist was gepasseerd. Zaranthe bleef staan en wendde zich om. Drie kinderen holden naar buiten. Ze gingen op blote voeten en stuk voor stuk droegen ze een vormeloos geelgroen kledingstuk dat als een zak van hun magere schouders afhing. Ze raapten stenen van de grond en wierpen die naar de boom op de open plek. Er klonk een gekreun uit de schaduw.

Toen pas herkende Zaranthe Rinaldus. De tovenaar lag vastgeketend aan de oude boom. Het andere eind van de zware ketting was rond zijn hals geslagen en voorzien van scherpe punten, binnenwaarts gekeerd en bruin van het geronnen bloed. Zijn kleren bestonden nog slechts uit gerafelde vodden, waaruit broodmagere armen en benen staken, overdekt met bloederige schrammen en builen, waaraan er zojuist nog enkele waren toegevoegd.

Een oude vrouw strompelde voorbij. Ze nam niet de moeite om de kinderen van hun activiteiten af te houden. Integendeel: ze spuugde een flinke klodder voor de arme Rinaldus op de grond alvorens ze moeizaam verder liep.

Nu zag Zaranthe het gezicht van de tovenaar. Rinaldus was bijkans onherkenbaar veranderd; opgezet op plaatsen die mager hoorden te zijn en mager, dáár waar je een ronding zou verwachten. Zijn vroeger zo volle en witte baard was een kluwen touw, samengeknoopt door bloedklonters en gedroogd braaksel. Het was dat hij jarenlang in Rinaldus' omgeving had verkeerd, anders zou Zaranthe gemakkelijk verondersteld kunnen hebben dat het een ander was.

Enkele arbeiders keerden langs het pad omlaag terug van hun werk op de akkers. Ter hoogte van het bassin voegden ze zich bij de kinderen, namen een steen ter hand en amuseerden zich een tijdlang op dezelfde wijze als het jonge drietal. Zaranthe, wiens aanwezigheid de anderen kennelijk ontgaan was, leek het raadzaam zich niet terstond met de situatie te bemoeien. Zijn blik viel op een huis waarvan de deur openstond. Een ijzeren lantaarn hing boven de deurpost; de kans was groot dat het hier de plaatselijke herberg betrof. Zonder nog aandacht te schenken aan de meelijwekkende gestalte onder de boom stapte hij het huis binnen.

Zaranthes veronderstelling bleek op waarheid te berusten. Nadat zijn ogen aan het schemerduister waren gewend zag hij dat de herberg bescheiden van afmetingen was en zonder veel opsmuk. Achter een houten schot met een leistenen bovenblad, waarop een kleine verzameling kruiken in diverse grootten prijkte, stond een magere man met ingevallen, stoppelige wangen. Zijn zwarte haar was kort en warrig en voor een deel bedekt door een grijze muts waarvan de lange punt tot over zijn schouder omlaag hing. Ogen als van een kraai blikten diep uit hun kassen Zaranthe tegemoet, vanonder dicht aaneengegroeide wenkbrauwen.

Enkele mannen zaten op afgezaagde boomstammen in een hoek te mompelen. Hun gesprek stokte op het ogenblik dat de magiër de toog naderde. Een van hen hield een trommel tussen de knieën geklemd waarover één enkele snaar was gespannen. Zijn rechterhand steunde op een strijkstok.

Zaranthe knikte de aanwezigen beleefd toe en liep vervolgens op het groepje af.

"Heeft iemand bezwaar als ik erbij kom zitten?"

Het gezelschap mompelde onverstaanbare klanken op een toon die uitgesproken onvriendelijk was. Desalniettemin zag Zaranthe geen aanleiding om van zijn voornemen af te wijken. Hij nam plaats op een vrije boomstronk die tegen de muur was gerold en gedeeltelijk in de lemen vloer verzonken. De dorpelingen wendden zich van hem af en zetten hun gesprekken mompelend voort. Even later kwam de waard van achter het schot tevoorschijn. Zijn ene been bleek wat korter dan het andere en hij hobbelde met een kruik en een beker in zijn hand Zaranthes richting uit.

"Meneer wenst te drinken?" vroeg hij. Zijn stem was hees en zwaar.

"Met genoegen," antwoordde Zaranthe opgewekt. "Wat heeft u zoal te bieden?"

"Dit," zei de waard nors. En hij goot de beker halfvol. Zaranthe nam de drinkbeker over en betaalde met een koperen dukaat, wat kennelijk voldoende was. Hij nam een slok. Met de grootste moeite wist hij de drank binnen te houden. Deze bezat een zure, doorgegiste smaak en moest een uiterst geschikt middel zijn om witkalk af te branden.

"Wat is dit?" wist hij ten slotte met enige moeite uit te brengen.

"Ratsmalij," antwoordde de waard onbewogen. "Een specialiteit van deze streek."

Zaranthe verwachtte op zijn reactie beoordeeld te worden. Hij hief de beker en zei dapper: "Schenk nog maar eens bij."

De waard voldeed aan het verzoek en hobbelde vervolgens tevredengesteld terug achter het schot.

Wetend dat hij door het gezelschap heimelijk in het oog werd gehouden nam Zaranthe nog een ferme slok. De man met het instrument wendde zich naar hem om en vroeg: "Komt u van ver?" De anderen staakten hun gesprek en keken belangstellend toe.

"Tamelijk," antwoordde Zaranthe behoedzaam. De muzikant was klein van gestalte en zijn gezicht leek jonger dan zijn werkelijke leeftijd wel zou zijn. Hij droeg een wijde broek die met banden over zijn rechterschouder omhooggehouden werd. In nonchalant geknoopte lussen hingen fluiten van diverse afmetingen.

"Mijn vriend hier zegt dat hij enkele dagen geleden een tovenaar op de berg heeft gezien die een soortgelijke mantel droeg als de uwe. Hij heeft nog geprobeerd hem met zijn pijl naar beneden te halen," vervolgde de kleine dorpeling. "U komt toch niet toevallig uit die richting?"

"In geen geval," antwoordde Zaranthe haastig. "Ik ben het dorp precies vanaf de andere kant genaderd. En mijn bovenkleding is van een model dat althans in de streken waar ik vandaan kom tamelijk algemeen is."

"U komt van Zulcho?"

"Nee," antwoordde de magiër naar waarheid. "Uit Thyll."

"Dan bent u ver van huis. Wat komt u hier doen in deze afgelegen dreven?"

"Ik reis en doe indrukken op."

"Laat maar, Thio," mengde een van de anderen zich in het gesprek. "Je ziet toch dat hij geen tovenaar is?"

De muzikant haalde zijn schouders op en wendde zich weer tot zijn kameraden.

"Eén ogenblik, heren," sprak Zaranthe fronsend. "U spreekt over tovenaars; hebt u iets tegen die lieden?"

"Dat kunt u wel zeggen," antwoordde de man met het instrument. "Maar zoals mijn vriend al opmerkte: u hebt niets te vrezen. U bent geen magiër. Magiërs trekken immers de raven aan."

Zaranthe zweeg. Hij had nog nooit van een dergelijke eigenschap gehoord. Maar inderdaad; hij was de hele weg naar hier door een raaf gevolgd. Gelukkig kon dit dier worden toegeschreven aan Rinaldus, die buiten lag als mikpunt van wat kennelijk een dorpshaat was.

De dorpeling legde de strijkstok over zijn trommel. En terwijl hij zijn andere hand gebruikte om de snaar aan te trekken en te ontspannen begon hij te spelen. Het was een weinig toonvaste melodie, jankerig en ietwat onzuiver; wonderwel passend bij de ratsmalij, stelde Zaranthe vast. Het cultuurgoed van deze streek was het niet waard om elders aan te prijzen.

"De dorpsactiviteiten wekken mijn nieuwsgierigheid," waagde hij te zeggen, nadat de muzikant zijn stukje scheen te hebben voltooid en vervolgens een beker ratsmalij in één stevige teug had geleegd. "Die man daarbuiten bijvoorbeeld, wordt voortdurend gestenigd. Is dat soms een oud dorpsgebruik?"

Terstond na zijn woorden keerde het wantrouwen terug in de houding van het gezelschap.

"Wat moet u van hem?" vroeg een grofgebouwde man met een brede afhangende neus die tot aan zijn vlezige bovenlip reikte.

"Het is een niet-alledaags gezicht; dat is alles," antwoordde Zaranthe nu op zijn hoede. "Ik vroeg mij af waaraan die man zijn lot te danken heeft."

De grote dorpeling spuwde op de vloer.

"Die verdient wat hij krijgt — en méér dan dat. Het is de tovenaar van de Kartoral. Hij heeft onze vrouwen en dochters met zijn toverkunsten de berg op gelokt en in steen veranderd. We houden hem zo lang mogelijk in leven."

Zaranthe had voorlopig genoeg gehoord. Dus dát waren de beelden die hij op zijn tocht naar boven was tegengekomen. Geen wonder dat de natuurgetrouwheid van de sculpturen hem had getroffen! Hij moest zijn vroegere leermeester uit deze moeilijkheden zien te halen. Hij had diens hulp nodig. De eerste uren echter zou hij niets kunnen ondernemen zonder zelf gevaar te lopen.

Hij bestelde een derde beker drank en luisterde naar de muziek, terwijl hij peinzend voor zich uit staarde.

Hoofdstuk VII

I n de loop van de avond werd het drukker in de herberg. En rond het middernachtelijk uur leek het hele dorp in het kleine vertrek te zijn samengepakt. Zaranthe nam zijn intrek in een tochtig hok vlak boven de gelagkamer en wist zo enigszins onopvallend de aandacht van de dorpelingen te ontlopen. Via een ladder aan de achterzijde verliet hij het logement. Tussen twee huizen bleef hij een ogenblik staan. Wrijvend over zijn kleine neus en spitse kin keek hij naar links en rechts. Vervolgens begaf hij zich naar de enige straat van het dorp.

Met uitzondering van de lantaarn boven de deur van de herberg waren alle huizen onverlicht en de straat leek uitgestorven. Uit de open deur klonken luidruchtige flarden muziek en gesprek. Zaranthe negeerde het rumoer en begaf zich onder dekking van het duister in de richting van de oude eucalyptus.

Een donkere vorm onder aan de stam bewoog zich kreunend.

"Rinaldus!" fluisterde Zaranthe scherp. Er klonk een onverstaanbaar gegrom als antwoord. "Rinaldus. Ik ben het: Zaranthe!"

Nu bewoog de gestalte zich moeilijk tot hij een zittende houding had aangenomen.

"Wie waagt het mij in mijn kommervolle omstandigheden te bespotten? Hoor ik het goed? Ben jij het werkelijk, Zaranthe? Verlos mij uit deze nachtmerrie of ga heen. Waag het niet mij uit te lachen."

"Ik lach niet, Rinaldus," stelde Zaranthe hem gerust. "Dat gerucht komt uit de herberg."

"O zeldzame — smaak van ratsmalij. Hoe dikwijls heb ik u vervloekt. En o, hoe verlang ik nu naar de zure brand om de pijn in mijn keel en geteisterde ingewanden te verdoven. Wat kom je hier doen?"

"Ik kom je hulp vragen, Rinaldus," antwoordde de schrijvenaar terwijl hij zich wat dieper in de schaduw drong, onder de eucalyptusboom.

"Jij *mijn* hulp? Zie ik ernaar uit dat ik *iemand* zinvolle assistentie kan verlenen? Mijn lijdensweg neemt geen eind. Mijn toverkracht is geblokkeerd. Ik kan niet eens mezelf helpen. Ik ben een verdoemde."

"Een kleinigheid, leermeester. Tijdelijk en niet van belang. Maar vertel mij: hoe raakt een kundig tovenaar in zulke onterende omstandigheden verzeild?"

"Zuiver toeval," bromde Rinaldus die bij ieder woord de punten van zijn halskraag in zijn vlees voelde snijden. "Mij treft geen enkele blaam."

"Men zegt dat je dorpsmaagden hebt gelokt en ze in steen hebt veranderd. Wat is daarvan wáár?"

"De helft — en dat dan ook nog zonder enige opzet. Dat verzeker ik je. Hoe kon ik weten dat de valwinden mijn stem tijdens de litanieën van tweevoudige transformatie tot aan het dorp droegen, waarbij deze zó vervormd werden dat ze klonken als de leidraad van liefelijke lokking?"

"Hoogst ongelukkig," stemde Zaranthe in. "Maar dat is toch nog geen reden geweest om ze allemaal te verstenen?"

"Ik wist niet eens dat ze er waren. Telkens wanneer een van die maagden mijn blik ving was het al gebeurd."

"Zeer onverantwoordelijk, leermeester."

"Dat is het enig denkbare verwijt," gaf de ongelukkige tovenaar toe. "Een straf als deze onwaardig."

"Nu we het daarover hebben," vervolgde Zaranthe op zakelijke toon. "Hoe hebben ze een tovenaar te pakken kunnen krijgen — en waar is je toverkracht nu? Eén spreuk en je zult jezelf toch kunnen bevrijden?"

"Helaas." Rinaldus zuchtte diep met een rochelend geluid. Hij pauzeerde even noodgedwongen om bloed te spuwen en legde toen uit: "Men ving mij juist op het moment van transformatie. Deze ijzeren halskraag stopte het proces vóór de spreuk zijn volledige uitwerking kreeg. Ik zit zogezegd gevangen in een magisch vacuüm..." Vervolgens toonde hij Zaranthe zijn achterste, waar zelfs in het bijna-donker duidelijk zichtbaar een leeuwenstaart kwispelde — een detail dat Zaranthe nog niet was opgevallen. "...Hoe ze mij te pakken kregen is mij overigens een raadsel. Plotseling was ik door dorpelingen omringd. Ik had niet eens tijd om mijn spreuk óm te keren."

"Achteruitlopend," peinsde Zaranthe die zich plotseling de voetsporen herinnerde. "Ik zal een spreuk over je laten neerdalen, Rinaldus. Dan ben je zó weer vrij."

Zijn gevangen leermeester zuchtte ongelukkig.

"Helaas. Was dat maar wáár. Door het magisch vacuüm heeft toverkracht geen greep op mij. Je zult met iets anders moeten komen."

"Tja, dat bemoeilijkt de zaak aanzienlijk. Maar wanhoop niet: ik zal een oplossing bedenken. Ik spreek je morgen weer hier op dezelfde plaats, dezelfde tijd."

"Ik was ook niet van plan om ergens anders heen te gaan," reageerde Rinaldus waarbij hij de ketting omhoog_hield waarmee hij aan de boom geklonken zat. "Er is echter nog één ding dat je voor mij kunt doen. Ik smacht naar water, maar de ketting reikt net niet ver genoeg om erbij te kunnen."

Zaranthe bracht de voormalig schrijvenaar enkele handenvol water en trok zich vervolgens terug op zijn kamer in de herberg, waar het geflapper van ravenvleugels tegen het kleine venster hem nog uren wakker hield.

De volgende dag laat in de ochtend begaf Zaranthe zich naar de gelagkamer, waarbij hij de zwarte vogel negeerde die zich nog altijd op de vensterbank buiten zijn slaapkamer ophield. Hij bediende zich van een uitgebreid ontbijt bestaande uit vers, knapperig brood dat in olijfolie was gedrenkt, belegd met een plaatselijke geitenworst die hij zich goed liet smaken. Tijdens het drinken van enige kommen lindebloesemthee liet hij zich uitgebreid door de waard informeren over het dorpsbestuur. Enige tijd later verliet hij de herberg om zich naar de hoger gelegen akkers te begeven.

Tot zijn ergernis werd hij opnieuw gevolgd door de zwarte vogel. Maar hij stelde met enige opluchting vast dat de straat, op de ongelukkige tovenaar Rinaldus na, uitgestorven was.

Klauterend over puimsteenmuren volgde hij een onduidelijk pad tot hij een olijfgaard bereikte waar een oude man lag te slapen onder een lage tak, comfortabel in de schaduw. Zaranthe stelde vast dat de man overeenstemde met de beschrijving die de waard gegeven had: wijde zwarte broek, hemd met blote schouders. En een dichte grijze baard. De grauwe, vormeloze hoed die een deel van het gezicht bedekte, was een toegift.

Zaranthe wekte de slapende door enige malen met zijn puntige reislaarzen tegen diens voetzolen te schoppen. Verstoord tikte de oude man zijn hoedrand boven de ogen, die lichtgrijs van kleur waren — en bloeddoorlopen.

"Heer burgemeester?" begon Zaranthe. "Excuseer de wat ruwe verstoring van uw rust. Maar ik zou graag een belangrijke aangelegenheid met u willen bespreken."

Na een soort gegrom en een vernietigende blik legde de aangesprokene zich op zijn andere zij opnieuw ter ruste. Het bebaarde hoofd steunde op de palm van zijn rechterhand.

"Ik zal helaas moeten aandringen," vervolgde Zaranthe, die geenszins uit het veld geslagen was. "Het betreft het ongelukkige lot van de vrouwen uit uw dorp."

"Ach helaas." De burgemeester richtte zich half op, sloeg het stof van zijn broekspijpen en keek nu met enige belangstelling naar de ander omhoog. "Een betreurenswaardige zaak voor het dorp. En niet iets om de spot mee te drijven. Slechts de jongste kinderen en de stokdove gezusters Dasyani heeft het monster van de berg ons gelaten. Laat ons alleen in onze ellende, vreemdeling, of ik zal de schepenen moeten inschakelen. Ik ben tevens schout van dit dorp, weet u."

"Dat is mij bekend, burgemeester. Maar de gedachte aan spot staat mij evenzeer tegen als u. Ik meen een manier gevonden te hebben om uw vrouwen en dochters aan het dorp terug te schenken. Ik vroeg mij alleen af wat u dit waard is."

De oude man begon nu werkelijk interesse te tonen. De waterige ogen verkleinden zich en tuurden scheef naar de vreemdeling omhoog.

"Ons dorp bezit geen rijkdommen. Wij zwoegen onszelf door de jaargetijden heen." Plotseling sperde hij zijn ogen wijd open.

"Maar... de raaf... u bent een vervloekte tovenaar."

"Ik geef toe," sprak Zaranthe kalm, "dat ik enige jaren tovenaarsleerling ben geweest. Maar dat kunt u mij bezwaarlijk aanrekenen.

Bovendien: aangezien de door ons besproken schade door toverkracht is ontstaan, zal deze moeilijk door iets anders dan toverkracht ongedaan kunnen worden gemaakt."

"Daar zit iets in," gaf de burgemeester aarzelend toe.

"Nu, wat de prijs betreft voorzie ik geen problemen. Ik heb met belangstelling kennisgenomen van het dorpsamusement."

"U wilt een snarendoos?" vroeg de oude man verbluft.

"Een interessant instrument zonder twijfel en één waarvan ik gisteren in de nachtelijke uren langdurig heb kunnen genieten. Ik doel echter eigenlijk meer op de gevangen tovenaar die op uw dorpsplein zijn gerechte straf ondergaat. Ziet u: ik ontplooi in mijn dagelijks leven activiteiten van velerlei aard. En het bezit van een echte tovenaar — hoe machteloos ook — zou mijn status zeer ten goede komen."

De burgemeester die een zeer voordelige handel voorzag, stemde onbekommerd toe. Zaranthe sprak hieromtrent enige concrete zaken met hem af en verliet vervolgens de olijfgaard. Achter zich hoorde hij de schelle stem van de oude man die de andere dorpelingen bij zich riep om hen het goede nieuws mee te delen. Zaranthe verkende enige tijd de omgeving tot hij een plek vond die hij voor zijn plan geschikt achtte. De rest van de dag viel er weinig meer te doen. Hij keerde terug naar de herberg en bracht de volgende uren door in aangename ontspanning. Zelfs de zure dorpsdrank scheen hem beter te smaken dan de vorige dag het geval was geweest.

Toen na de korte schemering het donker was ingevallen begaf hij zich naar het plein, waar hij opnieuw Rinaldus in kommervolle toestand aantrof. Deze keer was de arme tovenaar dusdanig aangeslagen door de bestraffingen van de dorpelingen dat er geen verstandig woord met hem te wisselen viel.

Zaranthe besefte dat hij niet echt de hulp van Rinaldus nodig had voor wat hij van plan was. Hij liet zijn voormalig leermeester alleen en begon de dorpsweg in benedenwaartse richting af te lopen. Een regelmatig terugkerend gefladder van vleugels leerde hem dat hij nog altijd door een raaf werd gevolgd. Om de een of andere reden veroorzaakte de aanwezigheid van de grote vogel een vaag soort ongerustheid, maar hij kon er niet zijn vinger op leggen. Hij negeerde het dier ten slotte en spoedig was hij aangekomen bij de boomgaard waar hij zijn reissteen had achtergelaten. Niet lang daarna vloog hij langs de nachtelijke hemel naar de top van de Kartoral...

Het eiland van Rinaldus in het centrum van het kratermeer lag er nog net zo bij als Zaranthe het de vorige dag had achtergelaten. Deze keer onderwierp de schrijvenaar de tholos en zijn omgeving aan een grondig onderzoek. Bijgelicht door een toorts liet hij geen steen van het eiland op zijn plaats. Na enkele uren had hij gevonden wat hij zocht. Althans, de kruik bier en de strooppot die hij uit een door planken en keien afgedekte voorraadkelder had opgediept waren zeer geschikt voor het doel dat hem voor ogen stond.

Opgewekt begon de schrijvenaar aan de uitvoering van zijn plan...

De volgende ochtend had de hele bevolking van het dorp zich in alle vroegte op het dorpsplein verzameld. Het was nog donker en enkele lieden hadden zich voorzien van brandende fakkels. Een verwachtingsvol gemompel vulde de open plek. Van onder de breed uitstaande takken van de eucalyptus sloeg de tovenaar Rinaldus met wijd open angstogen de menigte gade. Maar niemand bleek enige belangstelling voor hem te hebben. Niet-begrijpend staarde hij vervolgens naar zijn vroegere leerling. Zaranthe had zich in ontspannen houding op een steen neergezet, vlak bij de rand van het bassin dat met het klaterend geluid van altijd stromend beekwater het geroezemoes ondersteunde.

De spil van de menigte was zonder twijfel de burgemeester; hij had zijn zwarte broek uitvoerig geborsteld. En zich voor de gelegenheid voorzien van een versleten paarse mantel en een handgesneden stok in de vorm van een gestrekte adelaar — kennelijk het officiële teken van zijn ambt. Af en toe wierp hij ongeduldige blikken op Zaranthe, die hem evenzovele keren met een handgebaar beduidde dat het nog geen tijd was.

Een karmozijnrode gloed spreidde zich langzaam uit over de oostelijke hemel, waardoor geleidelijk aan de contouren van bomen en rotspartijen zich begonnen af te tekenen. De spanning nam gaandeweg toe. Er werd schichtig met voeten geschuifeld en met ogen gedraaid. Het geroezemoes nam af tot een fluistering. En ten slotte stilte; enkel onderbroken door het ruisen van de nabije beek en een sporadische kuch.

Een eerste zonnestraal schoot onder de takken van een verre boomgaard door. Een oranje zonneschijf leek in stukjes en beetjes op te komen, verhief zich...

"Daar!" Een kind schreeuwde, een trillende arm gestrekt. Een zucht voer door de menigte terwijl eenieder zijn hoofd in de aangegeven richting wendde:

Vrolijke kleuren bewogen tussen de olijfbomen van een akker die zich op de berghelling bevond, een flink eind boven het dorp. Vrouwengestalten in een kleurige dans. De beweging was zelfs op deze ruime afstand duidelijk zichtbaar.

Een kind begon te hollen, gevolgd door een ander. Ten slotte renden de dorpelingen opgewonden schreeuwend hun vrouwen, moeders, dochters en zusters tegemoet.

"Eén ogenblik!" Zaranthe was opgesprongen en hield met een magere hand de burgemeester staande die zich net als de anderen in beweging had gezet. "Mijn beloning burgemeester."

De aangesprokene draaide zich om terwijl het plein rondom hem leegstroomde.

"Hier!" hijgde de oude man opgewonden. Hij stak Zaranthe een grote ijzeren draadtang toe. "Knip hem maar los en neem hem mee. Doe met hem wat ge wilt. Hij is van u."

Vervolgens haastte de burgemeester zich achter de anderen aan, de berg op. Zaranthe liet geen seconde verloren gaan. Hij zette de tang op de ijzeren halsband en drukte uit alle macht. Rinaldus brulde van pijn toen de ijzeren punten zich in zijn rauwe vlees drongen. Zijn leeuwenstaart zwiepte Zaranthe bijna omver.

"Zit stil!" snauwde deze. "We moeten maken dat we hier weg komen." Hij perste nu met al zijn kracht de armen van de tang opeen, totdat met een verlossende knal de halsband open sprong.

Hij smeet de tang in het bassin en trok Rinaldus overeind om hem vervolgens langs de dorpsweg omlaag te sleuren.

De tovenaar van de Kartoral bleek echter zó verzwakt dat hij nauwelijks zijn ene voet voor de andere wist te plaatsen. Op deze manier ging het niet.

"Klim op mijn rug!" riep Zaranthe ten slotte, terwijl hij korte gespannen blikken wierp op de hogere berghelling. Rinaldus liet zijn armen over de schouders van zijn leerling bungelen. Tot meer was hij niet in staat. Zaranthe vatte diens polsen in een stevige greep, kromde zijn rug en droeg de tovenaar zo over het pad langs de bergbeek.

Door het extra gewicht schoot Zaranthe minder snel op dan hij gehoopt had — en verantwoord was — en hij verwenste zichzelf voor het feit dat hij dit niet had voorzien en zijn reissteen niet dichterbij had gestald.

"Vanwaar…die…haast?" kreunde Rinaldus wiens armen bijna uit de kom werden getrokken.

"We moeten hier weg zijn vóór de dorpelingen ontdekken dat ze zijn beetgenomen." Zaranthe hijgde als gevolg van de inspanningen.

"Wat…in Randoers naam…heb je uitgespookt?" stamelde zijn last geschrokken.

"Heb ik je hier uitgehaald of niet? De dorpelingen komen wel weer over de schok heen. Ik heb in geen geval hun situatie verslechterd. Hun is niets afgenomen dat ze al niet door jouw toedoen zijn kwijtgeraakt."

"Ja, maar wát heb je precies gedaan?" hield Rinaldus vol, terwijl ze de akker naderden waar Zaranthe zijn voertuig had gestald.

Achter hen, hoger op de helling veranderden de opgewonden kreten plotseling in woedend geschreeuw dat Zaranthe zijn voetstappen zo mogelijk nog deed versnellen.

"Mijn reissteen bracht me op het idee," hijgde hij. "Ik ben op elk van de versteende vrouwen gaan zitten en heb ze naar gindse boomgaard getransporteerd met de drievoudige spreuk van ballistische verplaatsing. Verder heb ik een smeersel gemaakt van stroop en bier en dit over elk beeld gestreken. De geur heeft alle vlinders uit de omgeving aangetrokken, die vervolgens in al hun kleuren rond de beelden zijn gaan dansen, dronken door de alcohol."

"Effectief, maar riskant," gaf Rinaldus toe. Zaranthe had intussen zijn vervoermiddel bereikt. Hij liet Rinaldus van zijn rug glijden, zette zich achter zijn leermeester schrijlings op de steen en neuriede haastig de drievoudige spreuk, terwijl de eerste woedende dorpelingen al langs het laatste huis omlaag kwamen gerend. De steen verhief zich en even later suisden de beide magiërs veilig en wel boven de boomgaarden, op weg naar de top van de vulkaan. Niet ver achter hen volgde een zwarte vogel…

Hoofdstuk VIII

"Die raaf begint mij danig te irriteren," deelde Zaranthe op geërgerde toon mee. De twee magiërs hadden na hun aankomst op het vulkaaneiland enige uren doorgebracht met het op orde brengen van verscheidene zaken: Rinaldus had eindelijk zijn transformatie voltooid en beschikkend over zijn normale toverkracht had hij een beschermende ring van ondoordringbaar koudvuur rond de bergtop gelegd; waarna hij met spreuken, wondzalf en zeep zijn geteisterde lichaam had verzorgd. Intussen haalde Zaranthe het gebrek aan slaap van de vorige nacht in. Beiden zaten nu voor de ingang van de schoon geschrobde tholos en staarden uit over het water van het kratermeer. Rinaldus strekte zijn handen uit, mompelde enige woorden en zag tot zijn genoegen hoe het bootje dat Zaranthe aan de andere oever had vastgelegd zachtjes schommelend terugvoer naar het eiland.

"Onzin," reageerde hij op de woorden van zijn vroegere leerling. "Tovenaars trekken nu eenmaal raven aan."

"Als je dat beweert," peinsde Zaranthe bezorgd, "mankeert er iets aan je geheugen. Het is namelijk nooit zo geweest."

"Ik zou zeggen dat *jouw* brein is aangetast sinds je onder mijn hoede vandaan bent," weersprak Rinaldus hem. "Het is nooit anders geweest."

Plotseling bekroop Zaranthe een verontrustende gedachte: was de werkelijkheid aan het veranderen? Haastig liet hij de consequenties aan zijn brein voorbijgaan: het gilde moest greep op zijn Boek hebben gekregen en wel veel sneller dan hij verwacht had. Het was weliswaar een kleinigheid, maar toch...

"Luister, Rinaldus," begon hij terwijl hij overeind sprong en opgewonden heen en weer stapte.

"Ik heb je hulp nodig. Ik bevind mij in grote moeilijkheden."

De tovenaar van de Kartoral streelde zijn baard die bijna de oorspronkelijke zachtheid en witte kleur teruggekregen had en knikte welwillend.

"Geen inspanning zal mij te veel zijn. Ik heb weliswaar in mijn magische queeste gefaald — het ultieme kristal heb ik ondanks al mijn pogingen niet kunnen maken, hetgeen misschien nog wel zo goed is. Het zou de nieuwe kern van het universum zijn geworden met alle consequenties van dien..." Hij bleef enkele ogenblikken diep in gedachten voor zich heen staren. Toen nam hij de draad van zijn woorden weer op: "...Maar mijn vermogens zijn toch bepaald niet gering."

"Hm," mompelde Zaranthe vol twijfel. "Wellicht doe je er voorlopig beter aan in plaats van aan het verstenen, aan het óntstenen van steen te denken. Schuldig of niet; je kunt een zekere verantwoordelijkheid voor het probleem van de dorpelingen daar beneden niet ontkennen. Maar ter zake..."

Vervolgens legde hij Rinaldus zijn probleem voor. Nadat hij had verteld wat er de laatste weken zoal was voorgevallen barstte Rinaldus onverwacht in een diepgemeende schaterlach uit.

"Wat valt er te lachen?" vroeg Zaranthe nijdig.

"Ha, dus jullie hebben eindelijk geprobeerd om Randoer tot leven te brengen? Het wekt mijn verwondering dat er nog niet eerder een poging is gewaagd. Wel, de oplossing van dát raadsel is verbazend eenvoudig: hij ligt niet meer in zijn graf."

"Wat vertel je me nu?"

"Zeker. Ikzelf heb jaren geleden samen met Jarazal de Machthebbende — die zoals je weet Coprates' voorganger als gildevoorzitter was — het lichaam van de Grote Magiër uit het graf gehaald en overgebracht naar een veiliger plaats."

"Maar waarom?" wilde de schrijvenaar weten.

"We hadden goede redenen om aan te nemen dat iemand de verleiding niet zou kunnen weerstaan om gebruik te maken van de krachtige magie die nog altijd rond Randoers gebeente hangt."

Zaranthe staakte zijn heen en weer geloop en zette zich opnieuw naast Rinaldus neer.

"Maar wat was het dán wat daar op de heuvel tevoorschijn kwam?" vroeg hij.

"Ik weet niet precies *wie* het was," klonk het antwoord. "Ik weet alleen dat de heuvel zélf een oeroud grafmonument is. Er moeten in het onpeilbare verleden heel wat stamhoofden zijn begraven..."

"Dat verklaart wellicht het woeste karakter van de verschijning."

"Zeker. Kennelijk iemand die in een bloedige veldslag is gesneuveld en meende dat deze nog altijd woedde."

"Alles goed en wel." Zaranthe voelde een sprankje hoop dagen. "Maar dan is de geest van de Grote Randoer nog altijd ergens te bereiken. Waar bevindt zich dan nu zijn gebeente?"

Rinaldus vertelde het hem. Zaranthe verbleekte.

"Een onoverkomelijke moeilijkheid dringt zich aan mij op," bracht hij uit.

"Zeker," gaf zijn leermeester toe. "Maar het is wel je enige kans."

Even keek hij zoekend om zich heen. Toen vroeg hij: "...Overigens... waar zijn mijn kippen gebleven?"

Zaranthe verliet de berg Kartoral vroeg in de ochtend van de volgende dag. Onder de gordel die zijn reismantel bijeenhield bevond zich een leren zakje met goudkorrels — echt goud — afkomstig uit de voorraad van Rinaldus. Het was hem welwillend door zijn leermeester afgestaan als compensatie voor de verloren tijd en de gedane moeite.

Onder zich merkte hij de sprankelende barrière van koudvuur op, waarachter een groep dorpelingen een kampement van zeildoeken hutten had opgezet in afwachting van een moment van onoplettendheid van de oude tovenaar. Zaranthe glimlachte. Er werden enkele pijlen op hem afgevuurd, doch geen ervan kon hoog genoeg reiken om hem of zijn reissteen zelfs maar aan te tippen. Ook de raaf die hem volgde, besteedde geen aandacht aan de kansloze schutters daar beneden. Hij klapwiekte traag en hield een constante afstand in acht van enkele tientallen meters.

Zaranthe en diens onwelkome escorte zetten koers naar Askania. Het doel was de hoofdstad Kodar, de residentie van koning Omandras en de illustere koningin Iliria de Schone.

Zaranthe herinnerde zich Askania als een lieflijk land van bossen en meren, afgewisseld met uitgestrekte lichtglooiende weiden en korenvelden; een gebied met een rijke bodem, welvarende dorpen vol juweeltjes van architectuur. En verspreid langs schilderachtige rivieren de lusthoven van de adel. De eerste aanblik van Askania bracht de schrijvenaar op de gedachte dat hij zijn koers wat onzorgvuldig moest hebben uitgezet:

Verdorde vlakten, zwartgeblakerde heuvels, ommuurde ruïnes waaruit rookkolommen torenhoog de lucht in kronkelden. Hier en daar reden groepjes plunderende soldaten die met hun fakkels huizen en schuren in brand staken, terwijl de angstige bewoners werden bijeengedreven in houten karren om te worden afgevoerd. Enkele akkers werden bewerkt, kennelijk door dwangarbeiders. Hele families waren te werk gesteld — en werden bewaakt — door legereenheden in voor Zaranthe onbekende uitmonstering. Er was iets grondig mis daar beneden, dat was duidelijk.

Met een toenemend gevoel van verontrusting keek de schrijvenaar uit naar een plaats om te landen, zo dicht mogelijk bij Kodar, maar liefst ongezien. Behoedzaamheid in dit verstoorde land kon geen kwaad.

Aan de horizon doemden de contouren op van een afgeplatte berg, een natuurlijke vesting die de plaats was van het koninklijke paleis. Tientallen ranke torens reikten hand over hand naar de eerste wolken-laag. Binnen de muren stond een tros van hallen en bijgebouwen, de verblijven van koning Omandras, zijn familie en zijn gevolg. Rond de heuvel lag de stad Kodar, geheel ommuurd, hoewel op sommige plaat-sen de muur tussen de vierkante verdedigingstorens gapende gaten vertoonde. Er viel niet aan de conclusie te ontkomen dat er in de stad hevig gevochten werd. Vele branden woedden achter de wallen, waar het vuur door de houten huizen overdadig werd gevoed.

Het paleis zelf was zo te zien nog buiten schot gebleven. Boven het centrale bastion wapperde de koninklijke standaard: een gouden bijl op een blauw veld.

Zaranthe speurde de omgeving af en ontdekte de ruïnes van een reeks garnizoensgebouwen aan de oever van een kleine rivier, niet ver van Kodars grote zuiderpoort. De oorspronkelijke versterking was opgetrokken geweest uit grijs basalt. Zaranthes reissteen zou hier niet opvallen.

De magiër landde op de nu al met onkruid overwoekerde binnen-plaats; de laaglanders hadden kennelijk niet alleen hun woeste elfenhorden met zich meegebracht, maar eveneens de aan hen verwante elementalen die verantwoordelijk waren voor een woekerende wildgroei in de natuur. De raaf volgde de schrijvenaar en zette zich klapwiekend neer op een vierkante schoorsteen waarvan de top, ontdaan van zijn omringende muren, drie verdiepingen hoog de lucht in priemde als een waarschuwende vinger. In een hoek van de binnenplaats lag een bijna geheel in tweeën gekliefde helm, met geronnen bloed overdekt, waaraan hele plukken blond hoofdhaar kleefden. Zaranthe wendde zijn blik af.

Plotseling trok een schrapend geluid zijn aandacht; geschrokken rechtte hij zijn rug. Uit een boogvormige poort aan de noordzijde van de binnenplaats kwam een klein contingent soldaten gerend, zonder enige twijfel laaglanders: ongeveer de helft bestond uit dreutels en kobolden, gekleed in korte, bolle maliënhemden.

Zaranthe wist dat er maar één manier was om weg te komen. Hij sprong op zijn steen en opende zijn mond om de drievoudige spreuk van ballistische verplaatsing in werking te stellen... Op hetzelfde moment werd hij getroffen door een verblindende vuurbol.

Van het ene ogenblik op het andere was hij niet in staat ook maar een vinger te verroeren en de eerste lettergreep van de spreuk bleef als een nagloeiende vonk in de atmosfeer hangen. De bundel helder licht die zich rond hem had samengebald bleek afkomstig uit de geopende hand van een uitzonderlijk lelijke kobold; een laagland-magiër, realiseerde de schrijvenaar zich in een tot duizelingwekkende hoogte stijgende paniek!

"Gelukt! Het is gelukt!" krijste de kleine magiër. Hij sprong opgewonden heen en weer voor Zaranthes gezicht. Alles aan de kobold was van een zeldzame lelijkheid: een spitse, onregelmatige neus die zwaar uit het lood stond, bobbelige, doorgroefde wangen, hoepelvormige ledematen die opvallende gelijkenis vertoonden met heidestronken; sprietig zwart haar stak van onder een oranje hoed die aan de voorkant eindigde in een omhoog gekrulde punt. Een eveneens oranje mouwloze tuniek werd met een zwarte riem rond het buikje bijeengehouden, dat peervormig was uitgezakt. Het schepsel droeg geen enkele vorm van schoeisel, waardoor duidelijk werd dat zijn voeten achterstevoren stonden. Dat feit leek hem echter niet in zijn bewegingen te belemmeren. De kobold sprong heen en weer op de elfenwijze, waardoor hij zelden een directe blik ving en zo slechts vanuit de ooghoeken kon worden gadegeslagen.

Gadeslaan was alles waartoe Zaranthe fysiek nog in staat was. Hij wierp de kobold en diens gezelschap van indringers een vernietigende blik toe. Maar de laaglandmagiër reageerde enkel met een giechellachje in een afwisselende reeks grote en kleine tertsen.

"Hi, hi, hi... Hij is boos! Héél boos. Maar we hebben hem." Weer sprong hij weg. Deze keer tot aan de voet van de schoorsteen. Daar begon hij in zichzelf te mompelen: "Nu nog de raaf, Uguroek... Dan is ze tevreden." Hij begon met zijn knokige armen naar zijn manschappen te zwaaien terwijl hij krijste: "Schiet dan sufferds! Zonen van een vadsige pad! Schiet dan... Hij zit er nog."

Een van de mannen, een dreutel wiens neus enkel uit een zwartharig gat bestond, plaatste een pijl op zijn kruisboog en legde aan...

De raaf draaide zijn kop over de rand van de schoorsteen en sprong behendig opzij op het ogenblik dat de pijl omhoog zoefde. Vervolgens vloog hij op, klapwiekend in de richting van Kodar. Het dier kraste luidkeels; een geluid dat verrassend deed denken aan een schaterlach. Nu pas viel het Zaranthe op dat de linkervleugel van het dier groter was dan de rechter en eindigde in vijf lange pennen...

De kobold die de leiding had sprong woedend op en neer en schreeuwde: "Idioten, domme dreutels, nu is-tie weg. Te laat... te laat!"

Even snel als zijn woede was opgekomen bleek deze even later weer verdwenen. De kleine tovenaar hopte heen en weer over de binnenplaats totdat hij opeens weer voor Zaranthe stond.

"... Maar hém hebben we, Uguroek. De koningin zal verheugd zijn. Ze zal ons belonen met een glimlach. Ja dat zal ze." Er leek een gelukzalige huivering door hem heen te gaan. "... En díé daar krijgen we nog wel!"

Met deze laatste woorden strekte het mannetje zijn armen in de richting van de wegvliegende raaf. Er schoot een kleine vuurbol uit zijn vingertoppen tevoorschijn, die de vogel in een razend tempo inhaalde. De bol ontplofte in een regen van neerdalende vonken. Maar de kobold had door de afstand onzuiver gericht, of anders had het zwarte dier het vuur ontweken. Het zeilde in ieder geval verder zonder een veer te hebben gelaten. Even later was de vogel aan de doorrookte hemel boven de stad uit het gezicht verdwenen.

Op een signaal van Uguroek namen twee van zijn soldaten Zaranthe bij de ellebogen en zetten hem op een paard dat buiten de oude ringmuur van de versterking stond te grazen te midden van een kleine groep soortgenoten. Het waren grote laaglandpony's, woest en amper geciviliseerd net als hun meesters, waarvoor ze overigens weinig respect toonden. Ze snoven, bliezen en schopten naar dreutels en kobolden die even hard terugschopten, bliezen en snoven. Het werd een uiterst rumoerig en beweeglijk gezelschap dat de ruïne verliet in de richting van Kodar.

Voorop ging de kleine laaglandmagiër, te voet met zijn bokkige, schichtige manier van voortbewegen. Zaranthes stemming was ver onder een aanvaardbaar peil gezakt. Somber en geërgerd kon hij niets anders doen dan toezien hoe hij in gevangenschap werd afgevoerd, niet bij machte ook maar iets te ondernemen tegen het magisch web dat hem omhulde als een stijve koker.

Kennelijk als gevolg van de troepen was er van een hoofdweg naar Kodar geen sprake meer: brede, door paardenhoeven en soldatenvoeten gecreëerde modderbanen leidden van vele kanten naar een meterslange bres in de muur. Uguroek bleek aan deze toegang de voorkeur te geven boven de zuiderpoort die wijd open stond. En met gemak nam het gezelschap de barrière van de stadsmuur, die ter plaatse nog slechts bestond uit de onderste steenlaag.

Te midden van geblakerde resten van wat eens een bloeiende woonwijk was geweest in het zuidelijk stadskwartier stond een enorme veldtent opgesteld, waarboven een groene standaard wapperde. De koboldtovenaar riep op giechelige toon een naam die klonk als een vrolijk deuntje en even later stapte er vanachter de tentflappen een grote elf tevoorschijn.

"Uguroek?" vroeg hij. Zijn stem klonk als het luiden van een glazen bel. Hij bezat bijna wit krullend haar, waarboven de punten van zijn oren elkaar bijna raakten in sierlijke bogen. Tussen deze spitsen blonk iets dat een heldere ster leek. Zijn smalle gezicht was krachtig en droeg een melancholieke uitdrukking die daarmee een vreemd contrast vormde. De stof van zijn kleding en laarzen was dun en gekleurd in aangename pasteltinten.

"Uw dienaar, Heer Lalely," grinnikte de kobold en hij maakte dwaze sprongen. "Ik heb u een bezoeker gebracht; degene waarvan gerept wordt."

"Goed, Uguroek. Laat hem naderkomen."

Een lange, gebogen dreutel nam het paard bij de leidsels en voerde het dier tot voor de hoge elf.

"U bent Zaranthe, schrijvenaar van Thyll?"

"Edele Lalely, hooggeborene van het huis Astriti," kwam de kobold giechelend tussenbeide. "Grote veldheer. Hij kan niet spreken. Ik heb hem gevangen in de vurige vloek van verstijving."

Zaranthe kende de elfenmagie. Hij had er niet veel waardering voor, maar moest toegeven dat de vervloeking effectief was. Hij bestudeerde de laaglandveldheer voor hem en vroeg zich af wat het was dat het anders zo eenzelvige elfenvolk in oorlogszuchtige stemming had gebracht. Lalely knikte somber naar de kobold, die een bliksemsnelle sprong zijwaarts maakte. Vervolgens haalde Uguroek een voorwerp van onder zijn hemd vandaan: het was een glanzende maansteen aan een korte zilveren ketting.

De hoge elf griste het sieraad van zich af en legde dit rond Zaranthes nek, waarbij hij de pink van zijn linkerhand tussen de steen en Zaranthes keel hield. Toen de sluiting was dichtgeklikt trok hij zijn handen terug en deed een stap achterwaarts. Terstond kreeg de schrijvenaar zijn bewegingsvrijheid terug. Maar iemand had zijn polsen gegrepen en trok ze naar achteren. Koel metaal tegen zijn huid maakte Zaranthe duidelijk dat hij geboeid was.

Woedend slingerde hij een stanza van subiete nierverstening in de richting van de dichtstbijzijnde dreutel. Maar in plaats van ineen te krimpen van de pijn bleef het wezen onverstoorbaar geconcentreerd op zijn bezigheid van voorheen: het leeg peuteren van zijn ene neusgat.

"Doe geen moeite, magiër," sprak de elfenaanvoerder minzaam. "De steen is geladen met stralen van de middernachtzon onder de deksteen van onze Heilige Dolmen. Uw magie werkt niet."

"Mogen de lellen van uw oren rotten voor de zon is ondergegaan," reageerde Zaranthe al even minzaam.

"Ik voel met u mee, schrijvenaar, maar ik vrees dat de kans daarop gering is."

"U bent mij kennelijk niet onwelgezind. In dat geval mag u mij vertellen wat het doel is van mijn gedwongen bezoek aan u."

De elf glimlachte vluchtig wat niet de trek van melancholie uit zijn edele gezicht wist te verdrijven.

"Dat doel is voor u persoonlijk van weinig belang. En nogal tijdelijk."

"Evenals úw bezoek aan deze eens zo fraaie stad, mag ik hopen?"

"Dat mag u," was het op trieste toon gesproken antwoord van Lalely. Zaranthe besloot zijn houding van vijandigheid te laten varen; deze diende geen enkel doel, kon integendeel nuttige informatie blokkeren. Hij formuleerde de vraag die hem had beziggehouden sinds hij de verwoestingen in Askania voor het eerst had aanschouwd.

De elf glimlachte meewarig, met een blik die eerder binnenwaarts gericht scheen dan voor de magiër bedoeld.

"U kunt het een liefdesstrijd noemen," antwoordde de hoge elf raadselachtig. "Breng hem naar de trap!" Met een abrupt gebaar wendde Lalely zich af en verdween kort daarop in de commandotent. Mét hem verdween de melancholie en maakte plaats voor rauwe lelijkheid.

Tussen een chaotische verzameling verkoolde balken, geblakerd pleisterwerk en ingestorte vloeren stond hier en daar nog een deel van een huis overeind — een hoek met blinde vensters in een muur, een schoorsteen, het skelet van wat ooit een patriciërswoning was geweest; kostbaar opgesmukt met vergulde kroonlijsten en een gebeeldhouwde geveltop. En tussen dat alles door scharrelde de bevolking in een poging nog iets van persoonlijke bezittingen te redden. De hoofdstraten waren voor een deel vrijgemaakt, zodat de tocht redelijk ongehinderd werd voortgezet.

Te midden van de vernieling stond nog geheel intact een stenen triomfboog, gewijd aan een reeds lang gestorven koning. Boven op de rand van het bouwwerk zaten broederlijk bijeen twee raven die de korte stoet vanaf veilige hoogte scherp in de gaten schenen te houden.

Op de een of andere manier bracht de aanwezigheid van deze twee vogels Zaranthe méér van zijn stuk dan de ellende om hem heen. Bezorgd dacht hij na over zijn positie terwijl de stoet onder de poort door stapte.

Het verschijnen van een tweede raaf betekende ongetwijfeld dat het gilde steeds meer greep op zijn Boek begon te krijgen. En via het Boek op hem zelf, terwijl hij weinig kon doen om zijn lot te beïnvloeden. Goedbeschouwd wás hij op weg naar het doel dat hij zich oorspronkelijk had gesteld: Randoers ware graf. Alleen de manier waarop hij daar terecht zou komen beviel hem allerminst.

Uguroek toonde met zijn woeste buitelingen en zijwaartse sprongen meer en meer opwinding naarmate het paleis van Kodar werd genaderd. Tijdens een korte woordenwisseling met de paleiswachters bleek dat de kobold een eerder gegeven bevel van Lalely in de wind sloeg. De groep bevond zich nu aan de voet van een monumentale trap die naar het bastion voerde. Een wachter zette Uguroek de voet dwars en deelde hem mee dat de gevangene aan de paleisgarde diende te worden overgedragen. Uguroek verkoos hem te negeren, maar toen kwam de bevelvoerend officier tussenbeide. Het was een kleine, pompeuze laaglander die zó vanaf de akkers van zijn boerderij omhooggevallen scheen. Ook hij werd opzijgeschoven. Zijn luide protesten werden in de kiem gesmoord doordat de kobold hem een toverspreuk toevoegde, waardoor de arme krijgsman zich plotseling behept zag met twee aan elkaar vastgegroeide grote tenen. Zonder dat hem nog een strobreed in de weg werd gelegd leidde de laaglandmagiër nu de tocht naar boven…

Hoofdstuk IX

De trap telde vele honderden treden en bestond uit marmer dat met witgoud was gevoegd. In een breed uitgemeten zigzagbaan volgde tree na tree het talud van de heuvel. Iedere bocht liep uit op een terras met een balustrade, waarvan elke tweede zuil de vorm bezat van een hurkende dwerg.

Gaandeweg toonde zich een steeds beter overzicht van de stad, waarvan alleen het zuidelijk kwartier verwoest was: daar waar de laaglandlegers bressen in de stadsmuur hadden geslagen. Elders in de stad steeg weliswaar een enkele rookpluim naar de hemel, maar dat mocht eigenlijk geen naam hebben.

Langs de noordelijke muur liep een brede rivier, de Aronne, aan welks andere oever Besjar lag; Kodars zusterstad en haar religieuze tegenhangster. Met uitzondering van de honderd torens die haar stadsmuur bewaakten en een ringvormig bouwwerk in haar centrum bezat Besjar niet één gebouw dat hoger was dan een enkele verdieping. In feite was Besjar een ommuurd eikenbos, gegroepeerd rond de heiligste van alle Heilige Eiken, de zogenaamde Oudste Eik. Eeuwen geleden was deze boom al gestorven en bijna evenzovele eeuwen werd hij met kunst en vliegwerk overeind gehouden in de ringvormige tempel van de Zusters van de Boom. Mannen werden — althans in levenden lijve — niet tot de stad toegelaten. De priesteressen die er woonden in hun uitgestrekte kloosters brachten hun tijd door met het schilderen van erotische voorstellingen op ieder afgevallen eikenblad; een gigantisch, maar onschuldig karwei dat geen enkele invloed had op het maatschappelijk gebeuren van Haratir, het Hoge Land, uitgezonderd wellicht op de zwarte markt waar een in de Aronne gewaaid blad uit

Besjar veel geld waard was — er waren echter talloze vervalsingen in omloop. Eens per jaar op het feest van de Heilige Eik werd het artistieke en volgens velen fantasievolle resultaat in de tempel geofferd, wat een voortdurend risico inhield voor het voortbestaan van de Oudste Eik zélf.

Hoewel de zusterschap zich beroemde op de zuiverheid van haar magie — die seksueel van aard was — kon deze naar Zaranthes inzichten toch weinig voorstellen, aangezien de zusterschap niet werd gerekruteerd uit tovenaarskringen, maar uit de adellijke families van Haratir. Met name bastaarddochters werden graag aan de Zusters van de Boom afgestaan. Een uitzondering op die mening vormde echter de drieling van Besjar; de tovenaressen Yara, Yaraia en Yacima. Een eeneiige drieling die de macht over de stad en haar religieuze zaken uitoefende. Hoewel er noch over henzelf, noch over hun magische mogelijkheden veel bekend was, deed het fanatisme van hun volgelingen toch interessante vermogens vermoeden.

Op het voorlaatste terras werd langer dan een kwartier gepauzeerd. Menigeen was zo vermoeid dat hij daar languit neerviel, buiten adem en niet in staat nog een voet voor de andere te krijgen. Zo niet Zaranthe die de tocht vanaf de rug van het paard tamelijk ontspannend had gevonden. Ten slotte, na een laatste serie treden, werd de toegangspoort in de paleismuur bereikt. Tussen twee massieve vierkante torens door kwam men vervolgens op de binnenplaats, waar Zaranthe plotseling ruw van zijn rijdier werd gesleurd en drie raven zich nestelden op een dakkapel, hoog boven de gepolijste rotsvloer.

Midden op het plein stond een put die wel onmetelijk diep moest zijn. Daarachter verhief zich verdieping na verdieping tot dicht onder de wolken, de muren gekroond met kantelen en pinakels. En daaronder romaanse vensters en kleine balkons van de koninklijke woonvertrekken in de grote donjon.

Nageroepen door de raven werd Zaranthe een ouder gedeelte van het paleis binnengeleid waar hij langs een vochtige wenteltrap in een bijna-duister omhoog werd gevoerd, voorafgegaan door Uguroek die zich opeens tamelijk ingetogen gedroeg.

Na vele verdiepingen gepasseerd te zijn verliet het gezelschap de trap middels een lage corridor die kennelijk de overgang vormde tussen het oude en het nieuwe paleis. Er waren geen deuren: elke kamer of passage werd afgesloten door een kleed waarin gouddraad was gevlochten. Er blies een venijnige tocht door de gangen, die gierend door de zojuist verlaten toren floot.

Uguroek gebaarde nerveus naar het escorte. Op een dreutel en een kobold na keerde iedereen op zijn schreden terug en verdween door de gang. De kleine magiër hield een gordijn opzij en stapte een bescheiden hal binnen. Zaranthe kreeg een harde por in zijn rug en volgde de kobold half tuimelend. De laaglandmagiër ontweek zijn nijdige blik door snel heen en weer te springen.

Door een venster vlak naast de schrijvenaar scheen zonlicht naar binnen dat driemaal werd geblokkeerd toen er steeds een raaf langs fladderde.

"Kss! Kss!" siste Uguroek, woedend naar het venster hoppend, maar de vogels bleken al verdwenen. Plotseling werd een gordijn aan de overzijde van de hal opzijgeschoven en een afzichtelijk koboldvrouwtje kwam tevoorschijn. De wijde japon van zijde en brokaat versterkte haar lelijkheid alleen nog maar: de sikkelvormige neus, die naar boven wees, lange onregelmatige tanden die bijna recht naar voren staken; de diepe puistige plooien onder de kleine oogjes die ongelijk waren geplaatst en bovendien elk een andere kant op keken, de harige, kromme ledematen. Alles was even afstotelijk. Alleen het haar was mooi: zijdeachtig blond en hoog opgestoken.

Een parel op een uilenbal, oordeelde Zaranthe met een onwillekeurige frons.

"Toon eerbied, lange lummel!" krijste Uguroek terwijl hij de schrijvenaar een felle trap met zijn linker hak gaf — waarvoor hij slechts een schop voorwaarts hoefde te geven. "Je staat hier in het gezelschap van vrouwe Achlarg, de hoogste dienares van Hare Verrukkelijke Majesteit."

"Is dit wellicht degene die op handen en voeten door de drek van centauren moest kruipen om je meesteres het leven te redden?" vroeg Zaranthe minzaam.

"Hou je witte kop!" gilde vrouwe Achlarg stampvoetend terwijl Uguroek hem nogmaals razend tegen de enkels schopte. Getweeën rukten ze de schrijvenaar vervolgens langs het wapperend gordijn een volgend vertrek binnen. Het was een ruime zaal, waarvan het plafond met massieve draagbalken werd geschraagd door vier bollende zuilen. De plavuizen vloer was gedeeltelijk aan het oog onttrokken door een grasgroen tapijt. Planten van het veld groeiden in stenen kommen die aan de voet van de zuilen waren geplaatst. Met name planten van slootkant en moeras waren goed vertegenwoordigd: wolfsklauw, lisdodde, lavendelhei, diverse orchissoorten; zonnedauw waaraan menige vlieg kleefde. En vooral riet en grassen, in overweldigende hoeveelheden.

Een korte tijd verkeerde Zaranthe in de veronderstelling dat het vertrek verlaten was, maar toen de kleine Uguroek hem met een felle por in de rug voorwaarts drong wendde een ranke gestalte in een nis zich om, waar zij uit een venster had staan staren.

Zaranthes adem stokte in zijn keel. Zijn knieën begonnen te beven en zijn hart sloeg de ene na de andere slag over. Koningin Iliria was niet groot te noemen, eerder was ze aan de kleine kant. Ze droeg een groen kleed op enkellengte, voorzien van een stijfstaande gazen kraag waarin zilver en goud flonkerde. Zwarte haren golfden tot over haar middel en bezaten een glans van geheimzinnige herkomst in het diepste blauw. Haar huid glansde met de onschuld van een jonge ree en de licht gebruinde tint van diens voorhoofd. Haar lippen waren als theerozen met de doorschijnende gloed van dauwdruppels. Sierlijke wenkbrauwen onder een hoog gewelfd voorhoofd volgden de lijn van haar ogen, althans van haar ene oog, dat straalde met een uniek turkoois dat men verder alleen — en dan nog op zeldzame dagen — aan de hemel boven de noordelijke landen aantrof. Het andere oog bevond zich ver van hier, in het bezit van de cycloop Enn, in de grotten van Givraun.

De plaats van de wrede mutilatie was afgedekt met een drakenschub, in filigreingoud gevat en met een gouden staafje verbonden aan haar gladde diadeem.

Zaranthe was totaal van zijn stuk: dit was de vrouw die hij van het ene moment op het andere met heel zijn wezen liefhad. Wat een teint, welk een volmaakte elegantie. O, de gratie van haar gestalte, de pure reinheid van haar trekken. En zelfs het oog…het geheimzinnige, het verborgene…de vrouw!

Uguroek sprong voor Zaranthe uit in de richting van de bovenaards schone koningin en legde zich plat neer op zijn buik, tussen de potten met graspollen en riep met overslaande stem: "Heerlijke vrouwe

Choeroecha. Ik heb hem. Ik heb de gezochte gevangen! U ziet: uw lelijke dienaar doet alles wat uw heerlijke mond hem opdraagt!"

De vrouwe schudde met een ruk de haren naar achteren en sprak bestraffend: "Mijn beste oom, hoe vaak heb ik u niet gezegd dit oude koosnaampje te vergeten. Ik ben die ik ben. En die ik was is een vernietigd verleden. Ik heet alleen Iliria."

Zaranthe proefde de naam fluisterend op zijn lippen, zich koesterend in de helende klank van haar stem: I-li-ri-a ... Op de laaglandmagiër hadden haar woorden de uitwerking van een zweepslag: hij kromp ineen. Met de kromme handen over zijn oren geslagen begon hij te jammeren als een gewond dier.

"Maar," vervolgde ze, "u hebt goed werk verricht, waarvoor ik u dankbaar ben."

De kobold kroop over het tapijt naar voren en kuste de voeten van de koningin. Zaranthe voelde even een felle steek van jaloezie, maar even later sloeg deze emotie om in hevige voldoening toen ze vroeg: "En de raven?"

"De...de raven. Tja, eh..." stotterde Uguroek. "We hebben geprobeerd er één neer te halen, maar eh, de dreutels richten slecht omdat ze niet langs hun neus kunnen schieten...eh..." Angstig keek hij naar zijn meesteres omhoog. Koningin Iliria klakte bestraffend met haar tong en verzuchtte: "Wat begin ik met hem zonder tenminste één van de raven. Hij is een bondgenoot. Zie hem staan: hij houdt van zijn vorstin. Het zijn de raven die ik hebben moet. Hun plannen moeten worden verijdeld. Het gilde is tegen mij, begrijpt u, oom?"

De kobold staarde angstig omhoog en knikte nadrukkelijk.

"...Ik zal u moeten straffen, oom," vervolgde ze. "U zult mij twee volle weken niet mogen zien."

Uguroek begon handenwringend te jammeren: "O nee, uwe Heerlijkheid. Doe mij dat niet aan. Zet desnoods mijn voeten recht zoals de belachelijke hooglanders, maar niet dit! Kss, kss. Ik heb de voetstappen lief die u achterlaat. Hoe zal ik weten waar u gelopen hebt. Ik..."

"Genoeg, Uguroek." En terwijl ze zich tot de twee wachters bij het gordijn wendde: "Breng hem weg."

Nadat de kobold was verdwenen richtte ze haar blik op Zaranthe, die in de peilloze diepten achter haar oog zoete verrukkingen proefde, wat een hevige bloedstuwing tot gevolg had. Ze legde peinzend een vinger tegen haar onderlip en sprak: "Wel, wat moeten we nu met u beginnen, schrijvenaar? Ik had gehoopt u als adviseur aan mijn hof-houding toe te voegen, maar ik vrees dat dit de tijd er niet naar is." Toen, op besliste toon, vervolgde Iliria: "Ik moet zeggen dat uw houding jegens de koning en die saaie Coprates mij veel genoegen verschaft." Een trilling van geluk doorvoer de schrijvenaar. "...U hebt mijn zijde gekozen al vóór u mij ooit had ontmoet. Dat wekt vertrouwen. En natuurlijk dient een zo onzelfzuchtige steun tégen de plannen van de koning en het gilde feitelijk beloond te worden. Alleen...uw steun en uw voortvarendheid in deze zijn niet voldoende. Om mijn positie aan het hof veilig te stellen zal ik het gilde moeten vernietigen. Dat begrijpt u toch wel?"

Zaranthe knikte ademloos. Haar stem was vervuld van zachtheid en mededogen jegens hem. En wat kon hij zich op dit moment nog méér wensen?

"...Voortreffelijk! Ik zou mij anders nogal schuldig hebben gevoeld bij de gedachte aan wat ik met u van plan ben; wel móét doen, begrijpt u? Ik zal u zeggen hoe u mij dienen kunt: ik zal u in ijzeren ketenen gekluisterd in de kerkers opsluiten; niet als straf, nee hoor. Maar het is absoluut essentieel dat ik de raven te pakken krijg. De raven die het op u gemunt hebben. Zij zijn gezonden door mijn tegenstanders, de vijanden van mijn volk van laaglanders. Via de raven zal ik de schrijvenaars kunnen treffen, ziet u. En wat goed is voor uw koningin is toch eigenlijk geen opoffering, wel?"

Ze hield haar hoofd schuin op een ondraaglijk aantrekkelijke wijze. Ze kwam een stap naderbij en stak haar hand uit. Met haar zachte vin-gertoppen beroerde Iliria Zaranthes gezicht. De schrijvenaar, die zich toch al de gelukkigste mens op aarde waande in de aandacht die uit haar prachtige oog straalde, voelde de verrukking tot ware extase stijgen toen ze op haar tenen ging staan en hem een kus op zijn voorhoofd drukte.

"Fijn," lachte ze. "Ik ben blij dat u mijn visie deelt. U zult de kerkers natuurlijk niet meer verlaten. Zie, voor wie mijn vertrouwen verdient, verberg ik niets. Wanhoop echter niet. U mag net zo dikwijls aan mij denken als u zelf verkiest."

Vervolgens klapte ze in haar fraaie handen. Een compleet contingent dreutels stormde het vertrek binnen. Al duwend en schoppend sleurden ze de schrijvenaar weg van de koningin.

Op de gang passeerde Zaranthe een man die op weg was naar Iliria's vertrek. Het was de koning. De jonge branieschopper die hij kortgeleden nog was geweest scheen voorgoed tot het verleden te behoren. Koning Omandras was sterk verouderd, hetgeen niet enkel bleek uit zijn moedeloze gebogen houding en de vermoeide wijze waarop hij zich door de gang sleepte, maar ook en vooral door de blik uit zijn ogen die Zaranthe een kort ogenblik trof. Hij kende deze gezichtsuitdrukking, deze uiting van wanhoop; niet alleen omdat hij deze had gezien bij de elfenaanvoerder Lalely; hij was zich te zeer bewust van zijn eigen emotie om die nu niet bij een ander te herkennen; die, welke tot de meest zelfverterende van alle gevoelens kon worden gerekend: jaloezie!

Hoofdstuk X

Enige uren later waren jaloezie en verrukking al behoorlijk afgenomen. Men had hem zodanig met ijzeren kettingen omwonden dat hij zich een oneetbaar soort worst voelde. Hij bevond zich in een koude en vochtige kelder ver onder het paleis en dicht boven de oudste fundamenten daarvan.

Zaranthe verwonderde zich over de snelheid waarmee zijn gevoelens veranderd waren, evenals zijn opofferingsgezindheid. Hij hield nog altijd van koningin Iliria; dat stond buiten kijf. Maar goedbeschouwd was wat hij haar allemaal had horen zeggen niet écht aardig geweest. Langzamerhand begonnen de ketenen steeds meer ongemak te veroorzaken en kreeg hij een groeiende hekel aan de koningin.

Hij volgde dit proces met belangstelling en stijgende verwondering. Hoe kwam het toch dat hij Iliria zo betrekkelijk snel begon te doorzien, terwijl iedereen die haar had ontmoet haar tot in het absurde bleef adoreren?

Zou het aan het elfenjuweel liggen, de steen om zijn nek? Zijn eigen vermogens werden door de amulet geblokkeerd. Was het mogelijk dat het juweel naar twee kanten werkte? Iliria's schoonheid was magisch van aard. In feite zou ze weinig fraaier van uiterlijk zijn dan Achlarg, haar wanstaltige gezelschapsdame. Het was de magie die de wonderlijke liefdesban veroorzaakte; dezelfde magie die uiteindelijk door de elfenmaansteen werd afgestoten.

Het moest de enige verklaring zijn. Dat was dan tenminste een voordeel: hij kon weer nuchter denken. Dit feit leverde hem een aannemelijke verklaring voor het feit dat de koningin op de hoogte scheen van het conflict dat het schrijvenaarsgilde in tweeën spleet: de koning had zijn plannen natuurlijk niet vóór zich kunnen houden, zodat Iliria nu gewaarschuwd was. Toch kon ze niet helemáál op de hoogte zijn. Ze kon onmogelijk weten wat er bij het graf van Randoer allemaal besproken was — en dat was gunstig. Als er niet iets gebeurde om de koningin te stoppen zou ze heel Haratir naar de ondergang voeren. Ze was gevaarlijk. Haar invloed diende afgedamd te worden.

Ze had ginds op het verre Givraun een oog verloren, maar niet haar ambities en die waren duidelijk: de macht over het Hoge Land, die begeerde zij.

Door een oorlog te willen vermijden had koning Omandras zijn land in een andere gestort en hij was niet bij machte om ook maar iets te doen dat de zegepraal van zijn gemalin zou verhinderen. Dat de koning Zaranthes steun nodig had, was evident. Steun inderdaad, maar niet op de manier die het gilde voor ogen stond. Het kostte Zaranthe enig denkwerk. Maar ten slotte dacht hij het enig juiste middel gevonden te hebben. Problemen genoeg. Eerst echter diende er een andere moeilijkheid uit de weg te worden geruimd.

Hij bevond zich op ditzelfde ogenblik dicht bij de plaats waar hij oorspronkelijk naartoe had gewild, maar om er ook werkelijk te komen zou hij zich allereerst van de elfenmaansteen moeten ontdoen. Misschien kon hij de ketting over zijn hoofd laten glijden op de een of andere manier. Het viel te proberen.

Het was aardedonker in de cel. Maar iedere kerker bezat op zijn minst vier muren die eenvoudig op de tast te vinden waren. Hij wurmde zich vooruit totdat zijn voeten tegen steen stootten, daarna begon hij zich nog verder naar voren te werken, waarbij hij zijn voeten steeds verder omhoog bracht. Na een tijdje ingespannen bezig te zijn geweest voelde hij hoe de kettingen rond zijn achterste de muur raakten. Nu scharrelde hij verder met zijn schouders. Steeds hoger kwamen zijn voeten en hij merkte hoe de maansteen omlaag begon te glijden tot deze tegen zijn kin rustte.

Zaranthe stond nu vrijwel op zijn hoofd, maar negeerde de hinderlijke bloedstuwing. Voorzichtig begon hij zijn hoofd te draaien en heen en weer te bewegen; echter zonder resultaat. De ketting was te nauw en kwam niet verder dan zijn oren. Lichtelijk ontmoedigd liet Zaranthe zich terug op de vochtige vloer vallen, wat een rinkelend geluid veroorzaakte. Er moest een andere manier zijn. Hij had nog geen enkel idee van de mogelijkheden die de cel hem bood. Het werd dus tijd de kerker aan een onderzoek te onderwerpen.

Kreunend en blazend wist hij zich op zijn knieën te werken. De kettingen rond zijn lichaam zorgden niet alleen voor een aanzienlijke beperking van zijn bewegingsvrijheid, maar voegden aan dit ongemak ook nog eens een extra gewicht toe. Na enkele mislukte pogingen slaagde Zaranthe er dankzij zijn wilskracht en volharding in om overeind te springen, zodat hij nu op zijn gebonden voeten stond.

Hij liet zich in een hoek van de cel door twee muren ondersteunen, waarna hij geruime tijd nodig had om weer op adem te komen. Zijn benen trilden hevig en bijna zakte hij in elkaar, waarna hij alles weer van voren af aan had moeten doen. Ten slotte echter was hij gereed.

Met kleine sprongetjes bewoog hij zich langs de muur. Eén moment was hij dankbaar voor de kettingen toen hij tamelijk hard tegen een onbekend voorwerp stootte, waarvan de scherpe rand hem anders behoorlijk pijn zou hebben gedaan. Door heel voorzichtig langs en rond het voorwerp te springen, stelde Zaranthe vast dat het een langwerpig krukje moest zijn met twee platte poten. Deze kennis hielp hem voorlopig niet verder. Hij vervolgde met de nodige behoedzaamheid de tocht langs de muur en kwam spoedig bij de deur uit. Hij sprong net zo lang tot hij bij zijn uitgangspositie terug was. Het krukje bleek het enige voorwerp in de cel te zijn. Mogelijk was er nog ergens een rooster in de vloer, bedoeld om zijn behoefte in te doen. Maar als dat al het geval was, dan had hij dit bij zijn rondgang gemist.

Een dergelijke voorziening zou hem in zijn huidige, geknevelde situatie overigens van weinig nut zijn. Het was niet de moeite van een extra speurtocht waard. Het overeind komen met al die kettingen was hem zwaar genoeg gevallen en het was zinloos om het resultaat van al die moeite op het spel te zetten. Wat nu?

Veel was Zaranthe nog niet te weten gekomen. Een grondiger onderzoek van muren en deur zou hem wellicht meer opleveren.

Omdat hij niet de vrije beschikking had over zijn handen, gebruikte hij zijn gezicht als tastorgaan. Centimeter voor centimeter werd de muur afgezocht, waarbij zijn tong hem goede diensten bewees. Het krukje bleek stevig genoeg om de schrijvenaar te dragen, hoewel het een hele toer was om erop te komen. Maar op deze manier bestreek hij een groter territorium.

Na voor de tweede maal op zijn uitgangspunt te zijn teruggekeerd zette hij zijn bevindingen op een rij en concludeerde dat er een oplossing voor zijn probleem was.

Hij schoof met zijn voeten het krukje voor zich uit in de lengte-richting en verplaatste zich naar de celdeur; vervolgens bracht hij het meubelstuk tegen het hout van de deur, sprong erop en liet zijn tong over het oude oppervlak glijden Daar was het: een ijzeren nagel met de dikte van een duim, die aan de buitenzijde een scharnier op zijn plaats hield, was niet volledig in het hout verzonken. De roestige punt was met een stevige moker krom geslagen, maar dit was gedaan met een zekere nonchalance, waardoor er enkele millimeters ruimte bleef tus-sen de punt en het hout. Meer had Zaranthe niet nodig. Hij probeerde voorzichtig de zilveren ketting over het korte uitsteeksel te schuiven… Vergeefs. Nog een keer bracht hij zijn hals naar de deur, zijn nekspieren verrekkend om bij de ijzeren nagel te kunnen komen. Deze keer had hij meer succes: een complete schakel haakte achter de gebogen punt.

Ten slotte schopte hij het krukje onder zich vandaan en hing zich op…

Zaranthe besefte onmiddellijk dat hij een fout had gemaakt: de ketting hield! In paniek kronkelde de schrijvenaar zich heen en weer, trappend met zijn voeten, in een poging aan de wurgende druk om zijn hals te ontkomen. Er begonnen lichtvlekken voor zijn ogen te dansen. De dood wenkte met aangestoken lantaarntjes. Maar toen — plotseling — brak de zilveren ketting. Zaranthes woeste bewegingen en het extra gewicht waren te veel geweest voor de dunne schakels.

Zaranthe tuimelde over het omgevallen meubelstukje heen, waarvan een hoek venijnig in zijn ribben stak, precies tussen twee windingen van zijn kluisters in.

Hij verbeet echter de pijn in het besef dat hij weer de beschikking had over zijn toverkracht. En hij schuifelde zo ver mogelijk bij de deur vandaan, niet wetend hoe groot de remmende invloed van de steen nog zou zijn. Hij bevond zich dicht bij zijn doel en was nu in staat daar ook te komen.

Het paleis van koning Omandras was gebouwd op de resten van een veel oudere, cyclopische burcht, waarvan de kerkers zich nog diep onder het niveau van Zaranthes cel bevonden. De antieke waterreservoirs en kelders waren dichtgemetseld, maar Rinaldus en Jarazal de Machthebbende hadden er zich desondanks vele jaren geleden toegang verschaft om het lijk van Randoer de Onverzettelijke een herbegrafenis te geven. Ze hadden verondersteld dat geen schrijvenaar of andere magiër ooit in 's konings kerkers zou belanden en Randoer daar dus veilig zou zijn. Tot op dit moment hadden ze kennelijk gelijk gehad.

Zaranthe reciteerde de incantatie van verlengde tijd, waardoor hij zich op twee plaatsen tegelijk kon bevinden en liet zich materialiseren in de antieke keldergewelven...

Het was een eigenaardige sensatie, dat bestaan in twee gedaanten, bedacht Zaranthe. Terwijl het ene deel aan een sluimertoestand onderworpen was, leek het andere in een soort nevel te bestaan; incompleet, maar wel volledig bewust. De substantie van de lucht was veel intenser voelbaar tegen de gehalveerde massa van het lichaam dan gewoonlijk. Bij het voortbewegen bleek het raadzaam het lichaam met de handen tegen de lucht af te zetten. Daar tegenover stond dat, hoewel het zicht nevelig bleef, er geen licht nodig was om te kunnen waarnemen. Dezelfde halvering van het lichaamsmateriaal zorgde ervoor dat de indruk van de omgeving als het ware naar de zintuigen toegezogen werd, zoals lucht in een vacuüm werd getrokken.

Zaranthe merkte dat hij in deze realiteitshelft van zijn ketenen was bevrijd. Hij keek met langzame bewegingen om zich heen en zag vrijwel onmiddellijk het gebeente van Randoer de Onverzettelijke. Onder een kegelvormig gewelf lag de Grote Magiër uitgestrekt op een onregelmatig gevormde steenplaat. Flarden van een mantel die eens scharlakenrood was geweest hingen aan twee zijden langs de steen omlaag. Daartussen bevond zich nauwelijks meer dan een geraamte, waaraan slechts op enkele plekken een uitgedroogde lap huid kleefde. Randoers eens zo weelderige haardos lag grotendeels over de vloer gespreid als een vlammende aura. Alleen boven het hoge voorhoofd kleefde nog een enkele haarlok. De rode, gevorkte baard was mettertijd weggezakt tussen de blote ribben en reikte hier en daar zelfs tot op de rugwervels daaronder.

In devote stilte staarde Zaranthe neer op hem, die de Grootste van allemaal was geweest. Hij bukte zich en kuste ontroerd de handen die over het tanige borstbeen gevouwen lagen — de knoken van de vingers bedekt met een vliezige huid in de kleur van perkament — ineengestrengeld over de schamele resten van een hemd. In feite bestond dit kledingstuk nog slechts uit enkele vezels, ingeklemd tussen handen en borstbeen.

De magische uitstraling van het gebeente benam Zaranthe bijna de adem; een effect dat versterkt werd door de penetrante lijkgeur die nog altijd in de crypte hing.

Genoeg gedraald, besloot de schrijvenaar. Tijd om de geest van Randoer tot leven te wekken. Maar hoe dit probleem aan te vatten? Het was een zware wissel op zijn magische vermogens, hoe dan ook. Zeven schrijvenaars hadden er weken eerder hun handen aan vol gehad. Zaranthe zou het echter alleen moeten doen, wat een schier onmogelijke opgave leek te gaan worden. Toch waren er ook aspecten die een positieve invloed konden hebben: allereerst was daar Randoers eigen magie die in sterke mate voorhanden leek, maar wellicht oncontroleerbaar kon zijn. Er bleef echter nog een ander hulpmiddel denkbaar dat weliswaar niet ter plekke aanwezig was, maar toch ten gunste van het experiment kon worden aangewend.

Zaranthe sprak het woord 'DROOGTERIMPELS' en uit de zee van Achra verscheen zijn kist met tovenaarsattributen voor hem in de crypte.

Zaranthe opende de kist en begon voorbereidingen te treffen voor de komende ceremonie. Met behulp van een demonen werend poeder tekende hij op de vloer rondom de katafalk een rood pentagram. Vervolgens nam hij een slok van een geestverruimend tonicum om de effecten van fysieke halvering op te heffen — tevens geschikt om zijn keel te smeren voor de komende incantaties. Hij nam in hurkzit plaats aan het voeteneind van Randoer, binnen het pentagram en legde een magisch geladen barnsteen in de palm van elke hand. Met de vingers geopend en de ogen gesloten begon hij te zingen.

De incantatie van geleidelijke versmelting had deze keer een ander doel dan bij het experiment met het gilde. Zaranthe zocht contact met Randoers eigen echo zodat de grote magiër min of meer zichzelf tot leven zou wekken. De barnstenen hadden een ondergeschikte rol. Zij waren enkel bedoeld om veranderingen in het subtiele magische veld rond de echo zichtbaar te maken.

De ceremonie was uitputtend en tijdrovend. En als gevolg van Zaranthes huidige tweeledigheid viel de concentratie hem dubbel zo zwaar. Transpiratievocht liep in stralen langs zijn smalle gezicht, ondanks de kilte van de onderaardse atmosfeer. Toch bleek de samen- zang die ten slotte wentelend onder het kegelvormige gewelf door de crypte galmde krachtiger dan verwacht. Hij had de echo van Randoers stem losgetrild van de matrix van de werkelijkheid waar deze ingeweven was geweest. Nu werd de lang niet gehoorde stem uit de vergetelheid geleid binnen het magische akkoord, om Randoers levensgeest nog één keer te wekken. De temperatuur in de crypte steeg en er ontstond een voelbaar spanningsveld.

Zaranthe opende zijn ogen en zag hoe er een draaiende witte wolk boven het gebeente tevoorschijn kwam, binnenwaarts spiralend om zo op het beslissende moment de eerste vonk te doen ontstaan. Zaranthe raakte meer en meer in trance en had totaal geen macht meer over wat er komen ging. Een gunstige ontwikkeling: het betekende dat de levenswil van Randoer de Onverzettelijke actief werd.

Een spetterende lichtpunt in de kolkende wolk boven het skelet bracht de beweging plotseling tot stilstand. Er klonk een explosie en tongetjes van vuur schoten razendsnel langs de botten van Randoers skelet, om aan de randen van het lichaam schijnbaar uit te doven. Een vaag schijnsel bleef hangen alsof het gebeente nu van binnenuit werd verlicht; elke andere activiteit binnen het pentagram was verdwenen, althans zo leek het. Zaranthe staarde naar de stenen in zijn hand. Het ene klompje, het linker, was opgebleekt tot een volmaakt en ondoorschijnend wit. De andere steen had een diep purperzwarte tint aangenomen als de hemel tussen de sterren. Zaranthe was uit zijn trance ontwaakt en glimlachte tevreden. Hij liet beide stenen nu achteloos op de vloer vallen. De beweging van de magische stroom was linksom gericht en dus leven scheppend. De barnstenen klompjes hadden verder geen nut meer.

De schrijvenaar zuchtte diep en tuurde afwachtend naar het dorre lijk op de steenplaat. Een tijdlang gebeurde er niets. Maar dat ver- ontrustte Zaranthe allerminst. Deze dingen moesten hun tijd krijgen;

ongeduld was voor leerlingen die nog meenden dat werkelijk álles mogelijk was. Het leven zelf leerde wel anders.

Plotseling schraapte het geraamte de keel. Het klonk wat eigenaardig doordat er geen keel meer wás. Maar de geest van Randoer ervoer dit anders. En daar ging het om.

"Wat drommel! Wie ben jij?" Randoers schedel had zich een klein stukje opgelicht van de stenen plaat en staarde nu met holle oogkassen naar de figuur die gehurkt op de vloer zat.

"De schrijvenaar Zaranthe," antwoordde deze rustig.

"Ken ik niet."

"Dat is niet verbazingwekkend," legde Zaranthe uit. "Ik ben van ver na uw tijd."

Randoer zuchtte: "Allemachtig, wat ben ik stijf." Hij probeerde zijn knieën op te trekken, maar veel hoger dan enkele centimeters wist hij ze niet te heffen. Doordat de beweging via de stugge beenderen aan zijn skelet werd doorgegeven viel zijn baard in een rode wolk omlaag over de rand van de stenen katafalk, tot op de vloer. Met enorme inspanning wist de Grote Magiër zijn handen van elkaar los te krijgen, wat een droog en knakkend geluid opleverde. Als gevolg van de ruwe behandeling die de dorre pezen van zijn handen hierbij moesten ondergaan, brak de linker wijsvinger af; deze viel eveneens op de grond en rolde tot vlak voor Zaranthes gekruiste voeten over de rode mat van baardharen.

"...Ik voel me onmogelijk zwak en vermagerd."

Zaranthe kuchte fijntjes en zei: "Ik moet u helaas meedelen, o Grote Randoer, dat u niet veel meer om het lijf hebt. Het is ook om die reden dat ik u dringend verzoek u zo weinig mogelijk te bewegen, om te voorkomen dat u uiteenvalt. Dan zou u niemand meer van nut kunnen zijn."

"Hoe bedoelt u?"

"Het komt wellicht als een schok voor u, maar u bent dood."

"Wát zegt u?" reageerde de magiër verschrikt. En toen op een toon die berustend klonk: "Ach...Hoelang dan al?"

"Al duizenden jaren, Grote Meester."

"Zo...Ja, nu u het zegt: ik herinner mij er iets van. Ik was...eigenaardig; ik was ergens, of was het in een bepaalde hoedanigheid? Het staat mij echter niet meer duidelijk voor ogen waar of in wat...Zo, ik ben dus overleden. Het klinkt mij nogal paradoxaal in de oren."

"Ik heb u tot leven gewekt met de incantatie van geleidelijke versmelting en de hulp van uw echo," informeerde Zaranthe de ander. "Ik verzeker u: een inspannende onderneming in mijn eentje."

"Ik ken de procedure. Ik heb hem zelf ontwikkeld. Maar vertel me, heer schrijvenaar: met welk doel?"

Zaranthe legde de ander zijn beweegredenen voor. Het bleek een hele schok voor Randoer te ervaren hoe zijn edele drijfveren naar zo'n grote verwording van het schrijvenaarschap hadden geleid. Nadat hij allereerst heftig zijn woede en vervolgens zijn teleurstelling had geuit over dit feit vervolgde Randoer op meer gelaten toon: "Welbeschouwd lig ik mij hier zinloos op te winden. Het gaat mij volstrekt niet aan wat er duizenden jaren na mijn dood aan domheden wordt uitgehaald. Ooit gehoord van eeuwige rust? De tijd schrijdt voort. Dat zal ze duizenden jaren na úw dood ook wel doen, meneer."

Dat de tijd voortschreed was iets waarvan Zaranthe zich maar al te goed bewust was. Hij bevond zich nu op twee plaatsen gelijktijdig, maar de tijd zelf zou dit niet veel langer meer toestaan. Na de tijdsverlenging zou er een tijdsverkorting ontstaan.

Een energierijk gebeuren dat de betrokkene spontaan tot verbranding kon doen overgaan als hij de verlenging te lang volhield.

"Dat alles begrijp ik," reageerde hij haastig. "Ik vraag u dan ook niet om daadwerkelijk in te grijpen. U hebt uw rust waarachtig verdiend. Het verheugt mij dat u mijn inzichten omtrent het gilde deelt en vraag u dan ook nederig om advies."

Randoer zuchtte toegeeflijk.

"Nu vooruit dan maar. Daar ik er toch weer ben…De oplossing is even eenvoudig als zij gecompliceerd is: u zult zo veel mogelijk drakenschubben dienen te verzamelen. En vervolgens maakt u een nieuw Boek, dat de andere zeven overtroeft, precies omgekeerd aan de procedure die ik zélf heb toegepast. Het is het enige dat de anderen effectief buiten spel zet. En nu…" Het skelet gaapte. "Nu hoop ik dat u het mij niet kwalijk neemt, maar ik moet slapen…Zeer lang. En wek mij niet nogmaals. Als het nodig mocht zijn wek ik ú wel."

"Dat begrijp ik, maar…" begon de schrijvenaar.

Zijn laatste woord kwam echter in de lucht te hangen. Hij besefte plotseling dat hij weer alleen was. Geen ceremonie, geen uitbarsting van energie, geen opstijgende aura of rookverschijnselen… niets. Randoer was vertrokken en zou zich niet meer laten wekken. Zijn levenswil was terug op de plaats waar die hoorde: duizenden jaren ver in het verleden. De echo's hernamen hun positie in de matrix. Echter niet alle echo's bevonden zich daar; sommige klonken nog na in Zaranthes hoofd.

Randoer had hem verteld wat hem te doen stond. Het betekende wél een vrijwel onmogelijke opgave. Weer een probleem erbij. Maar hoe dan ook, het werd tijd om naar zijn kerker terug te keren. Als het al niet te laat was.

Zaranthe sloot zijn tovenaarskist en zond deze naar de zee van Achra terug, vergezeld van het sleutelwoord. Toen viel zijn oog op de linker wijsvinger van Randoer. Waarom hij het deed wist hij niet, maar plotseling bukte hij zich, nam de vinger van de vloer en stak die in een van zijn zakken. Nu was hij gereed om te vertrekken. Hij boog nog even respectvol voor het gebeente van Randoer en maakte vervolgens met een ingewikkeld magisch gebaar de incantatie van verlengde tijd ongedaan, zachtjes voor zich heen neuriënd.

Maar juist toen hij op het punt stond de rune te voltooien, verschenen er opeens vier donkere gedaanten in de crypte, vormeloze wolken zwarte materie, zich razendsnel verdichtend tot vier grote fladderende raven. Een van hen bezat een vleugel, uitlopend in vijf lange tentakelachtige pennen die met het geluid van evenzovele zwepen op hem afschoten.

Haastig maakte Zaranthe het handgebaar af, maar kon niet voorkomen dat een van de tentakels zijn pink raakte, waardoor het gebaar veranderde. De tijdsverkorting die volgde op het wilde gekras van de raven veroorzaakte zo'n sterke implosie van energie dat Zaranthes brein wel leek te worden verzengd. Tegelijkertijd voelde hij een sensatie alsof niet híj werd weggezogen, maar een andere ik die in volle snelheid op hem afschoot en hem raakte met een gigantische klap.

In een golf van onverdraaglijke pijn verloor hij het bewustzijn…

Toen hij weer bijkwam bevond hij zich tot zijn verbijstering niet in de kerker van het paleis, maar staarde hij omhoog naar een wuivend dak van eikenbladeren…

Hoofdstuk XI

Vanaf de eerste bewust beleefde ogenblikken werd Zaranthe goeddeels in beslag genomen door een eigenaardig gevoel van ongemak. Zijn huid gloeide over iedere vierkante centimeter. Alle bewegingen die hij maakte, veroorzaakten een schrijnend gevoel dat hem snel weer bij zijn positieven bracht. Hij bekeek zichzelf en zag dat hij niet alleen volkomen naakt was, maar bovendien bezat zijn huid een roodachtige tint die op verbranding wees. Corresponderend daarmee bleek zijn lichaamshaar te zijn verdwenen. Verschrikt greep de schrijvenaar naar zijn hoofd en merkte ook daar slechts gladde huid op.

Toen pas drong de omgeving tot hem door. Heel even verkeerde hij in de veronderstelling dat hij zich weer thuis bevond in Thyll, op zijn vertrouwde binnenplaats. Maar er stonden te veel eiken. Waar was hij dan wel? En hoe kwam hij hier? Zijn ongeklede en enigszins aangebrande toestand kon hij wel verklaren, maar niet het feit dat hij zich buiten de kerkers van het koninklijk paleis bevond. Was het de verandering van het handgebaar geweest?

Zaranthe ging behoedzaam rechtop zitten en bekeek zichzelf eens wat grondiger. Hij had gevaarlijk lang in de crypte vertoefd. Rode vlekken die een vage spiraal rond zijn lichaam vormden waren overduidelijk afdrukken van kettingen. Van deze laatste was hij door de magische verstoring in ieder geval verlost.

Toen pas merkte hij dat hij iets in zijn hand hield. Hij opende zijn vuist en zag dat het de vinger was van Randoer de Onverzettelijke. Hij had zich daar tijdens zijn overgang kennelijk onbewust aan vastgeklampt, waardoor het kleinood aan verbranding was ontsnapt.

Het had geen zin nog langer op deze plek te blijven, besloot Zaranthe.

Hij wist niet waar hij was en het was hoogstnoodzakelijk daarachter te komen. Hij stond op, merkte opgelucht dat de hitte zijn voetzolen in redelijke mate had gespaard en liep het eikenwoud binnen. De zachte mosgrond droeg ertoe bij zijn wandeling tot een genoegen te maken.

Toch was er iets vreemds met dit bos en gaandeweg kreeg Zaranthes magere gezicht een peinzende uitdrukking. Zo op het oog bood de omgeving niets abnormaals: wat voorjaarspaddenstoelen, waaronder morieljes stonden hier en daar in een kring of solitair; een enkele graspol waar de zon door het bladerdek drong en dansende witte schijven projecteerde van zichzelf, als afgevallen bleke... bladeren!

Plotseling uiterst schichtig wierp Zaranthe wilde blikken om zich heen. Hij wist nu waar hij was. En het drong tot hem door dat hij hier wel zeer haastig vandaan moest zien te komen. Hij huiverde niet zozeer in het besef dat hij zich in Besjar bevond, Kodars verboden zusterstad — hoewel dat feit schokkend genoeg was — Nee, het was de ochtendkilte die met een bleke nevel langs zijn huid streek en hem wel heel erg bewust maakte van zijn naaktheid.

Behoedzaam stapte hij voort over het pad, klaar om bij het eerste teken van onraad weg te duiken in het kreupelhout. Het was een ondergroei bestaande uit jonge eikenspruiten, de ruimte daartussen opgevuld door varens en bosanemonen. Toen hij in de verte tussen de stammen door de hoek van een laag wit gebouw zag schemeren, had hij nog altijd niemand gehoord of gezien. Toch aarzelde hij om verder te gaan; een verstandige houding bleek even later toen er een boogvormige houten deur openzwaaide. Zaranthe hoorde stemmen. Er werd gelachen en gepraat. Bliksemsnel liet hij zich plat op zijn buik vallen. Hij rolde opzij van het pad en schoof tussen de varens. Een groep jonge vrouwen kwam naar buiten. Ze gingen voort op blote voeten en droegen lange gewaden met de kleur van eikenloof. Lange, loshangende haren waren versierd met dooreengevlochten twijgen, waar vanaf eikenbladvormige versieringen omlaag hingen; misschien imitatiebladeren van geverfd en gesteven linnen, veronderstelde Zaranthe die zich verbaasde over het feit dat geen van de bladeren de kleur groen vertoonde.

Druk pratend en ontspannen gesticulerend verdwenen de jonge priesteressen over het pad dat de langste muur van het bouwwerk volgde. Zaranthe bleef nog enige tijd liggen. Nogmaals werd de deur geopend.

Een oudere vrouw stapte naar buiten. Ze droeg een rode mantel die tot op de enkels hing en was voorzien van een wijde capuchon, die ze buiten gekomen over haar volkomen gladgeschoren hoofd trok. Toen de vrouw de andere priesteressen volgde werd op haar rug een kunstig geborduurde boom zichtbaar. Ze had de deur achter zich open laten staan, zag Zaranthe. Maar er volgde niemand meer. Een buitenkans, naar het scheen. Toen de stemmen tussen het eikenloof al geruime tijd waren weggestorven besloot Zaranthe zijn kans te wagen: hij sprong overeind en holde in gebogen houding op de deuropening af. Hij verborg zich achter de openstaande deur en gluurde door de kier naar binnen, waar geen enkele activiteit viel waar te nemen. Behoedzaam stapte hij nu om de deur heen de schemerige ruimte binnen.

Hij bevond zich in een ruime hal. Licht scheen naar binnen door een vierkant gat in het plafond dat enkele centimeters boven het dak met een leistenen plaat was afgedekt. Een verzonken bassin in het midden van de hal bleek gevuld met water waaruit een aangename geur opsteeg: een aroma van bloemenextract aangescherpt met een prikkelende harslucht. Enkele stenen traptreden leidden het bad in dat zonder twijfel voor een vorm van purificatie werd gebruikt. Aan drie zijden ging de ruimte over in een gang. De wanden ervan waren verluchtigd met boom- en bladermotieven, eiken uiteraard. Eén enkele boom, dezelfde die de rode mantel had gesierd, keerde telkens als leidmotief terug. Het was een rijzige boom in zomerdracht, omkranst door een vlammende groene aura.

Zaranthe probeerde een van de gangen en kwam na enkele meters uit op een kleine zaal, kennelijk een slaap- en kleedvertrek: groene tapijten van geverfde wol bedekten de vloer met daarop diverse slaapmatten, houten kistjes, manden, lage toiletkastjes voorzien van bronzen, zilveren en glazen spiegels; het houtwerk soms ingelegd met ivoor of parelmoer. Luchtgaten hoog in de witgepleisterde muren zorgden voor licht en een weldadig koele atmosfeer.

Achter in het vertrek bevond zich een smalle romaanse nis omlijst door fresco's in de bekende eikenmotieven. Toen Zaranthe er nieuwsgierig zijn hoofd naar binnen stak ontdekte hij een rode mantel, gelijk aan die welke de laatste vrouw gedragen had. Hij zag geen doorslaggevende reden zich niet in dit vrouwenkleed te hullen — alles was beter dan dit in het oog springende niets — en even later was zijn naaktheid bedekt. Vervolgens sleepte hij een van de matten door de hal naar buiten en nam plaats op de groene wol.

Hij zette zijn handen in de juiste positie voor de gecompliceerde tovergebaren en wilde aanvangen met het eerste deel van de drievoudige spreuk van ballistische verplaatsing. Plotseling werden er twee blote armen van achteren rond zijn hals geslagen...

"Je bent laat, Galeia!" sprak een stem vlak bij zijn oor.

Zaranthe verslikte zich in zijn spreuk en van schrik bonsde zijn hart onderin zijn buik. In een reflex bevrijdde hij zich van zijn menselijke last en draaide zich om.

"...Zeg, maar jij bént Galeia helemaal niet." Het was een kind van zes à zeven jaar, bruinverbrand en gekleed in een luchtige grijze tuniek. Dichte zwarte krullen omlijstten een hartvormig gezichtje met grote blauwe ogen. Het gezicht verloor als bij toverslag de stralende uitdrukking en fronsend vroeg ze: "Van welk huis bent u, o uitverkorene?"

Zaranthe wilde een vaag antwoord geven, maar bedacht zich nog juist op tijd: zijn stem zou hem zonder twijfel verraden, terwijl het kind hem nu kennelijk zonder de minste argwaan als een van de vele Besjarvrouwen accepteerde. Hij grijnsde haar vriendelijker toe dan hij in feite gestemd was. Als ze hem nu maar met rust liet, dan kon hij vertrekken. Maar het kind maakte geen aanstalten om op te stappen.

"O, ik begrijp het al," zei ze terwijl ze met haar armen op de mat gesteund voorover ging liggen, de blote benen omhoog gekruist. "Je zingt het stille gebed. Maar je bent er laat mee, hoor. Galeia heb ik het vanmorgen al zien doen. Ik denk dat de anderen al bij de processie zijn, kom..."

Ze sprong overeind en nam ondertussen snel Zaranthes hand. "Je hoeft niet bang te zijn. Galeia heeft me verteld wat er gebeuren gaat. En ook wanneer ze weer terugkomt. Kinderen mogen niet verder dan de Grote Allee. Maar we mogen de schrijn zien en de stoet toejuichen. Kom dan...Ik zal je tot zover brengen."

Het meisje dwong de schrijvenaar overeind, nam zijn hand en trok hem enthousiast huppelend achter zich aan.

"Sommigen gaan liever alleen," riep ze over haar schouder. "Anderen vinden het prettiger om in gezelschap te vertrekken. Ik denk niet dat jij het graag in je eentje doet, anders had je niet zo lang geaarzeld. Ik heet Aia…en jij?"

Zaranthe durfde niets te zeggen en zag voorlopig geen mogelijkheid om onopvallend aan haar aandacht te ontsnappen. In ieder geval betekende haar houding op één punt een geruststelling. De kans was groot dat ook de anderen hem nu als een der vrouwen zouden accepteren. Het was een onverwacht gelukkige zaak dat hij zijn lichaamshaar kwijt was en dankzij de verbranding beschikte over een bijna babyroze huid. Zodra zich een geschikt moment voordeed zou hij met behulp van de drievoudige spreuk alsnog verdwijnen. Voorlopig zag het daar echter niet naar uit.

Aia leidde Zaranthe dieper de stad in, waarbij ze speelse bochten maakte rond de eikenstammen. Hier en daar passeerden ze een laag bouwwerk van het type dat ze achter zich hadden gelaten. Windvlagen brachten geluiden hun richting uit: fluiten, cimbalen, ratels in diverse klankkleuren en toonhoogten…flarden wollige muziek, opgewonden kirrend gelach, vrolijke kreten uit vrouwenkelen, hoog van toon en luchtig van stemming.

Aia scheen nu haast te krijgen. Ze had een hoogrode kleur gekregen en ze huppelde verwachtingsvol door de laatste bomenhaag. Plotseling waren ze omringd door een ware menigte: de meeste vrouwen droegen lange sarongs, gebatikt met eikenbladmotieven in de meest uiteenlopende kleuren. Guirlandes van beschilderd eikenblad tooiden loshangende haren. Toen Zaranthe zich iets voorover bukte om de haartooi van de vrouw vlak voor hem wat beter te bekijken — een jonge schone met roodgouden krullen die tot ver over haar slanke middel vielen — stuwde een bloedstroom naar zijn hoofd en zijn lendenen. En hij was blij met de wijdvallende mantel die de reactie daar tussen zijn benen voor de omstandsters verborg: ieder blad was uiterst gedetailleerd beschilderd met voorstellingen die niets aan de fantasie van de toeschouwer overlieten. Een veelvuldig herhaald en gevarieerd liefdesritueel in standen waarvan Zaranthe zelfs nog nooit gedroomd had. De vrouw in iedere levensechte voorstelling was de roodharige draagster zélf, de man een wonderlijk wezen dat de essentie van een boom uitstraalde: het hoofd leek een dicht bebladerde kruin terwijl aan de onderzijde een machtige wortel…

Zaranthe wendde geschokt zijn blik af en overzag de menigte.

Vrijwel alle vrouwen waren jong en hadden hun kleding zó gedrapeerd dat de borsten vrij bleven.

Een uitzondering vormde een kleine groep vrouwen in rode mantels. Zij maakten deel uit van een stoet, die begeleid met muziek en dans over de brede rechte laan trok en zo een ceremoniële processie vormde. In het midden van de optocht bevond zich de enige groep oudere vrouwen. Zij gingen gekleed als soldaten en waren gewapend met bogen en lange messen. Ze bewaakten een rechthoekige schrijn, die op houten staven werd gedragen en bedekt was met een kleed van glanzend groene zijde.

De vrouwen in rode mantels vormden een kring aan de buitenkant, hun gezichten verhuld door wijde kappen, het hoofd gebogen als in een onverstoorbare trance.

Langs de allee werd de stoet begroet met ritmisch handgeklap en er werd meegezongen met de vreemde muziek die voor in de processie werd gespeeld.

Zaranthe trok de kap wat verder over zijn hoofd en begon voorzichtig achterwaarts te schuifelen. Toch kon hij niet voorkomen dat er uit zijn directe omgeving aandacht op hem viel. Enkele kinderen drongen tussen de andere toeschouwsters door in zijn richting en staarden vol bewondering naar hem op.

Aia nam opnieuw zijn hand en trok hem tegen wil en dank naar voren. Vrouwen keken naar hem om en klapten lachend voor hem in de handen. Het was duidelijk wat ze van hem verwachtten. En omstuwd door een steeds heviger opgewonden mensenmassa werd Zaranthe zó gemanœuvreerd dat er geen ontkomen aan was. Ten slotte bevond hij zich op de allee en werd als vanzelf in de stoet opgenomen.

Nu pas zag hij dat de kop werd gevormd door een stokoude vrouw in een lang grijs gewaad, die een kroon van boomschors op de witte haren droeg. Een dunne gerimpelde arm leunde op een eikenhouten stok. De andere arm werd ondersteund door de mooiste vrouw die Zaranthe ooit had aanschouwd: haar als een flonkerende zwarte wolk omlijstte een gezicht van krachtige schoonheid met ogen van het zuiverste aquamarijn. Even kruiste een blik uit die biologische juwelen de zijne en er flitste — vreemd genoeg — iets van herkenning door hem heen, dat hij niet onmiddellijk duiden kon. Hij was er zeker van dat hij haar nog nooit eerder had gezien. En toch…Vervolgens gleed haar blik af naar Aia, die schuin achter hem stond in de voorste rij toeschouwers. Ineens drong het tot hem door: het was of hij in een oneindig flatterende spiegel had gekeken. Dezelfde ogen, soortgelijke trekken, maar dan in een volmaakt vrouwelijk gezicht. Ook deze vrouw droeg een kroon van schors en een kleed als van degene die zij ondersteunde.

Zaranthe voelde zich steeds minder op zijn gemak.

Plotseling trok een geluid zijn aandacht dat zich als een storende factor in de muziek drong. Hij keek omhoog. Een grote blauwglanzende raaf daalde klapperend neer in een boomtop. Een tweede volgde. Drie andere cirkelden spiedend rond boven de allee.

Peinzend kneep Zaranthe zijn ogen toe. Het verschijnen van de raven begon hem meer en meer zorgen te baren. Hoewel geen van de vogels een echte schrijvenaar was, maar eerder een stoffelijk teken van hun aanwezigheid op een totaal ander niveau, betekende het optreden van vijf raven wel dat het gilde nu een waarlijk verontrustende greep op zijn Boek bezat.

Veel kon hun magie nog niet uitrichten, maar één wijziging van zijn werkelijkheid hadden ze toch al veroorzaakt, namelijk zijn eigen aanwezigheid hier in Besjar. En er was niets dat hij daartegen kon uitrichten. Hij kende geen spreuk die op dit ogenblik bruikbaar was. De aanwezigheid van zoveel maagden was beslist een te onzekere factor om werkelijk hoge magie te riskeren. Bovendien, de daarvoor noodzakelijke rust en concentratie waren hier ver te zoeken.

Onder het gezang van vreemde koralen naderde de stoet nu het reusachtige ronde bouwwerk dat eerder vanaf de trappen van het koninklijk paleis al zichtbaar was geweest. De tempel was geheel van leisteen en cement opgetrokken, naar het scheen. Grote platen grijs gesteente waren zó gemetseld dat iedere plaat de onderliggende overlapte, zodat een effect ontstond dat sterk aan een verweerde schors deed denken. De buitenmuur was vele meters hoog en werd doorbroken aan de zuidzijde, waar een poort was gesitueerd. Boven de muur uit staken kale takken, die spoedig uit het gezicht verdwenen toen de stoet zich onder leiding van de beide priesteressen onder de boog van de poort begaf.

Een korte tunnel verschafte rechtstreeks toegang tot een wijde binnenplaats. Het inwendige van de tempel bezat de kenmerken van een arena: een door een muur omringde zandvlakte. Vier hoge stapels boombladeren waren zorgvuldig op de windstreken geplaatst, rondom de heiligste van alle Heilige Eiken, die zich uit de as van de arena verhief; hoewel, verhief? Dat was een te groot woord voor het wrakke fossiel waar omheen de bemantelde vrouwen nu in aanbidding languit ter aarde vielen, waarbij ze een halve cirkel vormden.

Om niet uit de toon te vallen vlijde ook Zaranthe zich voorover in het zand van de tempelvloer. Onderwijl bestudeerde hij de Oudste Eik zorgvuldig vanonder de rand van zijn capuchon. Elk van de duizenden dorre en fragiele takken werd gestut door een levende boom, die zo was gesnoeid dat hij kaarsrecht omhoog reikte.

Door al het geboomte dat de Oudste Eik omringde, was vrijwel de gehele stam aan het zicht onttrokken. Maar desondanks viel vast te stellen dat deze vele meters in omtrek moest zijn.

Achter de kring van liggende novicen in hun rode mantels volgde een schier eindeloze stroom toeschouwers. Iedere vrouw liep naar een van de bladerstapels. Daar nam men de guirlande van het hoofd, wierp deze op de stapel en trok zich vervolgens terug in diepe nissen in de zuidelijke helft van de binnenmuur. Daar, in de schaduwen, stonden tribunes opgesteld, zodat ieder onbelemmerd uitzicht op de boom werd verschaft.

Het ritueel met de guirlandes nam zeker een vol uur in beslag. Toen de laatste vrouw haar bladerkrans had afgelegd betrad een nieuwe groep de tempel. Het waren ditmaal oudere vrouwen, gestoken in militair kostuum, maar zonder zichtbare wapens. Elk van hen droeg een houten emmer die met kracht geleegd werd tegen de Heilige Eik. Uit de geur die Zaranthes neus bereikte, kon hij niet anders concluderen dan dat het rivierwater moest zijn, uit de nogal vervuilde Aronne.

Nadat de laatste emmer was geleegd kwamen de draagsters naar voren met de heilige schrijn, waarmee de groep vervolgens in de schaduwen onder de boom verdween. Korte tijd later kwamen ze weer tevoorschijn, maar zonder de schrijn. Tussen hen in droegen ze het kleed van zijde dat het draagbare tabernakel had overdekt en vlijden dit vervolgens neer voor de voeten van de stokoude priesteres.

Er kwam een eind aan het geroezemoes dat het afgelopen uur in de ronde tempel had geklonken. Een verwachtingsvolle stilte zinderde door het zustervolk. De oude vrouw, die door haar wonderschone begeleidster tot bij de oude eik was gebracht stond wankel maar zonder steun, haar magere gekromde rug met veel moeite enigszins gestrekt, haar armen schuin omlaag met geopende handpalmen.

Het werd zo mogelijk nog stiller. Langzaam en verbazend beheerst kwamen de gerimpelde armen omhoog.

"Quercus!" De oude vrouw gilde het woord met lang aangehouden klinkers, gevolgd door een platte echo van de tempelmuur. De plotselinge kreet bezorgde Zaranthe een rilling over zijn rugwervels. Toen klonk het nogmaals:

"Quééér…cúúús…O…Quééér…cúúús!"

Er kwam een gescandeerd antwoord van de vrouwen op de tribunes:

"Ontferm u over ons!"

"O-o-Quercus!"

"Bemin ons!"

Opnieuw riep de priesteres en de vrouwen antwoordden:

"Neem ons offer aan uw manlijkheid!"

De oude vrouw hief nu langzaam en statig haar armen in de richting van de boom. Ze nam de tijd, alvorens ze op iets minder dramatische toon vervolgde:

"Heilige Quercus, geest van de eik, hoor mij aan. Uw vrouwen komen tot u. Wij die ons leven in uw dienst hebben gesteld; wij die de wereld verlieten voor uw genot. Wij die in nachtelijke extase uw geslacht ontvangen in wake en droom. Neem als offer aan uw goede gaven ons hart en onze verbeelding!"

Ze maakte met haar handen een reeks gebaren, die Zaranthe herkende als het eerste manueel van stoffelijke aanroeping. Eenvoudige magie die hier even slecht op zijn plaats leek als zure melk. De rune was in staat willoze demonen op te roepen. Inderdaad verscheen nu een schimmige gestalte boven de Oudste Eik. Maar dát was niet wat Zaranthe verontrustte. Nee, het was het lage allooi van de verschijning, dat voor niemand behalve voor hem evident was. Kon dit alles zijn waartoe de drieling in staat was?

De gestalte boven de boom was zeker niet de geest van de eik, maar een simpele elementaal die deed wat er van hem verlangd werd; verheugd als hij moest zijn met het eenvoudige feit dat hij een korte tijd stoffelijk mocht bestaan.

Enkele vingerbuigingen van de oude priesteres had Zaranthe aanvankelijk niet in het juiste verband gezien. In eerste instantie had hij ze geweten aan gewrichtsreumatiek. Maar hij begreep nu dat ze voor de aankleding van de demon waren bedoeld.

Quercus' hoofd was een boomkruin van een onbekende boom-soort — zeker geen eik; kennelijk om de echte geest van de eik niet voor het hoofd te stoten. De meeste aandacht ging zonder twijfel naar de rest van de gestalte die in zwaar overdreven manlijkheid boven de eik torende. Een golf van opgewonden kreten voer door de tempel. Iemand snikte luidkeels: "Liefste!" Toen riep de tovenares: "Quercus! Aanvaard onze verbeelding."

Vier vrouwen kwamen naar voren, vanuit de windstreken. Ze waren naakt en hielden elk een brandende fakkel in hun rechterhand. Met bestudeerde passen schreed ieder van hen naar de dichtstbijzijnde bladerstapel, om er vervolgens de brand in te steken. Toen de vuur-haarden flink hoog waren opgelaaid hernam de priesteres het woord: "Novicen van de boom…verhef u!"

De halve cirkel van bemantelde vrouwen kwam in een golfbeweging overeind. Toen Zaranthes beurt was gekomen aarzelde hij niet. Hij paste zich aan zonder de golf een moment te verstoren. De vrouwen stonden trots en kaarsrecht, hun gelaat verscholen onder rode capuchons. Zaranthe telde hun aantal. Buiten hemzelf bestond de groep uit achttien personen. Zelfs met hem meegerekend leek het aantal — magisch gesproken — tamelijk willekeurig. Hij had tot dusver geen hoge dunk van de magie van de vrouwen, tegelijkertijd behield hij het verontrustende gevoel dat het in deze ceremonie ook niet om toverkracht ging, hoeveel moeite de oude tovenares ook deed om het tegendeel te suggereren aan het verzamelde vrouwenvolk van Besjar. De oude vrouw…kon zij een van de illustere drieling zijn? En zo ja, waar waren dan de andere twee?

Een tijdlang gebeurde er niets. En de stilte die opnieuw over het tempelplein was neergedaald begon geleidelijk aan iets sinisters te krijgen. Een effect dat nog toenam toen er een windvlaag over de muur omlaag viel, die het stof van de tempelvloer deed opdwarrelen in miniatuur-tornado's. De Oudste Eik bewoog in de luchtstroom, met een krakend gedruis dat de stoppels van Zaranthes geschroeide nekhaar overeind deed komen.

Nadat er enkele minuten waren verstreken in meditatie zette de oude tovenares zich strompelend maar op eigen kracht in beweging. Ze verdween achter de boom om enige tijd later aan de andere kant weer tevoorschijn te komen. Dit ritueel voerde ze in totaal viermaal uit, onder een stilte zó diep, zó intens, dat het welhaast leek alsof ieder leven uit de tempel verdwenen was. En zelfs een nauwelijks hoorbaar geluid als het schuifelen van oude voeten in het zand wierp een naspeurbare echo…

De plotselinge stem van de tovenares kwam bijna als een lichamelijke schok:

"Quercus, aanvaardt gij het offer van ons hart?"

Het laatste woord galmde rond binnen de muur als een reeks voortijlende boodschappers die elkaar trachtten in te halen. Toen sprong er met een lang aanhoudend sissend geluid een vonk uit een van de vuren, en landde voor de voeten van een van de vrouwen in het rood. Terstond boog deze het hoofd, waarbij de kap van de mantel naar achteren gleed en over haar rug omlaag viel. Tegelijkertijd begon de demon zich uit zijn positie boven de boom naar beneden te bewegen in de afgestorven kruin, totdat hij geheel en al door de omringende takken uit het gezicht verdwenen was. Er bleef een groen schijnsel achter, dat straalde uit de Oudste Eik alsof de boom opnieuw vol leven stond.

De novice wankelde even, maar werd opgevangen door een haastig te hulp geschoten priesteres; dezelfde die tevoren de oude vrouw had ondersteund. Ze leidde nu de ander naar de tovenares. Toen de twee van aangezicht tot aangezicht stonden vroeg de laatste:

"Zijt gij bereid uw hart te geven aan het vuur van Quercus? Zijt gij bereid nageslacht te schenken aan de boom?… Zijt gij bereid tot wedergeboorte als een heilige loot?"

Op al deze drie raadselachtige vragen antwoordde de novice met een wat beverig uitgesproken:

"Ja, ik ben bereid."

Daarna rechtte zij haar rug, liet de mantel van zich afglijden en stond zo naakt voor de boom. Ze was niet meer in haar vroegste jeugd, maar bezat een volle rijpheid, gepaard aan een leeftijdloze gratie. Haar hoofd was gladgeschoren en ze droeg het teken van de boom als een tatoeage tussen haar fiere borsten. Ze wierp een laatste blik op de oude vrouw en kuste een moment in half-geknielde houding de naar haar uitgestoken hand. Vervolgens liep ze weg in de richting van de boom, gevolgd door haar blauwogige begeleidster. Even later waren beiden tussen de omringende stammen aan het oog onttrokken.

Er klonk een luide gil en het groene schijnsel rond de boom veranderde in rood. Een diepe zucht voer door de toeschouwsters toen de jonge priesteres alleen van de boom terugkeerde. In haar uitgestrekte handen droeg zij een nog kloppend hart...

Hoofdstuk XII

Verbijsterd staarde Zaranthe naar het pulserende vlees dat nu door de vrouw in het vuur werd gegooid waaruit de vonk afkomstig was geweest. Als gevolg van deze handeling laaiden de vlammen hoog op, met slingerende felgroene vlammen.

Het was vooral dat laatste dat Zaranthe er toe bracht iets te ondernemen. Hij had misschien maar weinig gelegenheid en wachtte op het juiste moment om zijn vage vermoedens aan de feiten te toetsen. De aard van het vuur wees nu eenmaal niet op een natuurlijk gebeuren. Er was ook hier magie in het spel. Was het mogelijk dat alles slechts een afleidingsmanœuvre vormde voor een heel andere gebeurtenis?

"Quercus, Quercus!" juichte de menigte op de tribunes. Als reactie op een handgebaar van de oude priesteres werd het opnieuw stil in de tempel. Wederom gebeurde er een tijdlang niets tot er na enkele minuten voor de tweede maal een vonk tevoorschijn schoot, deze keer uit een andere stapel. Knetterend en sissend belandde de vlam voor de voeten van een kleine tengere vrouw. Toen ze haar hoofd vooroverboog en de kap naar achteren gleed nam Zaranthe zijn kans waar. Hij concentreerde zich op de incantatie van verlengde tijd die hij zachtjes voor zich heen begon te neuriën.

Dicht bij de stam heerste een bijna volmaakte schemering, als in het binnenste van een door elfen bewoond woud. Deze verduistering werd veroorzaakt door de honderden kleine eiken welke de takken van de grote boom tot steun dienden en door de laaghangende onderste takken zelf. Rondom de eik lag een dikke verende laag mos, als gevolg van het vele water dat in de loop van eeuwen gebruikt was om het dorre fossiel te beschermen tegen de vlammen van ceremoniën als welke op dit moment voltrokken werd. Daardoor ook hing er een vochtige atmosfeer onder de takken die niet alleen van ouderdom te lijden hadden, maar eveneens door houtrot waren aangetast. De dagen van de Oudste Eik leken geteld.

Zaranthe tastte keurend de kern van de boom af — de schors was al sedert een halve eeuwigheid verdwenen — maar vond niets ongewoons. Hij hoorde hoe het volgende slachtoffer haar drie vragen kreeg voorgelegd en trok zich afwachtend terug in de schaduwen. Zijn wachten werd spoedig beloond: na een enigszins gedempt klinkend antwoord stapte de tweede novice de schemering binnen, gevolgd door de beeldschone priesteres. Een enkel ogenblik keek deze Zaranthe recht in de ogen. Hij verstijfde van schrik, maar kennelijk had ze hem in het grillige duister toch niet opgemerkt.

De jonge vrouw die als bruid van de boomgeest was uitverkoren naderde de stam. Haar bewegingen kregen iets onzekers; kennelijk had ze iets anders op deze plek verwacht dan het dode hout en een hutkoffer met draagstokken, waarop de vrouw even aarzelend haar vingertoppen liet rusten. Ze draaide zich vragend om naar haar begeleidster...

Op dat ogenblik kwam een deel van de mosgrond omhoog en er werd een trap zichtbaar die de aarde in leidde. Een in het zwart geklede gestalte werkte zich razendsnel uit de opening naar boven, greep de novice van achteren beet en duwde haar een doek tegen mond en neus. Een flauw aroma van een bedwelmend middel drong Zaranthes reukorgaan binnen. Zonder een geluid te geven zakte de tengere schoonheid in elkaar.

Een tweede persoon kwam tevoorschijn. Het was overduidelijk een man, net als de eerste. Hij droeg in elk van zijn handen een voorwerp. Het ene overhandigde hij de jonge priesteres. Vervolgens opende hij de kist en liet iets vallen dat op de bodem een zacht gerinkel veroorzaakte. De priesteres maakte een heftig gebaar van kwaadheid. De man haalde zijn schouders op en sloot de kist. Zaranthe constateerde verbluft dat het geluid nog het meest had geklonken als dukaten die op een zacht kussen neerkwamen. Hij zou er weinig naast zitten met zijn oordeel, peinsde hij.

De beide mannen droegen nu het bewusteloze lichaam van de novice door de opening de trap af.

Het luik werd gesloten en er bevond zich weer een egale mos vloer als voorheen. Zaranthe rekte zijn hals om te zien wat de priesteres nu in haar hand droeg: het was het hart van het een of andere dier. De vrouw stak haar andere hand tussen de plooien van haar kleed en strooide vervolgens een rood poeder over het vlees. Ze voerde een paar vingergebaren uit en tekende boven het hart een vijfhoek in de lucht. Terstond verscheen er een rode gloed binnen de begrenzing van haar gebogen handpalmen, die pulseerde in een dubbel ritme. Ze bracht langzaam haar beide handen rond het hart, als gevolg waarvan de pulserende wolk ineenkromp tot de grootte van het hart. Even gleed er een tevreden trek over haar fraaie gezicht. Toen sloeg ze haar hoofd in de nek en slaakte een kreet als van een wezen in doodsnood…

Zaranthe had genoeg gezien. Hij liet zijn tweede lichaam in zijn eerste terugkeren, wat met een lichtgloeiend gevoel gepaard ging en wachtte de komende gebeurtenissen af. Hij kon zich goed voorstellen wat er met de geofferde vrouwen gebeurde. Geen wonder dat de zusterstad als zelfstandige gemeenschap door de vorsten van dit gebied getolereerd werd. En dat al langer dan men zich heugen kon. Het profane, ware karakter van de ceremonie stoorde Zaranthe echter maar matig. Hij had problemen op te lossen, bijvoorbeeld hoe hier ongezien weg te komen?

Het door middel van magie tot schijnleven gebrachte hart was inmiddels in het vuur beland, dat net als bij de vorige gelegenheid hoog oplaaide.

Nadat de geëxalteerde kreten van de toeschouwsters geluwd waren trad er wederom een periode van afwachtende stilte in. Toen, na een pauze die wel uren leek te hebben geduurd, sprong er voor de derde maal een vonk uit het vuur. Deze keer belandde de vlam voor de voeten van Zaranthe!

Van het ene ogenblik op het andere waren alle blikken op hem gericht. Verstijfd van schrik staarde hij naar het gloeiende ding daar voor hem in het zand van de tempelvloer. Hij voelde met een ver verwijderde uithoek van zijn bewustzijn hoe de kap van zijn hoofd gleed. Maar vervuld van een eigenaardige lethargie verroerde hij secondenlang geen spier van zijn lichaam. Intussen werkten zijn hersenen op volle toeren. Ten slotte staarde hij met een verdwaasde blik naar de oude priesteres. Deze vatte dit kennelijk op als een teken en vroeg:

"Zijt gij bereid uw hart te geven aan het vuur van Quercus?...Zijt gij bereid nageslacht te schenken aan de boom?..." Ze aarzelde even terwijl haar diepliggende ogen Zaranthe een moment lang onderzoekend opnamen. Had ze gemerkt dat er iets niet in orde was, of moest ze enkel lucht in haar oude longen zuigen? In ieder geval ging het moment van aarzeling voorbij en ze maakte haar vragen af:

"...Zijt gij bereid tot wedergeboorte als een heilige loot?"

Zaranthe zag vanuit zijn ooghoeken hoe de jonge priesteres hem naderde om zijn mantel in ontvangst te nemen. Hij liet haar nog enige passen dichterbij komen. Maar toen riep hij luidkeels:

"Om de drommel niet!" Als een steen uit een slinger kwam hij in beweging. Zijn voeten roffelden met grote sprongen over het zand terwijl hij op volle snelheid in de richting van de boom sprintte. Rondom hem gebeurde er de eerste ogenblikken niets.

In opperste verbijstering reageerde het publiek aanvankelijk niet op de onverwachte gebeurtenis. Maar toen gleed tijdens het rennen de mantel van Zaranthes schouders, zijn manlijkheid werd zichtbaar voor iedereen...

Een oorverdovend gekrijs barstte los binnen de tempelmuren. Ieder ander geluid werd terstond overstemd, waardoor hij aanvankelijk niet wist of hij gevolgd werd. En omkijken zou zijn pas te veel vertragen. Het duurde maar even voor hij de eerste schaduwen had bereikt. Meanderend tussen de stutbomen werkte hij zich krampachtig voort in de richting van het centrum van het kleine, maar o zo compacte woud. Hij schampte zijn schouders; schuurde schenen, knieën en ellebogen. Maar hij negeerde ieder persoonlijk ongemak op weg naar het doel. Hijgend bereikte hij ten slotte de stam op het ogenblik dat het luik in de vloer geopend werd.

Er was geen tijd voor afweging van kansen en mogelijkheden. Zaranthe sprong met beide voeten tegelijk boven op het al halfgeopende luik waaruit een zwarte gestalte juist bezig was zich te verheffen. Met een krakende klap sloeg het schot weer dicht. Er klonk even een rommelig en bonkend geluid onder Zaranthes voeten, daarna werd het stil; tenminste onder het luik. Het gillen van de menigte ging onverminderd voort. En uit het plotseling schudden van boomtakken bleek dat tenminste iemand de steunbomen van de Oudste Eik had bereikt. Takken kraakten boven zijn hoofd. Zaranthe bukte zich om het luik te openen. Het was een riskante uitweg, maar het was tenminste een uitweg.

Haastig tastten zijn vingers rond, maar hij vond geen ring of een andere handgreep. Er stond hem nu nog maar één enkele handelwijze vrij. In een fractie van een seconde nam hij zijn beslissing. Hij sprong uit zijn ineengedoken houding als een veer omhoog, reikend naar de dichtstbijzijnde zijtak. Hij kreeg een houvast voor zijn vingers in de vele spleten en sloeg met een wijde zwaai zijn rechterbeen over het hout. Terwijl hij nu onder zich de eerste woedende novicen tussen de binnenste stutbomen kon zien opdoemen reciteerde hij de drievoudige spreuk. Een oorverdovend gekraak volgde op de laatste syllabe en er voer een siddering door de stokoude boom. De vrouwen die de binnenste kring van steuneiken hadden bereikt, bleven stuk voor stuk als verlamd van schrik staan. Wat er vervolgens gebeurde was voor de verzamelde toeschouwsters schokkend en verbijsterend.

Ze zagen hoe hun aanbeden Oudste Eik zich verhief van de grond. Reeds lang afgestorven wortels knapten af met knallen als van vuurwerk op een dorpsfeest. In het licht met wolkenflarden verontreinigde uitspansel verdween de Heilige Eik spoedig uit het gezicht, mét de man die schrijlings op een van de onderste takken was gezeten en die hun dierbaarste ceremonie op zo wrede wijze had verstoord. Het geluid van vele vallende takken van de fossiele boom werd ruimschoots overstemd door het gejammer van de zusters van Besjar...

Kort na het spectaculaire vertrek sloeg Zaranthes aanvankelijke opluchting om in een gevoel van ernstige verontrusting. Hij had er welbeschouwd ook alle reden toe: zonder de hulp van ondersteunende stammen van levend hout verloor de ene tak na de andere zijn laatste stevigheid. Stukje bij beetje viel de boom tijdens zijn luchtreis uiteen. Takken zo dik als complete bomen vielen omlaag, waarbij het stokoude hout vaak al verpulverd was voor het de grond bereikte. Vol onbehagen maakte Zaranthe na ieder verlies de balans op van wat hem nog restte.

Hij had de omgeving van de tweelingsteden reeds lang verlaten en bevond zich al geruime tijd op koers naar het Askanische hoogland, toen hij een ontdekking deed die hem bijna van zijn tak omlaag deed vallen van schrik: hij was niet de enige die zich in de boom ophield. Nog iemand klemde zich krampachtig vast aan de vermolmde takken van de Heilige Eik. Ze had zich behoedzaam schuifelend van een gevaarlijke uitloper verwijderd — die inmiddels al omlaag was gestort — en was nu omzichtig doende in Zaranthes richting te kruipen, waar ze althans nog enige veiligheid vermoedde. Het was het kind dat hem in Besjar naar de processie had geleid. Zaranthe herinnerde zich haar naam. Toen ze zich dicht genoeg in zijn nabijheid had gewerkt boog de schrijvenaar zich naar achteren en strekte zijn arm uit in haar richting.

"Aia!" riep hij. "Neem mijn hand. Maar let wel, die tak staat op…"

Op dat ogenblik brak de tak af. Maar juist op tijd kreeg het angstige kind zijn hand te pakken. Een ogenblik bungelde ze vrij in de lucht. Door de schok brak ook Zaranthes tak af en de hele rest van de boom tuimelde wentelend en in duizenden stukken uiteenvallend omlaag.

Met grote inspanning wist Zaranthe het kind omhoog te trekken. Ten slotte hielp hij het trillende lijfje vóór zich op de tak. Het verlies van de boom had de spanningen in het geteisterde hout kennelijk gestabiliseerd. Afgezien van enkele dorre twijgen verloor het heilige vervoermiddel nu niets meer.

Zwijgend liet het tweetal zich naar de plaats van bestemming voeren. Ten slotte landde de tak op een zanderige uitloper van ronde heuvels die de voet van een grillig hooggebergte verborgen. De schok van de landing bleek te veel voor de tak. Het hout verpulverde zodanig dat er enkel een soort poeder in het zand achterbleef.

Zaranthe trok zijn metgezellin overeind en herinnerde zich plotseling zijn naaktheid. Met de wijsvinger van zijn linkerhand trok hij een cirkel om zich heen in het zand. Niet gestoord door angsten en onzekerheden was zijn concentratie optimaal. Hij prevelde enkele syllaben, waarop de kring zich verhief, ronddraaide, steeds sneller en sneller, zich onderwijl uitrekkend tot een okerkleurig kleed dat zich rond zijn blote huid legde. Twee diepe zakken plooiden zich rond zijn heupen.

In een daarvan stopte hij de vinger van Randoer die hij al die tijd in zijn vuist geklemd had gehouden. Hij boog en strekte zijn vingers alsof hij lange tijd een zwaar voorwerp had getild — ongetwijfeld een effect van Randoers magie — en wendde zich toen tot het kind. Op bestraffende toon begon hij: "Geen slimme zet om je in de boom te wagen. Het had volstrekt fataal kunnen aflopen, als ik niet..."

Nijdig wendde Aia zich naar hem om.

"Zeg, behandel mij niet als een kind."

"Dat bén je immers," reageerde Zaranthe, onwillekeurig grijnzend.

"Ten dele, ja." Ze zweeg even. Toen vroeg ze onverwachts, waarbij ze hem intussen fronsend opnam: "Heb jíj geen honger?... Nou, ík wel."

Ze liet zich op de hurken neer, tastte met haar vingers door het zand tot ze een min of meer rond afgesleten stuk witte kwarts tevoorschijn trok. Ze wreef er nadenkend fluisterend over met de muis van haar duim. Vervolgens bracht ze de steen naar haar mond en nam er een hap uit!

Verbluft staarde de schrijvenaar op de hurkende tengere gestalte neer. Haar kleed was vlekkerig en gescheurd. Resten van twijgen en wolkjes houtmolm zaten verward in haar blauwzwarte krullen. Een straatkind, zoals ze toonde. Maar ze had magie gebruikt! Ze keek naar hem omhoog, haar wangen met voedsel volgepropt, haar blik verried triomf.

"Dat had je niet gedacht hè?" grijnsde ze met volle mond. Ze stak hem de rest van het brood toe. Verbouwereerd bracht Zaranthe het voedsel naar zijn mond. Het was weer veranderd in steen.

Aia schaterde. Zaranthe wierp de kei van zich af, sloeg zijn armen over elkaar en zei: "Het minste dat ik in ruil voor de aangeboden lift verwachten kan is toch wel enige uitleg."

"Wat wil je weten?" Ze stond op, veegde het zand van haar blote voeten en keek hem met haar intens blauwe ogen aan. Zaranthe had moeite die blik te weerstaan; te meer daar haar ogen hem zeer bekend voorkwamen en hij er méér in las dan kinderlijke onschuld alleen.

"Wie ben je werkelijk?" vroeg hij.

"Aia, voluit: Yaraia."

"Dat verklaart veel. En je zusters zijn?"

"Yara en Yacima," vulde het meisje aan. "Maar dat had je al geraden."

Zaranthe knikte.

"Wie was Yacima?"

"De oude vrouw," antwoordde ze. "We hullen onszelf graag in deze gestalten. En niet alleen om bezoekers te misleiden. Elke levensfase heeft zijn eigen magische accenten. Het helpt ons bovendien ons ego te profileren. We zijn erg nauw aan elkaar verwant, zie je."

"Een eeneiige drieling," peinsde Zaranthe begrijpend.

"Inderdaad. En meer dan louter lichamelijk. We staan altijd met elkaar in contact. Je moest eens weten hoeveel profijt we hebben van de gecombineerde wijsheid van drie verschillende leeftijdsfasen. Samen zijn we zonder meer een van de grootste levende magiërs." Ze gaf deze verklaring zonder een spoor van hoogmoed of arrogantie. Zaranthe nam aan dat ze zeker gelijk had. Een leven opgesloten binnen de muren van Besjar zou echter ook zijn beperkingen hebben. Hij vroeg zich af hoe goed de drieling geïnformeerd was.

"Mijn identiteit was jullie vanaf het begin duidelijk?"

"Zeker," antwoordde Yaraia. "Iedere magiër heeft zijn eigen afstemming in het fluïdum. Bovendien zijn jij en wij op de een of andere manier aan elkaar verwant."

Zaranthe knikte. Dat feit had hij al uitgedacht. Van de oorspronkelijk verspreid levende stammen in het zeer verre verleden had zich de mensheid ontwikkeld in onderlinge vermenging. Maar soms onder invloed van sturende krachten — of het toeval — kwamen de eigenschappen van een vroegere stam of familie weer in hun min of meer oorspronkelijke vorm boven. Hij had de herkenning onmiddellijk bespeurd. Het maakte het contact met de kleine tovenares op een eigenaardige wijze gemakkelijk en vertrouwd.

"Het spijt me van de boom," verontschuldigde hij zich. "Maar ik voelde er niets voor om mij door een hysterische menigte vrouwen te laten verscheuren."

"Er is geen reden voor spijt," weersprak Yaraia hem. "We vroegen er om. De boom was al aan zijn eind. Het werd tijd voor een verandering. Groot zal die toch niet zijn. Van het aanbidden van de oudste boom tot het aanbidden van de plaats waar de oudste boom heeft gestaan is slechts een geringe sprong."

"Er komt dus geen eind aan de vrouwenhandel van Besjar?"

Aia scheen niet in het minst beledigd. Ze glimlachte toegeeflijk en staarde van hem weg naar de bergen, waarvan de toppen verborgen hingen in een rafelig wolkendek, als een kroon van ruches.

"Zo kun je het zien," sprak ze. "Wij drieën koesteren er een andere opvatting over. We moeten duizenden vrouwen in leven houden. Op alleen eikels gaat dat niet. Aan de andere kant waren de uitverkorenen bereid een veel erger lot te ondergaan dan hen in feite te wachten staat. De bruiden van Quercus verlaten Besjar, behept met een onschuldig maar hardnekkig geheugenverlies. Ze zijn bij de adel zeer in trek, omdat ze dankzij hun training in seksuele magie hun meesters oneindig veel te bieden hebben. Trouwens: degenen die goed geld voor een Besjar-minnares neertellen worden doorgaans niet erg oud." Ze keek omhoog naar de lucht die boven de zandheuvels strak en wolkeloos was.

"Kijk," wees ze. "Nóg een reden waardoor we wisten wie je was. Het is nu eenmaal genoegzaam bekend dat Zaranthe de schrijvenaar gewoonlijk reist in het gezelschap van vijf raven. Waarom vijf?"

Zaranthe volgde haar blik. Daar waren ze opnieuw, cirkelend hoog in de lucht als gieren boven een stervend dier, en zich verlekkerend in diens doodsstrijd.

"Ik ben een opgejaagde. Die reputatie is tekenend voor mijn problemen," zuchtte hij. "Ik reis gewoonlijk nooit in het gezelschap van raven. Ik kan die rumoerige dieren niet uitstaan. Het is het gilde, dat in mijn Boek weet door te dringen en zo greep krijgt op de Grote Werkelijkheid. Wat er kan gebeuren als er zés raven opduiken in ieders geheugen en voor mijn ogen, daar waag ik maar niet aan te denken. Ik moet ten koste van alles dat moment vóór zijn."

Toen Aia daarop niet-begrijpend terugdeinsde, legde hij haar zijn situatie uit. Het relaas nam enige tijd in beslag omdat hij zijn gemoed wilde luchten en zo volledig mogelijk wilde zijn. Toen hij ten leste uitgesproken was merkte ze peinzend op: "Dus daarom heb je het Askanische hoogland als reisdoel gekozen: het gaat om Nirnir."

Ze wierp een blik over haar smalle schouders in de richting van de onherbergzame pieken die zich als rode, verweerde torens boven het omringende landschap verhieven. De door de natuur gevormde kantelen van demonische vulkaanburchten aan de top van de Montedivi waren aan het gezicht onttrokken door geheimzinnige nevels, waarin het bliksemde. Of was het de verschroeiende adem van de vuurdraak?

"Kijk!" wees Aia. Zaranthe volgde de richting van haar uitgestoken vinger. Eerst merkte hij niets bijzonders op. Maar toen zag hij de donkere vorm die zich met grillige bewegingen door de verre nevels verplaatste. Hij hield een hand boven zijn ogen en zag toen hoe de donkere figuur zich uit de grijze slierten losmaakte…

De puntige, hoekige vleugels, de lange spitse nek; de onvoorstelbaar lange staart die in een pijlvorm eindigde. Er was geen twijfel mogelijk: dit was Nirnir, de duizenden jaren oude laatste vertegenwoordigster van haar ras. De vuurdraak vloog te hoog om meer details te kunnen zien. Maar zelfs op deze afstand was het unieke dier indrukwekkend genoeg. Even vroeg Zaranthe zich af wat het was dat het dier haar veilige nest bij de bergtop had doen verlaten. Maar het antwoord liet niet lang op zich wachten.

Nirnirs koers leidde regelrecht naar de lawaaiige raven. Ze hadden kennelijk met hun onuitstaanbare gekras haar rust verstoord. Toen de zwarte dieren de naderende draak in de gaten kregen vlogen ze in paniek alle kanten heen om buiten het bereik van Nirnirs klauwen te blijven. Maar juist toen ze zich kennelijk veilig waanden stootte de draak een reusachtige vlam uit, die het zonlicht in intensiteit leek te overtreffen en die midden tussen de zich hergroeperende raven belandde.

Vier van de vogels wisten buitelend het vege lijf te redden, maar een vijfde werd vol getroffen en veranderde in een bal van vuur. Een kreet van pijn en ontzetting werd nog in de lucht gesmoord, waarna het dier morsdood omlaag stortte. Toen de overige vogels zagen wat er was gebeurd maakten ze haastig dat ze wegkwamen. Met majesteitelijke vleugelslagen keerde Nirnir terug naar haar nest en was spoedig tussen de rotspieken in de mist verdwenen.

Zaranthe wendde zich om naar zijn kleine metgezellin, wees naar de rokende bundel in het zand en zei: "Dat was nu voorwaar een geschenk uit de hemel!"

Hoofdstuk XIII

In tegenstelling tot de algemene opvatting, bezit een draak geen zachte plek op zijn buik. Het doden van Nirnir zou dus op een heel andere wijze moeten gebeuren dan door het afschieten van een eenvoudige, goedgerichte pijl. Een draak kon in theorie bijna eeuwig leven. Het feit dat het hier het allerlaatste exemplaar van een compleet ras betrof, maakt duidelijk dat de theorie alléén niet voldoet om de praktijk gestalte te geven. Vurig en opvliegend als deze drakensoort mag zijn is zij ook onderhevig aan aanvallen van 'Weltschmerz'. Menige draak is zo onherroepelijk weggekwijnd. Zaranthe had evenwel geen tijd om op een dergelijke gebeurtenis te wachten. Hij had zo zijn eigen ideeën over het probleem van Nirnir en een oplossing opperde de schrijvenaar, nadat ze hun maaltijd hadden voltooid en zich hadden neergezet in de schaduw van een rots, die de late maar nog altijd hete stralen van de dalende zon tegenhield en een verfrissende schaduw verschafte. "We kunnen Nirnirs nest opzoeken of haar naar ons toe lokken."

"Ik voel het meest voor het laatste," repliceerde het meisje.

"Ik eveneens. Maar er is een probleem verweven met de uitvoering."

Aia draaide zich om, zodat ze op haar hielen kwam te zitten, waarbij ze haar handen op de gespannen knieën liet rusten.

"Kunnen we geen lichtende demon oproepen die de nachtelijke hemel kleurt? Dát zal haar nieuwsgierigheid wekken," stelde ze voor.

"Een demon oproepen in een streek die al van vulkaandemonen vergeven is, wordt een riskante zaak. De gevolgen zouden complex en onvoorspelbaar worden. Bovendien is het vannacht volle maan. Achter die nevelen zal een licht meer of minder niet opvallen."

"Een geluid dan: de lokroep van een partner?"

"Nirnirs laatste partner is duizenden jaren geleden al gestorven. Ze bewaakt waarschijnlijk daarboven zijn karkas. Ze zou argwanend worden."

"Een ander geluid misschien? We hebben al kunnen zien hoe ze op de raven reageerde."

Zaranthe knikte.

"Dat valt te proberen." Vervolgens sprak hij het woord DROOGTE-RIMPELS. En voor hem in het zand verscheen weer zijn tovenaarskist.

Hij opende het deksel en rommelde enige tijd bestuderend tussen de inhoud. Ten slotte haalde hij enkele poeders tevoorschijn en een kleine vijzel voorzien van een voetstuk, zoals een bokaal. Hij mengde behoedzaam de poeders in afgemeten hoeveelheden onder het uitspreken van een krachtige spreuk, waarna hij korte tijd zijn vingertoppen in een bepaald patroon boven de vijzel hield. Hij keek geconcentreerd toe, lette er vooral op niet met de ogen te knipperen en geen ledematen gekruist te houden. Yaraia volgde zijn verrichtingen met een professionele interesse die voor haar schijnbare leeftijd opmerkelijk was. Ten slotte had de schrijvenaar zijn voorbereidingen voltooid. Hij overhandigde Aia de bokaal en instrueerde haar zorgvuldig: "Strooi het poeder uit in de vorm van een ruit. Niet groter dan drie bij zes meter in middellijn en niet kleiner dan de helft van deze maten. Plaats de lange diagonaal oost-west. Draag er echter wel zorg voor nog enig materiaal over te houden."

Ze deed wat haar gezegd was. Toen ze haar opdracht correct had uitgevoerd lag er een witte ruit over het zand volgens de aangegeven afmetingen. Aia kwam bij Zaranthe terug met de vijzel waarin nog een kleine hoeveelheid poeder schemerde op de koperen bodem. Zaranthe stak duim en wijsvinger in de koperen bokaal en nam er wat poeder uit. Hij beduidde Aia hetzelfde te doen. Het kind schudde de zwarte krullen voor haar gezicht weg en doopte haar vingers tot op de bodem.

"Voortreffelijk. Stel je nu op bij de westpunt en doe wat ík doe. Gebruik dezelfde klanken. En neem je in acht door vooral geen tenen of vingers te kruisen. Hou handen en voeten vaneen."

Yaraia deed wat haar was opgedragen. Ze volgde Zaranthe in gebaar en klank. Toen de schrijvenaar zijn poeder in de lucht wierp volgde zij zijn voorbeeld.

De ruit in het zand nam opeens vaste vorm aan. Als een wit zeil in de wind golfde de figuur met de lange punten op en neer.

"Hoog!" riep Zaranthe.

"Hoog!" riep ook het kind. En als een geometrische vleermuis fladderde het ding naar de hemel. Aia wachtte op verdere instructies en Zaranthe beduidde haar nu te zwijgen. Zelf bracht hij zijn handen aan zijn mond en slaakte een zachte kreet.

De vlieger schokte even, begon daarna hoog in de lucht te vibreren en echoënd tegen de rotswanden werd de kreet van de magiër herhaald, vele malen luider. Het klonk als de roep van een pauw: schor en lelijk. Hopelijk zou het de vuurdraak voldoende irriteren om zich nogmaals te laten zien. Voorlopig gebeurde er echter niets.

Zaranthe voelde zich geenszins ontmoedigd. Nogmaals bracht hij zijn handen omhoog en andermaal schreeuwde de vlieger. Deze keer kwam er beroering in de wolkenflarden rond de bergtop. Maar het was niet Nirnir die zich uit de door de avondzon oranje gekleurde nevel tevoorschijn begaf. Wat het ook was, het bezat een eigenaardige vormloosheid en een kleur die varieerde van diep-purper tot zwart. Het golfde tussen de pieken van de rotsen door en leek als een poliep traag langs de berghelling omlaag te glijden. Tegelijkertijd klonk er een gedempt gerommel dat het zand onder de voeten van Zaranthe en de kleine Besjar-heks zachtjes in beweging bracht.

Het kind in de magiër Yaraia kreeg plotseling de overhand. Ze klemde haastig haar armen rond Zaranthes heupen en drukte haar gezicht angstig tegen zijn buik.

"Wat is dát?" fluisterde ze geschokt. Met wijd open ogen staarde ze zijwaarts naar het verschijnsel dat nu de complete bergtop leek te overdekken met duistere tentakels. Na verloop van tijd echter vertraagde de beweging en stopte toen. Langzaamaan begon de donkere massa zich terug te trekken, totdat deze geheel achter de kam in de nevelen verdween. Het gerommel hield nog enkele ogenblikken aan, maar na korte tijd kwamen ook de trillingen tot stilstand en was alles weer als voorheen.

"Wat was dát?" herhaalde Aia, naar de ander opkijkend.

Zaranthes gezicht had een sombere uitdrukking gekregen en met een afwezig gebaar maakte hij zich uit haar omhelzing los.

"Daar was ik al bang voor," mompelde hij. "Dat was de demon Alardoem: een veil schepsel dat gewoonlijk diep in rotsspleten huist, ver onder de aarde. Na het vertrek van de dwergen uit deze streek hebben vele demonen hun geboorteplaatsen in de magmakern van de vulkanen verlaten en zich dicht aan het oppervlak genesteld in kloven en verlaten mijngangen. Alardoem is onder hen een van de machtigste. Het is mijn professionele mening dat deze aarddemon de laatste eeuwen zijn essentie aan het extract van Randoer heeft meegegeven. Hij reageert op de aanwezigheid van magie in zijn omgeving hoewel hij doof en blind is. Ik vrees dat dit boven mijn macht gaat. We zullen onze oplossingen in een andere richting moeten zoeken."

Teleurgesteld en plotseling vervuld van een hevige vermoeidheid keek hij toe hoe de vlieger zijn compactheid begon te verliezen en in witte vlokken uiteenviel. Na een korte sneeuwbui was er van het voorwerp niets meer terug te vinden.

"Welnu," wendde Aia zich tot de schrijvenaar. "Dan zit er niets anders op dan de berg te beklimmen. Als we Nirnir niet omlaag kunnen lokken zullen wíj omhoog moeten."

"Ja, maar niet nu," besliste de magiër terwijl de zon in een laatste groene flits achter de kim verdween. Het slaapgebrek van de afgelopen nachten deed zich nu gelden en de magische daad die tot niets had geleid had zijn laatste restje reserve-energie opgebruikt. De aanwezigheid in dit gebied van boosaardige en onbetrouwbare demonen dwong hem zijn krachten langs natuurlijke weg weer op te bouwen. Kon hij zich het tijdverlies dat daarmee gepaard ging veroorloven? Maar och… Hij hoefde niet láng te slapen. Zonder zich om zijn gezelschap te bekommeren vleide hij zich neer op het nog warme zand en sloot een ogenblik de ogen. Het laatste wat hij zag was de kleine Yaraia die in een eigenaardig peinzende houding op hem neer staarde. Hij deed een poging om haar houding te analyseren, maar verloor de greep op zijn gedachten en gleed weg in een diepe slaap. Hij droomde van drie gezichten die verschillend waren, maar tegelijkertijd één en hetzelfde; hartvormig en van een uitzonderlijke schoonheid. De gezichten wentelden enige tijd rond zijn hoofd, waarna ze ineen vloeiden tot dat van een jonge, vroegrijpe vrouw. Ze was naakt en sprak woorden tegen hem die hij niet kon verstaan. In zijn droom strekte hij zijn armen naar haar uit. Maar ze glimlachte en weerde ze af. Ze wees naar de hemel en plukte drie sterren. Ze plaatste deze een voor een op zijn voorhoofd, zijn keel en tussen zijn lendenen. Daarna masseerde ze zijn lichaam met handen waaraan nog sterrenkracht kleefde. Een warme gloed verspreidde zich door zijn aderen, zocht met trage golven zijn weg naar zijn geslacht, dat een pilaar naar de hemel werd, omringd door rondwentelende sterrenkracht. De vrouw zelf leek uit sterren te bestaan. Ze legde zich over hem heen als de Melkweg, schitterend in myriaden lichtpuntjes. Iedere minuscule lichtbron prikkelde zijn huid om zich vervolgens op te lossen in de benedenwaarts gerichte golven warmte, waarbij deze werd versterkt met weldadige energie. De sterrenvrouw begon nu zijn geslacht te omringen met haar eigen lichaam. En de Melkweg golfde. Alle sterrenkracht balde zich daar samen voor een sprong naar de kosmos. Toen het genot niet langer te dragen was en hij vreesde door de verzamelde energie verzengd te worden opende hij zijn mond om de sterrenvrouw te waarschuwen. Maar er kwamen geen woorden uit zijn mond. Plotseling kwam de explosie. Het was alsof zijn lichaam zich binnenstebuiten keerde. Alle zenuwen lagen bloot en hij kromp ineen door de prikkeling van sterrenstof. Het was of de hele Melkweg op hem neerdaalde in gloeiende stofdeeltjes. Een eeuwigheid later sloot zijn lichaam zich weer. En was hij vervuld van een ongekende kracht... Plotseling echter begon de grond te beven en een donkere massa gleed langs het uitspansel. De vrouw wierp zich angstig in zijn armen. Hij hield haar vast tot de aarde tot stilstand kwam. In kleine schokjes... verdween... de... droom...

Toen hij ontwaakte was het nog nacht. De volle maan stond hoog in zijn baan en verlichtte de omgeving met een ijsblauw schijnsel. Hij voelde zich uitgerust op een ongeëvenaarde wijze. Toch kon hij niet lang geslapen hebben. Toen hij het lichaam in zijn armen voelde en verbaasd zijn hoofd ophief om ernaar te kijken, besefte hij eensklaps dat wat hij in zijn slaap beleefd had geen droom was geweest. Hij zag een jonge vrouw, de vrouw uit Besjar. Ze had een grijze tuniek losjes als deken over hen heen gedrapeerd. Verschrikt draaide Zaranthe zich een stukje bij haar vandaan. Door de schok ontwaakte ze en staarde enige ogenblikken dromerig in zijn richting. Toen plooide haar fraaie mond zich tot een glimlach en haar diepblauwe ogen toonden herkenning.

"Blijf toch nog hier liggen," zei ze met een aangename lage stem.

Verbluft stamelde Zaranthe: "Waar is Aia?"

"Ik bén Aia." Soepel gleed ze weer tegen hem aan. Ze genoot kennelijk van zijn verwarring.

Zaranthe voelde zich slecht op zijn gemak. Hij bromde: "Het gebruiken van magie is niet zonder gevaar hier, besef dat wel."

"Ik heb het gemerkt." Ze bleef glimlachen.

"Bovendien... bovendien... Eigenlijk is het tegen mijn gewoonte te vrijen met heksen," stamelde de schrijvenaar. "Men weet nooit wat ze..."

Plotseling voelde Zaranthe een droge rimpelige huid tegen zijn lichaam en hij staarde naar een tanig gezicht met de tandeloze mummelmond van een oude heks. Haar hoofd was kalend.

"Laat dat!" riep Zaranthe geschokt. Grinnikend transformeerde Aia zichzelf weer tot jonge vrouw en streelde zijn wang.

"Nou, vooruit dan," mompelde hij en klemde zijn armen rond haar warme lichaam. "Wat is mij eigenlijk overkomen?"

"Besjar-magie," antwoordde ze tegen zijn oor. "We zijn in deze zaken gespecialiseerd. Dit was niets bijzonders."

"O..."

"Maar als je er geen bezwaar tegen hebt, wil ik nog wat slapen."

"Nee," stamelde de magiër. "Nee, geen enkel bezwaar, rust gerust uit..."

Kennelijk was ook Zaranthe opnieuw in slaap gevallen — een kalme droomloze slaap ditmaal. Hij ontwaakte in het vroege ochtendlicht. Het kind lag met opgetrokken knieën naast hem in een open gewroete kuil in het zand. De duim van haar rechterhand stak in misleidende onschuld tussen haar lippen.

Even moest Zaranthe iets wegslikken. De aanblik van het kind maakte dat hij zich nogal gegeneerd voelde. Hij stootte haar onhandig wakker en terwijl hij haar blik vermeed mompelde hij knorrig: "Ik wacht niet langer. Ga je mee of blijf je hier?"

Aia sprong ogenblikkelijk overeind.

"Je hebt gelijk," zei ze terwijl ze het zand van haar kleren schudde. "En natuurlijk ga ik mee. Welke spreuk was het die je door de lucht deed vliegen?"

"Geen spreuken meer," bromde Zaranthe. "Er is vannacht al genoeg geriskeerd. Randoer mag weten welke demonen je uit hun rust hebt gewekt. Ze zijn nu gewaarschuwd."

"Was dat een demon tussen je benen?"

"Eh…" Zaranthes verwarring was groot. "Ik bedoel, daarboven in de bergen. Het is zaak, Aia, de gevolgen van je daden te overzien."

"Had me gestopt," reageerde ze simpel.

"Hm, genoeg daarover. Er zijn twee mogelijke routes die naar de top van de Montedivi leiden. De gemakkelijkste begint ten westen van hier bij het meer van Galazea en leidt via de oude dwergenmijnen naar een dorre bergwei, die door drie vulkanen wordt omsloten. Via de noordelijke bereikt men de top, naar verluidt, in acht dagen. Zoveel tijd staat ons bezwaarlijk ter beschikking; hoewel we tot aan het meer veilig zouden kunnen vliegen."

"En de tweede?"

"Kom," sprak hij, waarbij hij een rechtstreeks antwoord omzeilde. "We hebben een lange en zware klim voor de boeg."

Hij nam een buidel met goud en een boek uit zijn kist en prentte een aantal spreuken in zijn brein voor een eventueel noodgeval. Vervolgens plaatste hij het boek weer terug en zond kist en sleutelwoord zuidwaarts. Zwijgend gingen ze op weg.

Ploegend door het rulle zand trokken ze — Zaranthe voorop — naar de voet van de rotsen die met honderden meters steile wanden boven de heuvels oprezen. Na een kleine twee uur was de top van de zandhelling bereikt.

Peinzend krabde de schrijvenaar over zijn kin, terwijl hij zijn blik over de stenen barrière liet glijden. Erg hoopvol zag het er niet uit. De moed zonk hem in de schoenen toen hij zag hoe hoog de rotswand eigenlijk wel was.

Aia was naast hem komen staan. Tot zijn schrik had ze zich opnieuw getransformeerd tot jonge vrouw. Met de handen op haar heupen geplant en de kin omhoog bestudeerde ze de geologische lagen die door onvoorstelbare krachten vrijwel in verticale stand waren geforceerd. Onwillekeurig bevochtigde ze haar lippen. In het volle daglicht waren haar ogen zo intens blauw dat ze wel van binnenuit licht leken uit te stralen.

"Ik dacht dat we geen magie meer zouden gebruiken," begon Zaranthe onbehaaglijk.

Aia lachte voluit.

"Je denkt toch niet werkelijk dat een zevenjarig kind in staat is deze wand te beklimmen? En wie zegt dat ik dat in werkelijkheid ben?"

Hij moest toegeven dat er twee kernen van waarheid in haar woorden staken. Tot zijn opluchting vertoonde zich geen enkele demon en ook het gerommel van de bodem bleef ditmaal achterwege.

"Welnu," vervolgde Aia. "Wie gaat het eerst: jij of ik?"

Zonder zijn antwoord af te wachten ging ze de rotswand te lijf. Snel, maar zorgvuldig met haar vingers en voeten tastend naar spleten en oneffenheden werkte ze zich omhoog. In minder dan geen tijd had ze verscheidene meters afgelegd.

"Kom je nog?" riep ze naar beneden, Ze schudde het dichte zwarte haar uit haar ogen.

Zaranthe slikte een brok weg en zette zijn rechtervoet in een smalle spleet. Hij kromde zijn vingers rond een vooruitstekend kwartskristal, merkte dat het hield en bracht zijn andere voet omhoog. Hij voelde zich als een insect, maar wist dat hij in tegenstelling tot deze kleine en doorgaans hinderlijke wezentjes niet over het vermogen beschikte om aan iedere wand te kleven. Zich al te goed bewust van zijn tekortkomingen werkte hij zich moeizaam omhoog.

De eerste meters week de rots nog enigszins terug, zodat Zaranthe spoedig naast Aia op een richel kon klauteren, op een hoogte van zo'n acht meter. Gaandeweg begon hij iets meer zelfvertrouwen te krijgen. Zijn conditie was goed, hoewel de activiteit nieuw voor hem was. Hij durfde echter al gauw niet meer omlaag te kijken omdat zijn fantasieën al te levendig werden. Aia scheen een natuurlijke aanleg voor het bergbeklimmen te bezitten — of anders had ze zichzelf dit talent aangemeten tijdens haar laatste transformatie. Verder bezat ze een nieuwsgierigheid naar bepaalde facetten van het leven die opvallend veel weghad van doodsverachting.

Zodra Zaranthe hijgend en trillend in nooit eerder gebruikte spieren naast de Besjar-heks neerzeeg op de laatstbereikte richel kwam Aia overeind en klauterde verder. Ze gunde de schrijvenaar geen rust.

"Kom, Zaranthe," riep ze, waarbij ze op hoogst onwelkome wijze het initiatief nam. "Zo'n dertig meter hoger heb ik een ondiepe grot gezien. Daar kunnen we op adem komen."

Zaranthe was nog te zeer in de ban van schrikbeelden en te vermoeid om te protesteren. Hij volgde haar langs een kloof waaruit één laag gesteente door erosie deels was verdwenen. In de aangrenzende lagen bevonden zich voldoende steunpunten, bij toeval om en om, als een gespleten jakobsladder. Met de vingertoppen zochten ze kleine hobbels waarachter soms alleen de nagels een twijfelachtig houvast konden vinden. Zaranthes aanvankelijk bescheiden zelfvertrouwen verbleekte bijna geheel toen de kloof zich dichtte en de rots vrijwel een verticale stand bleek aan te nemen.

Als hij alleen was geweest had niets hem kunnen bewegen verder te gaan. Maar Aia's vasthoudendheid leek grenzeloos en hielp hem over menig dood punt heen. Ten slotte bereikte Zaranthe kort na de Besjar-heks de grot; iets dat hij tot aan de laatste centimeters niet voor mogelijk had gehouden.

Er sijpelde een weinig water langs de binnenwand. Ze likten het vocht naar binnen. Ten slotte zaten ze ruggelings te rusten tegen diezelfde wand, de kleren doorweekt; hetgeen een welkome verkoeling met zich meebracht.

"Wat ben je met de schubben van plan als je die eenmaal hebt?" vroeg de jonge vrouw na een poosje. "Ken je de noodzakelijke procedures voor de vervaardiging van een nieuw Boek?"

"Nog niet," sprak Zaranthe ontkennend. "Maar ik verwacht enig voordeel van Randoers vinger. Als ik erin slaag de afdrukken van de tijd uit de relikwie te isoleren kom ik wellicht voldoende aan de weet. Zo niet dan wordt de toestand precair. Ik neem aan dat het gilde mij niet de tijd zal gunnen een nieuwe formule te ontwikkelen."

"Over die vinger gesproken," peinsde ze plotseling fronsend. "Bestaat niet het gevaar dat er demonen door worden aangetrokken?"

Dat was nu precies waarover Zaranthe zich zorgen begon te maken. Randoers magie was een constante trilling in de fijnstoffelijke en onstoffelijke lagen van de werkelijkheid, die ieder wezen dat op diezelfde niveaus huisde onrustig moest maken. En met het naderen van de bron van deze onrust zouden de storende effecten toenemen. Dit viel echter niet te voorkomen.

"We kunnen niet ontlopen wat ons te wachten staat," antwoordde hij. "Maar we zullen erop verdacht moeten blijven dat er iets gebeuren kan."

Plotseling zweeg hij. Zijn aandacht werd getrokken door een ongrijpbaar voorgevoel als een rimpeling in zijn geest. Aia zat hem nadenkend op te nemen.

"Voel jij wat ík voel?" fluisterde ze. Haar hand omklemde Zaranthes bovenarm, terwijl ze schuins leek te luisteren naar iets dat alleen in haar binnenwereld plaatsgreep... Even later was het weer voorbij.

"Wat was dat?" vroeg ze verontrust. Zaranthe had er een vermoeden over, maar antwoordde niet. Hij sprong haastig op en zei: "Er is maar weinig tijd, laten we niet verspillen wat ons nog rest. Kom."

Even later gingen ze opnieuw op weg. Terwijl ze moeizaam verder klauterden langs de steile wand kreeg Zaranthe een gevoel dat ze werden gadegeslagen. Geen demon liet zich zien of gaf op een andere wijze blijk van verhoogde belangstelling. Maar toch was voor beide magiërs hun aanwezigheid evident. Er zou ergens een onzichtbaar punt zijn, zo vermoedde Zaranthe, dat de grens aangaf waar voorbij het demonenrijk hun nadering niet langer zou tolereren. Hopelijk lag dat punt ergens op de rotskam en niet langs de klim naar boven. Hij waarschuwde Aia extra op haar hoede te zijn. Haar grimmig opeengeperste lippen bewezen dat deze vermaning niet echt nodig was.

Yaraia, die opnieuw als eerste was vertrokken, vond plotseling haar weg geblokkeerd door een volkomen glad, door water gepolijst stuk rotswand, dat geen enkel houvast bood. Ze bleken op een dood spoor terecht te zijn gekomen en waren gedwongen een flink stuk terug omlaag te klauteren om een andere route te nemen, zodat het gladde obstakel kon worden gemeden. Juist waren ze begonnen aan de nieuwe klim langs een lichtelijk vooruitstekende schuine laag toen er iets gebeurde dat hen van hun voornemen deed afzien: uit een met paarse kristallen gevulde holte in de rots kringelde een bleekgele, dunne substantie tevoorschijn.

"Een demon!" gilde Aia. Haar stem veroorzaakte een echo die haar woorden vele malen herhaalde.

"Nee," antwoordde Zaranthe. "Zwaveldampen, maar daarom niet minder gevaarlijk. We moeten als de weerga hier vandaan." Hij haastte zich zo snel hij durfde langs de amper aanwezige steunpunten omlaag. Plotseling gleed zijn voet weg, doordat er een stuk rots afbrak dat buitelend in de diepte verdween. Met de grootst mogelijke inspanning wist hij te voorkomen dat hij mee omlaag ging. Het gevolg van dit bijna-ongeluk was echter zorgelijk genoeg: ze konden nu niet meer voor- of achteruit. En vijf zwarte stippen naderden vanuit de zuidelijke hemel in gespreide formatie…

Hoofdstuk XIV

Aia wankelde.

"Draai je hoofd omlaag en zijwaarts," riep Zaranthe verschrikt. Half versuft door de giftige dampen gehoorzaamde de jonge vrouw. Verwarde zwarte krullen bedekten haar gezicht als een gordijn. Ze kromde haar rug en drukte haar schouders vaster tegen de rotswand.

"Ik ben in orde," wist ze uit te brengen. "…Wat nu, schrijvenaar?"

"Dat gat dient gedicht. Het enige wat we voor dat doel bezitten is onze kleding."

Vanuit zijn ooghoeken hield hij tegelijkertijd de gestaag naderende raven in de gaten.

"…Trek iets uit, Aia."

"Iets uittrekken? Heb ik drie handen?"

Zaranthe moest erkennen dat er in dit verband een probleem bestond. Hij dacht koortsachtig na. Hij wist een hand vrij te maken en tastte rond in zijn zakken. Hij bezat werkelijk niets anders dan de kleine buidel met goudkorrels uit zijn toverkist en de vinger van Randoer, maar niets dat nu van enig nut kon zijn.

"Gebruik een spreuk," riep hij ten slotte.

"Een spreuk? Maar de demonen!"

"Wat het zwaarst is moet het zwaarst wegen. Maak voort. De raven keren terug."

Ze maakte met moeite een hand vrij en greep een in de rotsen gevangen brok puimsteen vast. Vervolgens zong ze een kort vers dat Zaranthe herkende als een weinig toegepaste variëteit van de incantatie van plastische verbuiging. Geen bijster sterke spreuk en een van tijdelijk karakter, maar zonder twijfel door de jonge heks gekozen met de vulkaandemonen in het achterhoofd.

Een bleekblauwe gloed verspreidde zich over de steen die Aia nu gemakkelijk losbrak. Ze strekte haar arm zo ver mogelijk uit terwijl ze haar hoofd beschermend zijwaarts hield. Ze strekte... en het was niet genoeg. Ondanks haar voorzorg kreeg ze een wolk zwaveldamp in haar gezicht. Hoestend boog ze zich omlaag. En ze zou gevallen zijn als Zaranthe haar niet had tegengehouden. Krampachtig klemde hij haar en zichzelf tegen de rotswand. Zijn spieren trilden als gevolg van de overbelasting.

"Aia!" schreeuwde hij. Ze gaf geen antwoord. Het brok zacht geworden steen viel tussen haar krachteloze vingers vandaan in de schier eindeloze diepte. Op dat ogenblik voelde hij een luchtverplaatsing langs zijn wang en een ogenblik werd de zon verduisterd door een zwarte vleugel. Een raaf kraste triomfantelijk en Zaranthe zag vol schrik hoe het beest op hem begon neer te dalen. Hij kon alleen zijn elleboog gebruiken om zich het zwarte dier van het lijf te houden. Iets in de vurige ogen van de raaf deed hem denken aan Moeri, de sadistische schrijvenaar van Tyrania. De ene vleugel was langer dan de andere en eindigde in vijf buigzame pennen. Klauwen grepen zich vast in Zaranthes haar. Met een woest gebaar sloeg hij de agressieve raaf van zich af.

Ze waren een te gemakkelijke prooi, besefte hij toen ook de vier andere vogels in zijn nabijheid verschenen.

"Aia!" gilde hij nogmaals in een kakofonie van rollende echo's. Deze keer kwam er eindelijk een reactie van de tovenares. Hij voelde hoe haar spieren zich begonnen te spannen.

"Aia! Roep je zusters te hulp als je kunt. Aia, hoor je me?"

"Ik hoor je," klonk haar antwoord zwak. "Ik zal ze trachten te bereiken. Ik... Al roep ik er alle vuurdemonen mee op... Ik zal..." Ze sloot haar ogen en mompelde geluidloos.

Zaranthe liet zijn metgezellin los, omdat ze zichzelf nu weer onder controle scheen te hebben en haalde uit naar de opnieuw aanvallende raaf. Deze keer sprongen ook diens vier soortgenoten de een na de ander toe.

Zich de gebaren en syllaben voor de geest halend voerde Zaranthe koortsachtig Randoers spreuk van osmotische omsluiting uit. Opgelucht stelde hij vast dat de tweede raaf zich te pletter vloog tegen een zilverachtig glinsterend krachtveld, dat als een reusachtige zeepbel tegen de rots kleefde en de beide mensen omsloot.

Een ogenblik wankelde de grote vogel gedesoriënteerd, waarbij hij met de andere in botsing kwam. Toen viel de hele troep opnieuw aan met hernieuwde felheid. In volle concentratie hield Zaranthe het magisch veld in stand. Als zijn aandacht niet verslapte hield het wel, maar een moment van onoplettendheid zou een bres veroorzaken en hun veiligheid aantasten.

"Schrijvenaar, open de barrière," smeekte Yaraia opeens. "Die sluit mij af van mijn zusters. Ik kan ze niet bereiken."

"Onmogelijk. Ons leven hangt van dit scherm af."

"In dat geval, Zaranthe, zijn we op onszelf aangewezen."

De schrijvenaar bromde geërgerd. Bijna had hij het veld laten gaan, maar net op tijd kreeg hij zijn greep op de spreuk terug.

Toen schudde plotseling de rotsmuur. Aia schreeuwde: "Zaranthe, kijk!"

Hij wilde de blik uit haar wijd opengesperde ogen volgen en een ogenblik verflauwde de magie die het scherm in stand hield. Een raaf slaagde erin door de bescherming heen te dringen. Zaranthe voelde de scherpe spits van een snavel in zijn hoofdhuid en er stroomde iets warms langs zijn achterhoofd. Met een heftig gebaar duwde hij de vogel van zich af en herstelde met enkele syllaben de osmotische omsluiting. Toen pas keek hij naar boven…

Over de kam van rotsen heen kwam een melkwitte arm gekropen, tastend met vier weke vingers. Een tweede arm volgde en toen het hoofd op een slangachtige nek en schouders. Het hoofd bezat reusachtige afmetingen. Het had een wijkend voorhoofd en sliertig haar dat doorzichtig was en vervlochten tot een soort druipend slijm, terwijl de ogen…

"Aia, niet in de ogen kijken," riep hij, Hij had het wezen herkend als Silatasar, een demon in de gedaante van methaan en zwavelkristal, die de hypnotische kracht van het mineraal combineerde met een notoire kwaadaardigheid.

Zelfs de raven leken geschrokken. Krijsend trokken ze zich terug in een verspreide vrille. Zaranthe keek naar de tovenares en zag dat zijn waarschuwing te laat was gekomen: Yaraia stond in contact met Silatasar, wiens gebundelde ogenvuur zo sterk was dat het zelfs het scherm wist te doorboren. Aia was zichtbaar in een innerlijke strijd gewikkeld met de demon. Ze deed vergeefse pogingen met haar oogleden te knipperen en zo het contact te verbreken. Ze leek hopeloos aan hem overgeleverd.

De demon had de bergkam verlaten en kroop met zijn platte slijmerige vingers en tenen langs de steile wand omlaag, op weg naar zijn prooi. De situatie begon er nu uiterst kritiek uit te zien. Als de demonische band tussen Aia en Silatasar niet snel verbroken werd, besefte de schrijvenaar, dan was de Besjarse verloren. De nadering van de demon kon hij niet met een spreuk tegenhouden. Hij moest de osmotische omsluiting in stand houden. Zaranthe zag maar één mogelijkheid: hij stak zijn hand uit naar Aia's gezicht om de blik te onderbreken. Maar de magische stroom vormde een ondoordringbare bundel energie.

Silatasar kwam langzaam maar zeker dichterbij en er was niets dat het noodlot nog zou kunnen afwenden, realiseerde de schrijvenaar zich panisch. Koortsachtig werkten zijn hersenen om een oplossing te vinden toen er tot zijn ontstelenis een tweede demon boven de rotskam verscheen. Het was Alardoem. Na zijn nachtelijke verschijning was hij opnieuw gewekt en hij liet zich nu vormeloos, lobbig en traag over de rand kantelen. Zijn snelheid was nauwelijks groter dan die van Silatasar, die eveneens een beenderloze structuur bezat en alle scherpe pieken moest vermijden om te voorkomen dat een van zijn lichaamsdelen van de rest zou worden afgesneden.

Zaranthes ogen schoten radeloos heen en weer tussen de beide vulkaandemonen en de opnieuw triomfantelijk toegesnelde raven. Voorlopig hield het scherm nog stand. Maar wilde hij iets tegen de slijmerige elementalen ondernemen dan zou hij de omsluiting moeten laten zakken. Het was een gruwelijk dilemma. Hoe dan ook, aan een van beide gevaren waren ze nu willoos overgeleverd.

Plotseling schoot hem een mogelijkheid te binnen, althans een mogelijkheid tot een mogelijkheid: Randoers vinger…Het relikwie bezat eigen magische krachten. Tot dusver had hij er geen gebruik van gemaakt omdat hij absoluut niet wist waartoe deze in staat waren.

Werken met een onbekende magie droeg nu eenmaal het risico met zich mee dat die zich tegen de gebruiker keerde.

Er bestond maar één manier om daarachter te komen.

Zaranthe bracht het kleinood tevoorschijn en hield het op zijn vlakke hand, zodat de verschrompelde vinger zo veel mogelijk vrij kwam te liggen en er dus geen willekeurige storende invloeden meer op werden uitgeoefend. Hij voelde onmiddellijk de kracht die van Randoers lichaamsdeel uitging. Met een op zachte wijze geneuriede tweetonige zang bracht hij zijn eigen krachten met die van de vinger in resonantie. Het viel hem zwaar om gelijktijdig de spreuk van osmotische omsluiting in stand te houden. In feite bleek het onmogelijk. En na een krampachtige poging zichzelf te overtreffen viel het scherm ineen met het geluid van versplinterend glas. In een futiel gebaar trok Zaranthe het hoofd tussen de schouders. De raven krijsten en schoten van alle kanten toe. Plotseling echter stopten ze abrupt in hun vlucht. Er klonk een hevig vleugelgedruis als van een flapperend tentzeil. Zaranthe keek verbaasd op.

Een reusachtige schaduw wierp zich over de rotswand en in een oogwenk stoven de raven uiteen, wijs geworden door een eerdere ervaring. Het was Nirnir...

Met machtige slagen van haar kobaltblauwe vlerken zeilde de laatste vuurdraak langs het uitspansel. De vorige dag had Nirnir zich even laten zien, maar bevond zich toen op grote afstand en was op die hoogte nauwelijks meer geweest dan een veelhoekige vlek tegen de hemel. Deze keer was ze nabij en haar wilde schoonheid benam Zaranthe bijna de adem. Haar lijf was metaalachtig glanzend van oppervlak, de kleur verliep over haar duizenden schubben vanaf de gekamde ruggengraat van iridiumgroen via uiteenlopende blauwe tinten tot aan de vertakte vleugelspitsen, die bijna zwart van tint waren. Haar omvangrijke achterlijf liep taps toe naar voren, tot de soepele bijna tengere nek, die een tamelijk kleine kop droeg. Vanaf de kaken en de massieve voorhoofdskam staken lange sprieten achterwaarts, door glanzende vliezen deels met elkaar verbonden. De schuine neusgaten bliezen bijtende dampen uit; door de vliezen van haar hals werden deze grotendeels weggehouden. Desondanks maakten vele schubben daar een wat bleke en aangetaste indruk. Haar ogen waren glimmend en diepblauw met verticale pupillen. Ze droegen een vermoeide en droefgeestige uitdrukking, alsof ze besefte dat de verzamelde wijsheid van haar soort zich mét haar op een doodlopende weg bevond waarvan geen terugkeer mogelijk was. Haar poten waren rond en massief. Klauwen eindigden in zilveren nagels die ze zelf moest hebben gesmeed. De buik was wit en voorzien van een aaneengesloten bepantsering.

Nirnirs machtige lijf keerde zich behendig om in haar vlucht en liet de in paniek weg klapperende raven voor wat ze waren. In plaats daarvan richtte haar aandacht zich op de rotsmuur, de natuurlijke zuidelijke schans van de Montedivi.

Zaranthe wenste vurig dat hij alsnog de historische westelijke route had gekozen — de dwergenweg naar de oude mijnen — en het tijdverlies voor lief had genomen. Maar wonderlijk genoeg gold Nirnirs belangstelling niet hem en Aia, maar de demonen boven hun hoofd. Kennelijk beschouwde ze de nietige figuurtjes aan de basaltwand niet als een bedreiging voor haar onverslaanbare zelf. Of anders had zij ze eenvoudig niet opgemerkt.

Ze kwam aangezeild in een beheerste duik. Driftige, kortstondige vlammen mengden zich in de slierten rook, als een opborrelend voorspel op een ontembare vulkaaneruptie.

Haastig trok Zaranthe het scherm van osmotische omsluiting weer op. De spreuk had echter aan kracht ingeboet door het veelvuldige gebruik en de bol bleek fragieler van samenstelling dan tevoren. Het veld sloot zich juist op tijd. Nirnirs aanval brandde los: een meterslange vlam in volle vlucht uitgestoten likte langs de rots en trof daarbij de demon Silatasar vol op de brede, afzichtelijke kop. De demon krijste en een wolk van stoom steeg op uit het zwaar geschroeide lijf. Hoewel Silatasar uit de vulkaan geboren was en een kern van vuur bezat, was zijn stoffelijke verschijning een wankel samenstel van water, methaan en zwavel dat gemakkelijk kon worden verstoord. Nirnir wendde zich behendig om en overzag het effect van haar aanval. De huid van haar slachtoffer was op vele plaatsen gebarsten, het onderliggende vlees verkoold of geblakerd. Geelzwart bloed droop langs de rotswand omlaag. Maar nóg was de demon niet overwonnen.

Zijn ogen, die onbeschadigd waren gebleven, lieten Yaraia los en richtten zich nu op de vuurdraak. Plotseling zakte de vrouw van haar steunpunt. Zaranthe voelde haar slappe gewicht op zich neerdalen. Hij reageerde instinctief door zijn arm rond haar middel te slaan, maar ze gleed onder zijn armholte door omlaag...

Verstijfd van schrik kon hij niets anders meer doen dan toekijken. Maar als door een wonder bleef ze hangen in het magische scherm, dat haar gewicht echter ternauwernood nog dragen kon. De concentratie bracht het zweet in stromen van Zaranthes lichaam. Het hart bonkte hem in de slapen.

Nirnir intussen wendde vliegensvlug haar blik af en zette met gesloten ogen een nieuwe aanval in. Opnieuw voerde zij een glijvlucht uit. Wanhopig trachtte Silatasar zich te redden. Onder het uitstoten van een afschuwelijk gekrijs van pijn en teleurstelling schuifelde de demon terug in de richting van de rotskam en de naderende voorste tongen van Alardoem. Een glimmende tentakel schoot uit de zwarte massa en porde vijandig omlaag naar de naderende demon onder hem. Tussen twee vijanden ingeklemd vloog Silatasars gehavende kop tussen beide heen en weer. Een moment van onoplettendheid was voldoende. De geschroeide demon werd van dichtbij getroffen door Nirnirs gloeiende adem. Silatasar kromp ineen; het adhesieve slijm op zijn poten verdampte tot een zwart poeder en liet los.

In doodsangst schreeuwend stortte de demon omlaag en kwam met een doffe klap terecht op Zaranthes scherm van osmotische omsluiting. De spreuk haperde...

Aia's bewusteloze lichaam verloor een fractie van een seconde haar steun en zakte door de vloer van de magische bel.

Zaranthe greep in paniek omlaag en kreeg door een gelukkige speling van het lot nog juist haar pols te pakken. Het scherm loste rinkelend, op. Door de snelheid waarmee de laatste gebeurtenissen zich hadden voltrokken had hij geen tijd gehad de gevolgen van zijn daad te overzien, die instinctief was. Zijn enige vrije hand was die welke Randoers vinger had gedragen. Het magische relikwie gleed tussen zijn vingers door en volgde het lijk van Silatasar de diepte in...

Nirnir had onderwijl haar geschubde lijf gewend en dook achter beide voorwerpen aan. Zaranthe besefte in een flits dat hij Randoers vinger niet mocht laten gaan. Het was zijn enige troef tegen het gilde;

zijn laatste strohalm. Maar tegenhouden kon hij hem ook niet meer. Wat hij nog wel kon doen lag ergens tussen die beide uitersten in.

Of het nu kwam door de minieme voortglijdende schaduw langs de rotswand of door de unieke uitstraling wist Zaranthe niet, maar op hetzelfde moment dat hij haastig zijn gezang prevelde en de runen visualiseerde, omdat hij geen hand meer vrij had voor de vereiste gebaren, kreeg de vuurdraak de vinger in de gaten. Ze dook op het kostbare kleinood af in een poging het te onderscheppen. Zaranthe richtte al zijn aandacht op de incantatie terwijl hij krampachtig zijn vingers rond Aia's pols trachtte te houden.

Nirnirs bek ging open en op hetzelfde moment dat de vinger tussen haar kaken verdween dook hij op in Zaranthes handpalm, ingeklemd tussen zijn huid en die van Yaraia. De incantatie van verlengde tijd had gewerkt.

Aangemoedigd door Nirnirs bezigheden elders waren de raven schoorvoetend teruggekeerd. Ze namen hun kans waar en doken vliegensvlug op de nu onbeschermde man en vrouw neer. Zaranthe zag ze komen, maar kon absoluut niets uitrichten.

Door het extra gewicht begonnen de nagels van zijn linkerhand te scheuren en hij verloor zijn houvast op de rotsen. Vinger na vinger gleed van zijn steunpunt los. Uit alle macht trachtte hij zijn positie te handhaven, langzaam maar zeker echter vloeide de kracht uit zijn te zwaar belaste hand. Nog even hield hij stand. Nu hadden de raven hem bijna bereikt. Zaranthe staarde vertwijfeld in hun richting.

Plotseling trok het bloed weg uit zijn gezicht en de laatste vingers waarmee hij zich vastklemde begonnen heftig te trillen. *ER WAREN ZES RAVEN!*

Alle kracht verdween. Hij gleed los en hij en de vrouw stortten omlaag… In een laatste poging hun leven te beschermen trok Zaranthe voor de derde maal het scherm van osmotische omsluiting om hem heen, dat mogelijkerwijs hun val nog enigszins zou kunnen breken. De spreuk bleek echter vrijwel krachteloos en na een korte flikkering verdween het scherm op een flauw schijnsel na. In duizelingwekkende vaart gleden de rotswanden langs hen heen terwijl ze vielen en vielen. De raven klapten hun vleugels in en vormden een cirkel. Zaranthe sloot de ogen en wachtte op de klap. Toen volgde de duisternis van een zekere dood…

Hoofdstuk XV

E r heerste een duisternis die hem omsloot alsof hij zich in een beperkte ruimte bevond. Was hij inderdaad dood? Hij voelde geen pijn en zijn ademhaling klonk alsof de omringende substantie ieder geluid vasthield zonder echo's prijs te geven. Het was geen dood, tenminste niet van het soort dat hij zich — op de spaarzame momenten dat dit onderwerp hem bezighield — daarbij had voorgesteld. Hij voelde zich levend genoeg en ervoer geen ander ongemak dan een wegebbende duizeligheid.

Opeens drong het tot hem door dat hij nog altijd Aia's pols in zijn hand hield. En tussen zijn huid en de hare voelde hij een langwerpige bobbel. Hij liet de vrouw los en bewoog het voorwerp tussen zijn vingers. Het was een knobbelig staafje: Randoers vinger! Hij herinnerde het zich. Vlak voor hij viel had hij het relikwie opnieuw bemachtigd. Alles was dus nog niet verloren. Hij wilde de vinger bij zich steken, maar voelde toen iets eigenaardigs. In plaats van het uit Askanisch zand getransformeerde kleed droeg hij nu kleren van een kennelijk volstrekt andere soort. Tastend stelde hij vast dat deze bestonden uit een broek met lange pijpen, laarzen die onder zijn enkels abrupt waren afgesneden en die een merkwaardige stugheid bezaten. Een flinterdun hemd met een kraag, afgesloten door een dunne reep stof waarvan de uiteinden om volstrekt onduidelijke redenen tot op zijn buik hingen. En over dit alles heen een korte jas van een wat ruwe stof; het enige materiaal dat tenminste nog enigszins vertrouwd aanvoelde.

Om zich heen tastend trof hij harde afgeronde vormen, vlakken met cilindervormige uitstulpingen, een gebogen plafond, een zachte, meegevende zetel die uiterst comfortabel was. Maar het vreemdst van al was een tot een zuivere cirkel gevormde slang met één enkele spaak, die precies door het middelpunt liep en door middel van een conische cilinder aan de wand verbonden bleek.

Raadsel op raadsel. Wat was dit voor een plek? Waarom was hij hier? Waarom was hij niet dood? Of kon de dood werkelijk deze eigenaardige hoedanigheden bezitten?

Toch, paradoxaal genoeg, had deze toestand ook iets bekends dat hem verontrustte, hoewel er niets was dat een feitelijke herkenning opriep. Het was meer de algemene atmosfeer die...

Maar wat was dat? Verbeeldde hij het zich of had er een geluid geklonken? Nu hij er op lette, drong het tot hem door dat het vanaf het begin al niet stil was geweest. Een raspend geluid dat zó vertrouwd was dat het juist daarom aan zijn aandacht was ontsnapt: krekels. Het decor dat iedere nacht in lente, zomer of herfst de duisternis omlijstte. Dit maakte tenminste iets duidelijk. Hij was misschien in een vreemde hoedanigheid terechtgekomen, maar deze hoedanigheid bevond zich althans érgens. Dat hij dood was kon hij wel definitief uit zijn hoofd zetten.

Door het raspen van de krekels heen werd nu een ander geluid hoorbaar: een aanhoudend brommen dat gedurig sterker werd. Zaranthe luisterde scherp. Het deed hem denken aan... Tja, waaraan?

Terwijl het gerucht aanzwol werd zijn aandacht getrokken door een ander fenomeen: lichtvlekjes begonnen uit de duisternis op te doemen. Zwak nog als spookbeelden op het netvlies, maar ze werden allengs helderder. Al na enkele seconden begon zich de omgeving te ontwikkelen tot zichtbare vormen. De contouren van een afgeronde gebogen rechthoek vóór hem, andere aan weerszijden en iets dat zijn eigen schaduw moest zijn over het rad met de ene spaak.

Er moest een lichtbron achter hem zijn ontstaan, concludeerde de schrijvenaar terwijl hij zich onderzoekend omkeerde.

Twee verblindend felle demonische ogen vlogen op hem af, brullend als een sabeltijger die Coprates hem ooit eens bij een van zijn weinige bezoeken had getoond, nadat hij deze met behulp van het extract had beschreven in een succesvolle poging een oude afbeelding tot leven te wekken.

Zaranthes reactie was instinctief: hij dook in elkaar en sloeg zijn armen over zijn oren. Toen was het plotseling voorbij. De demon zwenkte met hoge snelheid langs hem heen, kennelijk ergens door afgeschrikt. De ogen werden rood terwijl de demon zich terugtrok. Het werd weer donker en het geluid stierf weg.

Zaranthe liet zijn opgewonden bonkende hart uitrazen. Door de voorste wand heen zag hij hoe de intensiteit van de ogen afnam terwijl de demon zich steeds verder terugtrok. Kort na elkaar werden ze ten slotte gesloten en het was weer compleet duister, op de groene spookbeelden na, die als trossen nog in zijn gezichtsveld dansten.

Niet lang daarna herhaalde de gebeurtenis zich. Of het hier dezelfde demon betrof of een andere viel moeilijk vast te stellen. Deze keer reageerde Zaranthe wat minder door paniek gedreven. Hij hield zijn ogen open en merkte hoe het kleine vertrek korte tijd duidelijk werd verlicht.

Aia hing naast hem in een soortgelijke zetel.

Ze droeg een te wijd zittende goudkleurige japon met een motief als een luipaardvel, een blauwe riem, schoeisel in dezelfde kleur. En tussen het dichte krullenwoud van haar kapsel glansde een eveneens felblauwe miniatuur-strop als van een kleine galg. Het was dit laatste voorwerp dat opnieuw een sterk gevoel van herkenning in hem wakker maakte. Maar wat wás het toch voor een motief — waar had hij het eerder gezien?

Zaranthe schudde zachtjes aan Yaraia's schouder, maar ze reageerde niet. Hij tikte haar op de wangen; geen reactie. Ze scheen in coma te zijn, of was ze...? Nee, haar huid was warm en ze had een ietwat trage, maar regelmatige pols, stelde hij opgelucht vast. Er kwamen nu meer demonen, met onregelmatige tussenpozen. Maar de eerste schrikreacties waren voorbij. Kennelijk hadden ze het niet op hem voorzien, of trachtten enkel hem te intimideren. Hij telde hun aantal, maar na de zevende en achtste die kort na elkaar kwamen aanstormen was hij er zeker van dat het gilde geen directe betrokkenheid met ze had, zoals met de raven. De herkomst van de demonen bleef letterlijk en figuurlijk duister.

De drang iets te ondernemen werd gaandeweg groter. Hij wist echter absoluut niet wát. Hij had er geen flauw idee van hoe hij dit kleine en zo merkwaardig gevormde vertrek zou kunnen verlaten — als hij dit in het diepe donker al gewild had.

Toch begon de duisternis nu minder intens te worden. Grijze tonen werden zichtbaar en het waren niet alleen meer spookbeelden, als gevolg van het felle en verblindende licht uit de ogen van de demonen. Blijvende vormen, een kronkelig silhouet dat door de glazen wanden heen begon op te doemen. Geleidelijk tekende de omgeving zich af terwijl het kennelijk ochtend werd.

Ze bevonden zich in een bos waarin zich nu het geluid van zangvogels begon te vermenigvuldigen. Aan de rechterzijde — Aia's kant — begon de bomenrij vrijwel onmiddellijk. Aan de andere zijde was er nog een ruimte over. Op die plaats lag een baan platgestampte zwarte aarde die door een wit strepenpatroon werd geaccentueerd.

Opnieuw klonk het geluid van een demon. Deze keer was Zaranthe nieuwsgierig naar het uiterlijk van het wezen en gespannen wachtte hij op diens komst. De schrijvenaar was inmiddels gewend aan het tempo waarmee de creaturen plachten te naderen en draaide zich op het juiste moment in zijn zetel om. Evenals alle voorgaande keren was de demon slechts kortstondig in de nabijheid. Met grote snelheid denderde het wezen over de baan en verdween uit het gezicht, daar waar de baan met een flauwe bocht het bos in voerde.

Zaranthe had genoeg gezien. Het was geen demon, maar een zich snel verplaatsend vertrek met glazen wanden, soortgelijk aan dat waarin Aia en hij zich bevonden.

Deze vaststelling bracht absoluut geen opluchting teweeg. Deze dingen mochten dan zelf geen demonen zijn, maar ze bezaten er op zijn minst een die ze in beweging bracht. Het werd zaak om uit dit hok vandaan te komen en wel spoorslags, voordat ook hún demon zou ontwaken om hen over die duistere baan te verplaatsen; Randoer — weet — waar — naartoe!

Na een kort en haastig onderzoek stelde hij vast dat er zich in het vertrek tenminste één voorwerp bevond waarvan hij de werking begreep — niet het doel. Het was een slinger. Zich bewust van mogelijke gevolgen begon hij te draaien…Tot zijn grote opluchting gleed de glazen wand naast hem omlaag. Een golf frisse en heldere boslucht stroomde hem tegemoet.

Zaranthe bedacht zich geen moment, maar klauterde door de opening naar buiten. Even later vond de opkomende zon hem in vrijheid en staande naast de zwarte baan.

Peinzend wreef hij langs zijn spitse kin. Wat nu? Hij kon Aia niet achterlaten. Stel dat de demon ontwaakte, gestoord door het daglicht, dan zou de wagen met de Besjar-heks vertrekken, vermoedelijk op weg naar het hol waar deze demonen huisden.

Hij liep om het ding heen naar de andere kant en staarde door het glas naar binnen. Yaraia was bleek als verdunde melk. Haar ogen waren gesloten en ze lag onderuitgezakt in een ongemakkelijke houding.

Een verzonken deurknop vlak onder het venster bood enige hoop, maar zijn pogingen de wagen via dit voorwerp te openen liepen op niets uit.

Ten slotte nam hij een steen en versplinterde de ruit, wetend dat hierdoor de demon zéker zou worden gewekt. Maar hij had het element van verrassing in zijn voordeel. Haastig duwde hij de scherven uit hun sponningen en bukte zich door de opening. Hij greep de jonge vrouw beet onder haar oksels en trok, gespannen lettend op een reactie van de demon, Yaraia naar buiten. Ze verloor haar schoeisel bij deze manœuvre, maar de schrijvenaar gunde zich geen tijd dit geringe verlies te herstellen. Met de tovenares in zijn armen vluchtte hij het bos in. Na enkele meters liet hij zich in het mos vallen en rolde zich beschermend over Aia's roerloze lichaam... Er kwam geen enkele reactie van de demon. Het leek veilig genoeg om verder te gaan. Dicht bij de plek waar ze zich hadden verscholen liep een pad dat dieper het bos in leidde. Zaranthe tilde de vrouw van de grond en ging op weg...

Een klein huis met een puntdak en een lage rechthoekige aanbouw stond tegen een achtergrond van rijzige dennen. Het bezat bruine, geglazuurde dakpannen en de vensterlijsten waren uitgevoerd in wit en groen. De deur was eveneens donkergroen geschilderd en bezat een ovaal venster. Op Zaranthes nadering volgde het blaffen van een hond binnen uit het huis. Hij wilde aankloppen, maar voor hij bij de lage grijze stoep onder een met pannen bedekt afdakje was aangekomen zwaaide de deur open.

In de deuropening verscheen een gezette man in een geribbelde broek van onbestemde kleur en een grijze, grof geweven trui. Zijn kalende hoofd bezat een kring van waardig grijs haar dat achter zijn oren omhoog krulde. Grijze, alerte ogen flitsten heen en weer tussen Zaranthe en de vrouw in diens armen.

"Is er een ongeluk op de weg gebeurd?" vroeg de man bezorgd met een stem die een hoog en hees timbre bezat. Een bruinzwarte herdershond trachtte zich grommend langs zijn benen te wurmen. Maar de man greep hem bij een leren nekriem.

"Koest Turbo! Af!" De hond trok zich gehoorzaam maar nog altijd wantrouwend terug.

"Kom erin," gebaarde de man. "Is het ernstig? Kan ik iets doen?"

Zaranthe stapte zwijgend via een kleine vestibule de woonkamer binnen. Het vertrek was niet erg ruim, maar stond volgepakt met meubelstukken: een tafel bedekt met een kleed waarin gecompliceerde figuren waren geknoopt in gedekte rood-en-blauwe tinten. Vier stoelen, een lage bank met mosgroene kussens, kasten met deuren van hout en glas, commodes, minuscule tafeltjes. En ieder oppervlak was — hoewel brandschoon — bedekt met beeldjes, koperwerk, snuisterijen van de meest uiteenlopende soort. Aan de wanden hingen verrassend natuurgetrouwe afbeeldingen van herten, zwijnen en roofvogels. Boven de deur hing een verzilverde strop, waarin de eveneens zilveren miniatuur-gestalte hing van Randoer. Opnieuw kwam dat gevoel van herkenning bij de schrijvenaar boven. Een weten reikte bijna tot aan de rand van zijn onderbewustzijn Plotseling brak het door het oppervlak heen toen zijn blik viel op een lange stenen plaat boven de haard waarop een miniatuur-galg stond van gelakt hout. Een ivoren Randoer bungelde met zijn hoofd in de strop, heen en weer bewogen door de luchtstroom uit de deuropening.

Zaranthe had geen twijfel meer. Hij wist waar hij was. En het besef benam hem bijna de adem…

"Leg haar maar op de bank. Die is comfortabel genoeg." De man schikte de kussens. Zaranthe vlijde de tovenares languit neer, waarna de man zich over haar heen boog.

"Laat ons haar eerst maar eens bekijken; daarna kunnen we een arts bellen." De hond was zijn baas door de kamer gevolgd en bleef hijgend achter de bank staan.

Zaranthe voelde een hevige duizeligheid opkomen en bleef enige ogenblikken in gebogen houding staan in het verlammende besef dat het gilde hem inderdaad zwaar te pakken had genomen.

Plotseling voelde hij een hand op zijn schouder en een vervormd klinkende stem zei: "Als ik u was zou ik ook maar even gaan liggen. Mijn bed is nog niet aan kant. Ik ben nog maar juist op, maar als u een ogenblik geduld hebt…"

"Nee," gebaarde Zaranthe slapjes. "Doet u geen moeite."

"Een glas water. U wilt misschien iets drinken?"

"Dank u vriendelijk, maar laat u maar. Ik ben weer in orde… Het was niets."

De man schoof een stoel bij de bank en voelde Aia's pols, tilde haar armen op, kneep hier en daar, bestudeerde haar huid, bekeek vervolgens peinzend haar gezicht. Toen, na een korte pauze richtte hij zich weer op.

"Ik dacht dat u zei dat er een ongeluk was gebeurd?"

"Ik zei niets," antwoordde Zaranthe naar waarheid. "U was het die dit veronderstelde."

De blik kreeg iets achterdochtigs. Opnieuw boog de man zich over haar heen. Deze keer duwde hij de haren opzij om haar hals te inspecteren. Daarna nam hij opnieuw haar pols, die blauwe plekken vertoonde waar Zaranthe haar had beetgehad.

"Hier is iets niet in orde," merkte de man bedachtzaam op. "Wat is er met haar gebeurd? Is zij uw vrouw?"

"Mijn vrouw? Nee, niet op die manier. Zo kunt u het niet noemen. Ik was beslist niet de enige. Ze maakte een uiterst ervaren indruk, maar ik veronderstel dat haar metier dat met zich meebrengt."

De man leek enigszins terug te deinzen.

"Ik geloof," sprak hij, "dat ik u begrijp. Wat heeft u met haar uitgevoerd?"

Hij schoof met zijn voet de stoel naar achteren. Vervolgens, terwijl hij de hond bij de riem nam, schuifelde hij rond de bank en trok zich terug in de richting van de slaapkamerdeur.

"Ze is door mijn schuld hier terechtgekomen. Ze is zéker niet in orde," reageerde de schrijvenaar die merkte dat de ander zijn blik niet van hem afhield. "… Ik verkeer in onvoorstelbare moeilijkheden."

"Dat kan ik mij voorstellen." De stem klonk nog heser dan voorheen. "Na wat u met die vrouw hebt uitgevoerd."

Zaranthe schudde geduldig zijn hoofd.

"U begrijpt het niet. Ik bevind mij niet in de werkelijkheid. Dit is een boek. Ik ben uw schepper."

"Ja, ja."

"Dit is een van mijn experimenten; een werkelijkheid die ik heb bedacht, lang geleden tijdens proefnemingen met het extract. Ik heb uw wereld zelf geschreven."

"Zelf geschreven..."

"Ja... Nu ja, dat wil zeggen: de matrix. De door het extract geactiveerde runen laten deze werkelijkheid verder zijn eigen patronen volgen. Ingrijpen is mogelijk, tenminste indien ik mij buiten het verhaal bevind. Maar dat doe ik nu helaas niet. U ziet: een schier onoplosbaar probleem."

De man had nu de deur bereikt en tastte achter zich naar de kruk. Een nerveus lachje speelde om zijn mond.

"Ja, ja," bracht hij uit, terwijl een vreemde tic zijn linker ooglid omlaag begon te trekken. "Volmaakt is dit leven niet."

"U hebt volkomen gelijk, beste man. Ik zie dat nu in. Die strop bijvoorbeeld. Het leek mij een goed idee. Nu ik van binnenuit tegen mijn schepping aankijk mist het toch iets. Ik ben nu van mening dat ik een ander stervenssymbool had moeten kiezen. Iets met meer dramatiek: een valbijl, of een spijkerbalk of iets dergelijks. Een strop is wat grof misschien."

De man opende de deur. Hij trok zijn hond op de drempel en zei: "Blijf Turbo...blijf!" Vervolgens holde hij de kamer in. Er klonk een soort belletje en een zacht geratel dat zich enige malen herhaalde. Even later sprak de man op jachtige toon tegen iemand: "Met de Man, Zwarteweg zeven. Ik weet niet wie ik moet hebben bij u; welke afdeling bedoel ik. Maar er is een psychopaat in mijn huis die denkt dat hij Randoer de Vader is. Hij heeft een slachtoffer meegebracht en... wat? Nee, een prostituee...Ze leeft nog, maar...Ja dank u."

Zaranthes geheugen was de afgelopen minuten danig opgefrist. Hij herinnerde zich belangrijke delen van de verhaal-achtergrond. Een begrip als 'politie' bijvoorbeeld: een bijna militaire organisatie, bedoeld om orde en rust te handhaven, of een nieuwe orde te verstoren. En die moest zorgdragen voor een rechtvaardig voorkomen van de maatschappij. De man moest, in een telefoon hebben gesproken — eveneens een opeens plaatsbaar herinneringsbeeld.

Maar de zaken verliepen vooralsnog niet gunstig. Van een organisatie als deze politie kon hij weinig hulp verwachten. Het was duidelijk dat de mensen hier geen flauwe notie bezaten van hun literaire achtergrond en de waarheid met wantrouwen zouden bejegenen. Geen hulp dus ook van de bevolking. Hij zou het van de marge moeten hebben. Hij had een fout gemaakt door zich hier bij dit huis aan te dienen. Hij moest weg zien te komen — en snel!

"Ik geloof," sprak hij toen de man was teruggekeerd, "dat ik al een te groot aandeel van uw gastvrijheid in beslag heb genomen. Het is beter dat onze wegen zich scheiden." Hij begaf zich in de richting van de bank.

"Als u haar met een vinger aanraakt stuur ik de hond op u af," reageerde de man vijandig. Hij had het dier tussen de knieën geklemd en omknelde de halsband met beide vuisten. "Als u dat risico wilt lopen ga dan gerust uw gang. Feitelijk heb ik dat het liefst."

Zaranthe begreep dat zijn populariteit op dit moment niet erg groot was. Er viel niets uit te leggen. De man was bezeten van een idee dat door wat voor oorzaak dan ook had postgevat. De schrijvenaar zocht naarstig naar een oplossing voor de 'politie' zou arriveren.

Helaas had hij al zijn spreuken verbruikt en hij herinnerde zich met spijt dat hij deze wereld nauwelijks van magie had voorzien; een betreurenswaardige nalatigheid, besefte hij nu.

De gebeurtenissen zelf lieten hem echter geen tijd meer voor afgewogen beslissingen. Er klonk een kreet als van een jammerend dier met een onvoorstelbaar lange adem. Een schreeuw die op de een of andere manier scheen rond te tollen terwijl hij aanzwol. De hond rukte zich onverwachts los en sprong jankend naar het venster. Zaranthe bedacht zich geen moment, maar wierp de tafel met alles wat zich daarop bevond omver. Het omhoogstekende tafelblad vormde een obstakel dat hem slechts een ogenblik respijt bood. Geen tijd om Aia mee te nemen.

In een oogwenk had hij de deur bereikt en in twee sprongen was hij buiten. Hij had nog de tegenwoordigheid van geest de buitendeur achter zich dicht te gooien. Voor hem draaiden enkele demonwagens met blauwe wentelende lichten over het grasveld dat het geboomte tot aan het huis onderbrak. In zwart en blauw gestoken figuren sprongen tevoorschijn en kwamen in een halve cirkel op hem af met getrokken wapens. Zaranthe zag dat hij was ingesloten...Plotseling realiseerde hij zich dat hem nog een enkel voordeel restte. Kennelijk was niemand in deze realiteit zich bewust van het feit dat het hier een boek betrof. Denkend aan zaken als spanningsbogen en compositie flitste het door Zaranthe heen dat dit weleens het eind van een hoofdstuk of een paragraaf kon zijn. Er zou een marge opduiken. Hoeveel ruimte hij had wist hij niet, net zomin of de juistheid van zijn veronderstelling vaststond. Hij moest de gok wagen...

Op het moment dat de situatie rond hem inderdaad bevroor rende hij naar voren. Hij doorbrak de omsingeling en sprintte het bos in...

In minder dan geen tijd had Zaranthe de plaats ver achter zich gelaten. De agenten moesten niet geweten hebben wat ze overkwam toen hij voor hun ogen in het niets verdween. Hij had magie in hun wereld geïntroduceerd en hen stof gegeven voor een onuitwisbare herinnering.

Door de zwarte baan parallel te volgen bereikte de schrijvenaar na enige tijd de zoom van het bos, waar het landschap werd gedomineerd door drassige weilanden en een breed uitgestald patroon van hoekige en reusachtige gebouwenblokken, die opdoemden uit de laaghangende ochtendnevel boven de horizon. Het moest een stad zijn, typerend voor deze wereld waarvan Zaranthe de matrix had gelegd. De details verbaasden hem keer op keer. Toch beroofde de verwondering hem geenszins van zijn slagvaardigheid. Hij had in een reflex gehandeld. Maar zijn tocht door het bos had hem de gelegenheid gegeven, dat wat hij te weten was gekomen en anderzijds zijn herinnering in een bepaald patroon te schikken. Details mochten verschillen, maar ook die verschillen versierden een logischerwijs coherent pakket overeenkomsten. Hij was nu een gezocht man, maar een allesomvattend opsporingsplan van de politie kon op deze korte termijn onmogelijk van de grond zijn gekomen. Zijn verdwijnen moest de grootst mogelijke verwarring hebben veroorzaakt. Wie zo maar verdween, kon immers onverwachts tevoorschijn komen, waar dan ook. Dit gaf de prooi voorsprong op de jagers. Het moest een koud kunstje zijn de rollen om te keren.

Aia was nu zonder twijfel in handen van de autoriteiten. Wilde hij ooit nog deze werkelijkheid verlaten, dan had hij haar nodig. Toen Zaranthe de jonge heks verlaten had was ze buiten bewustzijn geweest, in een diep coma naar het scheen. Er was geen reden om te veronderstellen dat ze intussen zou zijn bijgekomen. Maar ook in dat onwaarschijnlijke geval zou men haar ergens heenbrengen waar ze medisch werd onderzocht, goed werd verzorgd tot op het moment waarop ze ondervraagd zou kunnen worden. En dat moment moest hij vóór zijn.

Zaranthe begaf zich langs de bosrand terug naar de zwarte baan die zich over het land in de richting van de stad slingerde. Hij had intussen de bedoeling van deze baan begrepen — en zich die deels herinnerd — en eveneens de aard van de voortrazende demonen geraden. Het waren voertuigen bedoeld voor een snel transport. Knap geconstrueerde machines, maar niet meer dan dat.

Toen hij de weg bereikt had verschool hij zich in het kreupelhout en wachtte de gebeurtenissen af. Van tijd tot tijd passeerde er een wagen, maar geen daarvan wekte zijn belangstelling. Korte tijd later echter kwam er een kleine colonne politievoertuigen aanrijden, als escorte voor een witte wagen waarvan de grootte en vorm geschikt leken voor het vervoer van een liggende gestalte.

Zodra de colonne was gepasseerd kwam Zaranthe tevoorschijn en posteerde zich in het midden van de baan, tussen twee strepen. Een kleine rode auto naderde…

Zaranthe zwaaide met de armen in een poging de aandacht van de bestuurder te trekken en blokkeerde de rijweg, zoals hij bij een ossenkar zou hebben gedaan. Slingerend en met piepende remmen kwam het voertuig tot stilstand even bezijden de rijbaan.

Terwijl hij zich over zijn instinctieve angst heen zette rende de schrijvenaar op de wagen af. Door op goed geluk aan een soort klep te trekken slaagde hij er in het portier te openen.

"Zeg eens even!" riep de bestuurder, een jonge man met een spits gezicht, lichte ogen en met steil kortgeknipt haar. "Bent u helemáál gek geworden?"

Maar Zaranthes doordringende blik legde hem het zwijgen op. De schrijvenaar sprong op de passagierszit en commandeerde: "Voor u rijdt een politiecolonne, die een zieke naar de stad begeleidt. Volg deze stoet. Ik moet weten waar men naartoe gaat." Hij zocht naar zijn buidel, maar vond alleen een verkleinde uitgave van een leren map in een van zijn zakken. Hij wierp een klompje goud ter grootte van een vogelei op de schoot van de jonge man. "Ik betaal voor uw diensten, tenzij u faalt in uw opgave."

De bestuurder staarde verbluft naar het goud, wierp een bevreemde blik opzij en startte de motor. De wagen sprong er vandoor als een gewillig renpaard. Toch lukte het pas binnen de stadsgrens om de politiewagens te achterhalen. Ze bleven op enige afstand volgen tot de stoet, na een kronkelige route door het drukke stadscentrum te hebben gevolgd, stilhield op een plein dat door een carrévormige groep gebouwen werd omsloten. De jongeman parkeerde zijn wagen op enige afstand van de argeloze achtervolgden en vroeg: "Wat nu?"

"Nu niets," antwoordde Zaranthe. Hij opende het raampje en klauterde door de opening naar buiten, nagestaard door de verbouwereerde bestuurder.

Het gebouw scheen uit weinig anders dan glas te bestaan, hier en daar onderbroken door een stenen strip van een grijswitte tint; egaal, ondanks een zekere korreligheid. Zaranthe verwonderde zich nergens over. Hij stelde zich enigszins verdekt op, wat hem weinig moeite kostte: een voortdurende stroom bezoekers liep af en aan over het trottoir, komend uit of verdwijnend in een breed en vierkant deurportaal. Links en rechts werd deze ingang geflankeerd door bomen in grijze stenen potten.

Hij keek toe vanuit een veilige positie achter een vierkante pilaster en zag hoe Yaraia op een rollend bed naar binnen werd gereden, omringd door politieagenten en enkele in het wit geklede figuren.

De schrijvenaar volgde steels het gezelschap naar de ingang en bevond zich even later in een drukbevolkte hal. Bijna verloor hij de groep uit het oog, maar hij wrong zich haastig tussen de massa door en wist het contact te herstellen.

Aia werd tussen twee klapdeuren door gereden in de richting van een zijvleugel. Zaranthe wachtte een moment en duwde toen de deuren open. Voor zich uit zag hij een kaarsrechte gang, geflankeerd door een dubbele reeks grijze deuren, af en toe onderbroken door een diepe nis. Aan het eind van de gang kon hij nog juist de groep met de Besjar-heks door een deur zien verdwijnen. Hij sprintte naar voren.

De deur zat klem en elke poging er beweging in te krijgen liep op een mislukking uit. Ook een blik door het vierkante ruitje leverde niets op. Het moest een volkomen verduisterd vertrek zijn. Raadselachtig allemaal. En een fikse tegenvaller.

Nijdig ging hij een pas achterwaarts om de deur eens goed te bekijken. Hij schudde zijn hoofd in verwondering. Dit was absurd. Niemand had iets aan een vertrek waarin het volkomen donker was. Al die mensen zouden elkaar daar binnen voor de voeten lopen. Toch moest er een verklaring zijn. Boven de deur merkte hij een reeks cijfers op. Juist toen hij op het punt stond om deze versiering als niet ter zake af te doen lichtte er een cijfer op…Vervolgens nog een tot het licht bleef stilstaan bij het getal vijf.

Om zich heen blikkend ontdekte de schrijvenaar dat er naast de deur een tweede was, volkomen identiek aan de eerste, en eveneens voorzien van een cijferreeks. Er was een enkel verschil: uit het vierkante ruitje straalde een wit en gelijkmatig licht. Zaranthe probeerde de deurknop. Deze bleek geen enkele weerstand te bieden.

Verwonderd staarde hij naar binnen. Wat een eigenaardig vertrek… Het was klein en zou hooguit als berghok geschikt zijn. Toch was het volkomen leeg en de wanden bezaten ook geen doorgang naar een ander vertrek.

Zaranthe was naar binnen gestapt en hoorde plotseling hoe de deur achter hem dichtklikte. Bliksemsnel draaide hij zich om en stak zijn hand uit om hem weer open te duwen, toen hij bezijden de deuropening een rij genummerde knoppen opmerkte. Zich de getallen boven de deur herinnerend begon zijn brein te werken. Als nu eens…Hij beroerde de knop met het cijfer vijf…Hij maakte een tuimeling van schrik toen opeens de vloer in beweging kwam. Hij kroop in paniek naar de deur en trachtte uit alle macht te duwen, maar eigenaardig genoeg verdween deze in de vloer om plaats te maken voor een gladde wand. Hij was opgesloten in een bewegend vertrek en terwijl hij schichtig om zich heen blikte, verdacht op verdere verrassingen, kwam hij wat onvast overeind.

Boven het vierkant dat zojuist nog een ontsnappingsmogelijkheid had bevat lichtte het getal één op. Hij mocht hier vreemd zijn, maar een dwaas was hij niet. En hij begreep opeens wat er gebeuren ging. Inderdaad verscheen er een nieuwe deur die vervolgens eveneens in de vloer verdween, waarna het cijfer twee oplichtte.

Nadat het getal vier was verschenen begon er een vlinderachtig gevoel in zijn buik op te komen, maar hij besloot dit feit te negeren. Ten slotte hield het vertrek stil, met het cijfer vijf boven de nu onbeweeglijke deur. Een duw met zijn vlakke hand bleek voldoende om deze te openen.

Voor hem lag opnieuw een gang. Jonge vrouwen in witte kleren draaiden zich naar hem om. Achter hen was nog juist te zien hoe het rijdende bed met Aia een kamer werd binnengerold, omringd door figuren in het wit, terwijl het politie-escorte nu buiten de deur op de gang achterbleef. Kennelijk had de tovenares hier haar eindbestemming bereikt.

Zaranthe wilde verder gaan, maar een van de vrouwen versperde zijn weg. Ze was rijzig van gestalte, maar enigszins mager gebouwd. Korte lichtblonde haren werden onder een wit kapje bij elkaar gehouden. Haar ogen waren heldergrijs en toonden een zelfverzekerde en zakelijke blik.

"Het spijt me, meneer," sprak ze ongewoon vriendelijk en uiterst beslist. "U heeft hier geen toegang. Dit is een gesloten afdeling. Neemt u alstublieft de lift weer terug naar de begane grond. Bij 'inlichtingen' in de hal kan men u ongetwijfeld verder helpen."

Omdat hij geen opzien wenste te baren gaf de schrijvenaar gehoor aan dit verzoek. Hij wist genoeg nu. Korte tijd later bevond hij zich opnieuw in het bewegende kamertje, maar nu met omgekeerde bestemming. Peinzend stak hij zijn vinger uit…

De stad leek hoofdzakelijk uit vierkanten en rechthoeken te bestaan. En daar waar dit niet het geval was bezorgde een overdaad aan detail hem hoofdpijn: flikkerende of bewegende lichten, lawaai, onvoorstelbare hoeveelheden voorwerpen achter reusachtige vensters, wagens in onafzienbare stromen in een oorverdovend gebrom en geknetter; mensen, tweewielige voertuigen met of zonder demonische geluidsbegeleiding, mensen te voet, honderden en nog eens honderden… Het was meer dan Zaranthe verdragen kon.

Had niemand in deze wereld behoefte aan rust en stilte? Toch scheen niemand zich te gedragen met de overweldigende paniek die hijzelf slechts ternauwernood bedwingen kon. Mensen zwegen, spraken of lachten, hielden ontspannen gesprekken te midden van de grootst mogelijke chaos. Wat was dit voor volk?

Wanhopig keek hij uit naar een plaats die rustig genoeg was om er zijn gedachten te kunnen ordenen, waarbij hij er tegelijkertijd acht op sloeg niet te verdwalen. Het was van het hoogste belang om ieder moment de weg terug te kunnen vinden naar het hospitaal.

Via een aantal stegen raakte Zaranthe ten slotte uit het drukke centrum vandaan. De huizen hier waren ouder, meer vervallen en boden daardoor een vertrouwdere aanblik. De mensen leken rustiger, groezeliger. Sommige zaten in de deuropening van hun woning en monsterden hem brutaal en nieuwsgierig. Doorgaans hoefde Zaranthe enkel een ogenblik nadrukkelijk terug te staren en men liet hem al met rust. In gepeins verzonken slenterde de schrijvenaar door onbekende duistere buurten, anoniem en eindelijk enigszins ontspannen.

Hij liep niet zo zeer te denken over de vraag hoe hij Aia bij bewustzijn zou kunnen brengen. Hoewel deze wereld geen magie kende, had zowel haar toestand als het feit dat ze zich beiden hier bevonden een magische oorzaak en konden enkel door magie worden hersteld. Ook was het niet het probleem hoe hij haar bereiken kon, daarvoor had hij al een eenvoudig plan uitgedacht. Nee, dat was het niet. Hij had er enkel en alleen behoefte aan om eindelijk de schok van de gebeurtenissen te verwerken die hem innerlijk uit balans had gebracht. Zijn gedachten op dat moment waren niet logisch, maar zuiver associatief opgebouwd. Plotseling bevroor hij in zijn bewegingen. Wat zijn ogen waarnamen veroorzaakte een hevige innerlijke schok en vanuit een nu bleek gezicht staarde hij door de smerige winkelruit voor hem die zijn onwillekeurig ronddwalende blik had weten te fixeren:

Het was een oud winkeltje van verveloos hout, gesprongen pleisterwerk en gebarsten bakstenen. Een enkele peer verlichtte de etalage waarin de uitgestalde voorwerpen — even oud of ouder nog dan de winkel zelf — chaotisch lagen verspreid over een roodfluwelen kleed, dat sleets was en door de mot aangevreten. Het waren antieke boeken, sommige voorzien van sloten van koper of zelfs zilver. Het was interessante waar voor iemand wiens leven zo sterk door boeken werd bepaald. En hij rook bijna de geur van stof door het glas heen. Toch was het één enkel boek dat hem nu volkomen van zijn stuk bracht.

Het lag uitgestald centraal in de etalage, als een signaal dat hij niet had kunnen missen. Het was een betrekkelijk kleine band, voorzien van een omslag in kleuren die door de tijd waren verbleekt. Het boek was gesloten en droeg de titel: 'De schrijvenaar van Thyll'.

Een tijdlang bleef Zaranthe onbeweeglijk staren, zijn gedachten tollend rond die ene vraag: wat had dit te betekenen? Opeens kwam hij los uit zijn verstarring. Hij drong zich tegen de ruit en las de titel opnieuw: 'De schrijvenaar van Thyll'. Het was dus geen zinsbegoocheling geweest. Was het toeval of het een of andere signaal uit die andere, échte werkelijkheid? Een sinistere grap van zijn vijanden?

Onbeheerst stormde Zaranthe de winkel binnen. Hij negeerde de schimmige verkoper, die uit zijn oude armstoel overeind kwam en boog zich tussen rode gordijnen door in de etalage. Hij griste het boek naar zich toe. Nogmaals gleden zijn ogen over de titel: 'De schrijvenaar van Thyll'... Het stónd er. Met nerveus trillende vingers begon hij te bladeren. De pagina's waren vergeeld en verspreidden de zurige lucht die voor de verzamelaar zo aangenaam en veelzeggend is. Stof van jaren bolde door de lucht.

De letters waren bij de etalage slecht te lezen. Zaranthe duwde de verkoper opzij die zich nu gedienstig half achter hem had opgesteld en beende met grote passen naar een ander, beter verlicht deel van de zaak.

Geen twijfel mogelijk, concludeerde hij even later. Het was zijn eigen verhaal en bevatte alles wat sinds zijn eerste problemen met het gilde was voorgevallen. Hij werd plotseling nieuwsgierig naar het eind van het boek. Hij sloot het en opende het vervolgens achterin... Er stond niets! Zaranthe staarde naar blanco pagina's. Hij bladerde terug. Zeker zestig pagina's of meer waren leeg. Een kort onderzoek leerde dat de tekst niet verder ging dan hoofdstuk vijftien, vast en zeker eindigend bij het feit dat hij het boek had ontdekt en vaststelde dat... Een verhaal zonder eind!

Maar toen kreeg hij de laatste bedrukte pagina onder ogen en stelde vast dat zijn veronderstelling absoluut niet klopte. Hoofdstuk vijftien gíng helemaal niet over hem...

Hoewel de letters voor zijn ogen dansten als gevolg van de hevige opwinding vond hij tussen de vele namen één die voortdurend in de tekst opdook:

Sjerdi...

"U heeft belangstelling voor dit boek?" hoorde hij onverwachts een stem in zijn oor lispelen. Zaranthe keek verstoord op en staarde in het gezicht van de verkoper. Hij had tot dusver niet eenmaal acht op de man geslagen en daar was, zo stelde hij vast, niets aan verloren geweest. Een magere gebogen figuur in de nadagen van zijn bestaan. Een kalende bleke schedel met rossige toefjes haar boven de oren, een gezicht zó mager dat zijn vlekkerige huid onder de beenderen scheen te zijn gespannen. Een bril met dikke glazen leek een te groot gewicht voor de smalle neus waaruit enkele lange witte haren staken. Toen de man merkte dat hem eindelijk een zekere aandacht ten deel was gevallen vervolgde hij: "Het is een uniek exemplaar, hoewel ik over het jaar van publicatie niets kan meedelen. U kunt zien dat de uitgever verzuimd heeft om..."

"Hoelang is dit boek in uw bezit?" onderbrak Zaranthe hem.

"O... Hoelang? Tja, zo lang als ik mij herinneren kan. Eerlijk gezegd hoop ik heimelijk dat u zich nog bedenken zult. Ik zal er ongaarne van scheiden."

Zolang als hij zich herinneren kon? Wel, wel, dat paste in het patroon, bedacht de schrijvenaar. Hij haalde zijn beurs tevoorschijn en keerde deze leeg op de tafel waartegen hij geleund stond.

"Ik neem aan dat ik u hiermee over het gros van uw bezwaren help heen te komen," sprak hij. En terwijl de verkoper met grote ogen naar het goud staarde dat in glanzende korrels de ruggen van vele banden bedekte, nam Zaranthe het boek en verliet de winkel. Er kwam hem niemand achterna.

Na een tijdje gehaast te hebben rondgezworven ontdekte hij een bescheiden park, liet zich neer op een lege bank en opende het boek op het eind van hoofdstuk veertien, waar hij en Yaraia van de helling van de Montedivi omlaag stortten, omringd door zes krassende raven — de herinnering bracht een wee gevoel in zijn maagstreek tevoorschijn. Gespannen begon hij te lezen wat er onder het cijfer vijftien was gedrukt. En dit is wat er stond:

Hoofdstuk XV

Sjerdi ontwaakte. Niet dat hij geslapen had of zelfs maar gedommeld. Maar toch was wat er met hem gebeurde moeilijk anders te omschrijven dan met het woord 'ontwaken'. Hij begreep niet wat hem overkwam en dat feit zélf was al bijzonder.

Hij had zich nooit druk gemaakt over begrijpen of niet begrijpen. Dingen waren zoals ze zijn en als er soms vreemde zaken passeerden, wel dan was dát zoals het was. Plotseling hevig geïnteresseerd staarde hij naar zijn handen, die graankorrels gooiden in een kippenhok, uit een stenen pot die hij stijf tegen zijn linkerzij had geklemd. Voor het eerst viel hem op dat er geen kip was die reageerde. En als hij er goed over nadacht hadden ze zelden gereageerd. Wat had het voor zin, vroeg hij zich af, om kippen te voeren die al overvoerd waren; waar was hij eigenlijk mee bezig?

Hij wist het niet, maar het acute levensgevaar waarin zijn meester verkeerde in de bergen van Askania, had de sleutel van een krachtige en gecompliceerde spreuk geactiveerd, waarmee Zaranthe hem voor zijn vertrek had toegerust.

Sjerdi ontwaakte. Hij werd wakker uit zijn jaren van onnozelheid. Hij ontwaakte en herinnerde zich zijn jeugd als verschoppeling; zijn vader die hem hufter had genoemd, zo vaak en zo lang dat hij niet beter wist dan dat het zijn naam was. De grauwe, eindeloze leeghoofdige jaren. Hij herinnerde zich een tovenaar die hem in huis had opgenomen, die goed voor hem was geweest. En plotseling herinnerde hij zich wat hij werkelijk was: een tovenaarsleerling, voorbestemd om ooit zijn meester op te volgen als schrijvenaar.

Hij werd een moment vervuld van afkeer over wie hij was geweest.

Maar even later gloeide hij van trots om wie hij nu was: hij was Sjerdi, de kleine vos. Hij zou zijn naam eer aandoen. In een gebaar van triomf smeet hij de stenen pot aan scherven op de grond. Deze keer reageerden de kippen: luid kakelend stoof de domme troep verontwaardigd uiteen...

Op datzelfde ogenblik werd de lucht boven de binnenplaats troebel en doorvoerd met heftige trillingen. Sjerdi's uitbundige schreeuw brak af en geschrokken staarde hij naar het verschijnsel, dat zich verdichtte tot er opeens zes gestalten zichtbaar werden.

Vaag eerst en doorschijnend, maar allengs compacter en meer omlijnd.

Omdat hij zich dankzij Zaranthes spreuk herinnerende wat hem te doen stond bukte hij zich en begon schijnbaar onverstoorbaar en met trage gebaren de scherven bij elkaar te vegen. Hij droeg er zorg voor een groot aantal over te slaan, zijn gezicht uitdrukkingloos als altijd.

Vanuit zijn ooghoeken zag hij hoe de zes gildeleden zich terstond na hun materialisatie haastig over de ruïne en het omliggende terrein verspreidden. Ze haalden alles overhoop, stampten de trap op naar de toren, smeten wat ze vonden uit de ramen. De binnenplaats werd uitgekamd, het bed opengesneden, het matras geruïneerd. Telkens wanneer een van de indringers een persoonlijk voorwerp van Zaranthe tegenkwam — een kledingstuk, een borstel, een nagelvijl — verdween dit met een achteloos gebaar in de put.

Sjerdi zag hoe Merwold van Astala door de wijngaard banjerde, waarbij hij de druvenoogst moedwillig ruïneerde. Sjerdi zelf werd compleet genegeerd en behandeld als een stuk huisraad. Als hij toevallig in de weg stond werd hij ongezien opzij geduwd. Hun hele handelen verried grote haast. En hoe langer het zoeken duurde, des te vernielzuchtiger werd er opgetreden. Er werd naar elkaar gesnauwd en gescholden. Men vond kennelijk niet wat men zocht.

In een gefrustreerd gebaar brak Moeri Zeshand met elk van zijn griezelige ledematen een steen uit de muur en smeet ze alle zes in evenzovele richtingen weg, waarbij er een dwars door het oude gobelin vloog dat de kleine halfelf als deken gebruikte en dat hij over een tak had gehangen om te luchten. Een tweede belandde midden in het kippenhok, dat met een hevig gekraak inzakte.

Ten slotte troffen de schrijvenaars elkaar weer op de binnenplaats, die nu het aanzien van een geplunderd slagveld bezat.

"Ik begrijp het niet," knorde Babacar, die zijn hoofdloze demon had thuisgelaten en flink naar de anderen moest opkijken, terwijl hij zijn baard rond zijn middel geknoopt hield. "Hij heeft er bijna niets van gebruikt. Er moet hier meer extract te vinden zijn dan wij allen bij elkaar in een jaar gebruiken."

"Het is altijd dwaas een gildegenoot te onderschatten," schamperde Adlay de Zwarte, die met zijn gesteven kleding, zijn gevouwen armen en een licht gebogen knie ietwat bezijden de groep stond, terwijl hij peinzend in Sjerdi's richting staarde. Deze deed alsof hij niets zag, maar even later voelde hij een glibberige tentakel over zijn schouder glijden, waarna een tweede zich rond zijn hals legde.

Van schrik liet hij zijn bezem vallen. Gedwongen door de kracht van Moeri's flexibele armen draaide hij zich om. Ze stonden hem allemaal aan te kijken met een en dezelfde gedachte op hun gelaatstrekken gedrukt.

"Hé, jij daar!" snerpte Falyrias, terwijl hij met een wijsvinger langs zijn scherpe neus streek. "Kom eens hier."

"Wie? Ik, meester?" hakkelde de tovenaarsleerling. Zijn blik schoot angstig van de een naar de ander.

"Wie ánders…" Falyrias kwam met enigszins klapperende knieën op hem af. Tegelijkertijd werd de tentakel rond Sjerdi's keel aangetrokken, zodat hem geen andere keus overbleef dan zich in de richting van de schrijvenaars te begeven.

"Vertel op. Wat weet je van de zaken van jouw leermeester? Waar bewaart hij zijn magische kostbaarheden?" Falyrias greep hem bij een oor en draaide dit een kwartslag om. Sjerdi piepte van de pijn.

"Laat dat nu, Falyrias." Gildevoorzitter Coprates duwde zijn collega opzij. "Je ziet toch dat hij beeft als het jong van een roodborst. Hij is zo achterlijk als wat. Daar heeft Zaranthe hem op uitgekozen, weet je nog? Pijnigen heeft geen zin."

Moeri Zeshand toverde een kleine vuurbol tevoorschijn.

"Vertrouw nooit een halfelf, Coprates," siste hij. "Dom of niet, één helft van zijn natuur kan niet anders dan listig zijn. Voor je het beseft heeft hij je een streek geleverd." De vuurbol zweefde langzaam Sjerdi's richting uit. Gefascineerd keek de jongen toe terwijl het magische voorwerp langs zijn rechterarm begon te bewegen, zó dichtbij, dat de hitte pijn deed en de zachte haartjes van zijn huid schroeide. Zijn angst begon nu hevige vormen aan te nemen.

"Je meester zal over korte tijd niet meer tussen ons vertoeven, elfenkind," teemde Moeri. "Je hoeft hem niet langer te dienen. Hij is op weg naar een magisch gat, dat hij onmogelijk meer ontwijken kan. Dus je ziet: zwijgen heeft geen zin. Zeg ons waar het extract is."

"Ik weet het niet, heer," antwoordde Sjerdi doodsbang. De blik van de zesarmige schrijvenaar was hypnotiserend en uit diens ogen schoten ronddraaiende vonken. Langzamerhand voelde de jongen hoe zijn wil werd verlamd. Als door een vreemde en onheilspellende nevel drong Moeri's stem tot hem door:

"Je kunt de waarheid niet verzwijgen. Je bent onder invloed van de cirkel van Waarheid... Spreek, elfenjong, spreek..."

Hoewel Zaranthes spreuk ervoor zorgde dat magische cirkels van welke aard ook geen vat op hem kregen, was Sjerdi toch dusdanig onder de indruk dat hij er uitflapte: "Hij heeft nog wat boeken achtergelaten!"

Opgewonden gesticulerend sprong de schrijvenaar Coprates naar voren.

"Nu, vooruit. Leid ons er heen... Leid ons er heen."

Opeens was de bol van vuur verdwenen. En ook de beide tentakels werden haastig van zijn hals en schouder gelicht. Struikelend over zijn eigen voeten holde de jongen voor de gildeleden uit, de keldertrap af. Beneden gekomen werkte hij de stenen opzij en bracht met trillende vingers Zaranthes overgebleven boek tevoorschijn.

Coprates griste het uit zijn vingers, terwijl Falyrias zijn hoofd in de opening stak.

"Er liggen er nog meer," zei hij, terwijl hij geestdriftig begon te graaien. Even later bleek zijn enthousiasme enigszins gedoofd: "Bah! Lege folio's. We zijn beetgenomen."

Hij stak zijn vingers uit naar de jongen, kennelijk met de bedoeling een vervloeking over hem uit te spreken. Maar Coprates' stem voorkwam de uitvoering daarvan.

"Kijk eens wat we hier hebben?" De gildeleider toverde een brede grijns op zijn gezicht. "Een experiment van onze geachte collega. Het is een werkelijkheid die Zaranthe heeft ontworpen en die door middel van extract van levenskracht is voorzien. Een betere plek om hem op te bergen dan in zijn eigen schepping, is er niet."

Vier schrijvenaars knikten instemmend. Maar Moeri Zeshand siste woedend: "Moeten wij consideratie hebben met die lastpost? Laat hem toch gewoon van die rotswand vallen. Een betere oplossing is er niet. Bah, jullie zijn te teerhartig voor dit vak."

"Kom, mijne heren," sprak Coprates, Moeri's woorden negerend. "Het ogenblik is nabij. Het zevende boek opent toegang voor ons allen. De trillingen zijn duidelijk. Het wordt tijd om ons succes te toetsen."

De magiërs namen een voor een plaats op de vloer en sloten vervolgens de ogen in opperste concentratie. Coprates zette zich als laatste neer in de kring. Met een plechtig gebaar opende hij het boek bij het titelblad.

Sjerdi trok zich steels terug achter een ingestorte muur, plotseling beangstigd door het trillen van de lucht in de kelder. Maar niemand scheen enige notitie meer van hem te nemen.

De trilling begon zich nu te concentreren boven het boek en er verscheen een ganzenveer, waarvan de schacht gaandeweg werd overdekt met magische runen. Iedere magiër stak zijn rechterhand uit en hield de pen met twee vingers vast.

Langzaam werd de pen omlaag gebracht, tot dicht boven het papier. De gildevoorzitter bracht nu met zijn vrije hand een kruikje tevoorschijn, dat niet groter was dan een vingerhoed. Met zijn tanden trok hij de kurk er af en keerde nu de inhoud boven het papier uit.

Eerst gebeurde er niets. Sjerdi veronderstelde dat het potje leeg was en vroeg zich af wat het nut kon zijn van Coprates' handeling. Maar toen viel er een enkele druppel op het papier. Er was kennelijk niet eens genoeg extract meer om er de pen in te dopen.

Boven de kring van magiërs begon zich een vage wolk te vormen, die zich vervolgens snel verdichtte tot een bol met immense diepte. Een donkere vorm loste op in zes bewegende vlekken. Even later tekende elke vlek zich af als een zwarte vogel. Zes raven vulden het beeld. Ze waren op weg naar een grijze massa op de achtergrond. Rotsen...een rotswand, van gigantische afmetingen. Toen voelde Sjerdi hoe zijn knieën zwak werden en het bloed trok weg uit zijn gezicht. Die figuur tegen de wand... dat was toch niet...? Geen vergissing mogelijk. De raven waren nu zo dicht genaderd dat hun doel duidelijk zichtbaar was: ze belaagden zijn meester! Met ontstelterns zag hij opeens Zaranthe en een hem onbekende vrouw loskomen van de muur, omringd door een onvaste halo, als een doffe zeepbel. Beiden stortten omlaag...

Sjerdi stak de muis van zijn duim tussen zijn tanden en beet, in een poging het niet uit te gillen.

Tijdens hun val begonnen de magiër en de vrouw te groeien. Raven en rotswand verdwenen uit het gezicht. Op het moment dat beide slachtoffers het hele beeld vulden klonk het krassende geluid van een pen op papier. De magiërs hadden de punt van de veer in de druppel inkt gezet en begonnen te schrijven. Daarna was het snel voorbij.

Een bliksemflits leek de kelder binnen te schieten. Het beeld van de beide mensen versmalde en werd met een zuigend geluid omlaag getrokken. In een langgerekte flits werden Zaranthe en zijn metgezellin opgeslokt tussen de bladen van Zaranthes boek...

Gepijnigd door wat hij had moeten aanzien sloot Sjerdi de ogen. Toen hij ze weer opende, was alles in de kelder weer zoals voorheen.

De schrijvenaars verlieten de crypte, Coprates als laatste. De gilde-voorzitter aarzelde enige ogenblikken, met zijn voet op de onderste traptrede en tuurde bezorgd in het kleine kruikje, dat hij langzaam rond bewoog. Plotseling verhelderde zijn doorgroefde gezicht. Bezorgdheid maakte plaats voor opluchting en hij stak het potje weer tussen zijn veren. Met Zaranthes boek onder de arm geklemd volgde hij nu de anderen naar de binnenplaats.

"Knecht!" riep een van de schrijvenaars. Sjerdi haastte zich naar boven. Merwold van Astala had breeduit plaatsgenomen in Zaranthes zetel. Hij beval de halfelf nu Zaranthes beste wijn tevoorschijn te halen.

Sjerdi deed wat hem was gevraagd. Zaranthes wijn werd gekeurd, de smaak besproken, het resultaat opnieuw gecontroleerd. Vervolgens liet Merwold een kruik van een ander jaar halen. Een vergelijking kon niet uitblijven.

Sjerdi deed niets om de zo zorgzaam verkregen voorraad van zijn meester te beschermen. Hij zat op de bovenste tree van de keldertrap en keek zwijgend toe.

De schrijvenaars raakten in een uitgelaten en mededeelzame stemming. De conversatie ontwikkelde zich in de richting van grootspraak. Onderwerp van de gesprekken werd uitsluitend nog de kracht en reikwijdte van ieders magische vermogens, geïllustreerd met voorbeelden uit de praktijk. Elk pocherig verhaal van een magiër overtrof dat van zijn voorganger in effect, omlijsting en stemvolume. Gaandeweg werden de kruiken leger, de verhalen sterker, de gebaren voller. Maar de samenhang werd zwakker en zwakker, als gevolg waarvan de aandacht snel verslapte. En toen de maan opkwam trof deze de zes magiërs aan in een diepe roes, de een nog harder ronkend dan de ander.

Sjerdi besloot dat er nu iets moest gebeuren. Hij ging terug naar de kelder en kwam even later weer boven. Hij verwisselde Zaranthes experiment voor een leeg folio en borg het geschreven boek weg in de vaste bergplaats. Daarna trok hij wat er nog over was van het gobelin naar zich toe, rolde zich zo goed mogelijk in en viel in slaap.

Toen hij de volgende morgen ontwaakte waren de magiërs juist bezig te vertrekken. De een na de ander scheen in de lucht op te lossen. De laatste die Thyll verliet was Moeri. Maar voor de zesarmige schrijvenaar zijn aanwezigheid in de ruïne beëindigde, liet hij een van zijn tentakels als een zweep knallen. Een verzengende vuurbol stortte zich uit over het boek en veranderde dit in een ommezien in een hoop as. Moeri grijnsde nog eenmaal kwaadaardig in Sjerdi's richting en bewoog zijn vingers in een veelzeggende groet. Even later was de kleine halfelf alleen.

Sjerdi bezag de wanorde om hem heen. Daarna draaide hij zich schouderophalend om en rende het keldergat in. Korte tijd later kwam hij weer tevoorschijn met Zaranthes experiment. Voorzichtig droeg hij het naar de slottoren, beklom de trap en legde het boek op de werktafel van zijn meester. Vervolgens sprak hij het woord DROOGTERIMPELS. Spoedig daarna ging hij aan de slag met pen en extract, alsof hij nooit iets anders had gedaan...

Hoofdstuk XVI

Zaranthe sloot het boek met een luide klap. Door het onbeheerste gebaar gleed het tussen zijn handen door in het gras. Bij de dubbele baard van Randoer! Het wás een signaal. Sjerdi had hem een teken gegeven. Het was te veel verlangd van Sjerdi's ongetrainde geest om zijn meester uit de moeilijkheden te helpen, maar hij had gedaan wat in zijn vermogen lag, dankzij de spreuk waarmee de kleine leerling was toegerust. Zaranthe dankte de voorzienigheid die hem daartoe had doen besluiten. Zijn leerling had het gilde beetgenomen, maar de vernietiging van het verkeerde boek was een feit dat niet eeuwig onbekend kon blijven. Het echte boek bezat een magische uitstraling die niet viel te verdonkeremanen. Iemand van het gilde zou er beslist achter komen. En voor die tijd moesten Aia en hij deze papieren wereld verlaten hebben. Bovendien moesten de plannen van het gilde met betrekking tot de extractmijn worden gestopt. En ook daarbij was haast geboden.

Zaranthe liet het boek waar het was en beende haastig het park uit. Zijn maag rammelde, maar hij besloot dit ongemak te negeren. Hij dronk enkel wat water uit een fontein bij de uitgang en liep vervolgens terug in de richting van het hospitaal.

De weg voerde hem opnieuw door het drukke stadscentrum, maar hij wenste zich niet te laten ophouden door met mensen volgepakte trottoirs. Duwend met handen en ellebogen bewoog hij zich voort. Tot tweemaal toe werd hij bij het oversteken van een straat bijna aangereden. Auto's claxonneerden, mensen riepen hem na. Maar Zaranthe sloeg nergens acht op. Ten slotte bevond hij zich dan weer in de hal van het ziekenhuis.

Hij wist waar Yaraia zich bevond, maar de weg daarheen scheen voor hem taboe. Daar moest iets op gevonden worden. Belangstellend bestudeerde hij de mensen die de hal bevolkten. Sommige zaten op stoelen, alleen of in paren, of groepjes. Andere kochten bloemen of eigenaardige snuisterijen in een open winkel die zich in een colonnade bevond. Weer anderen stonden te praten bij een smalle grijze toonbank, waarachter vrouwen in het wit stonden.

Er kwamen mensen achter deuren vandaan en er verdwenen enkele langs dezelfde weg. Zaranthe zocht er in gedachten één persoon uit. Het was de enige die in aanmerking kwam. Hij was geschikt voor het doel dat Zaranthe voor ogen stond en hij was alleen.

Het was een nog tamelijk jonge man, lang van stuk, met keurig, kortgeknipt haar, dat donkerblond was en gekamd in een onberispelijke zijscheiding. Het gezicht was regelmatig, met een wat lange bovenlip, die grote tanden deed vermoeden. Onder zijn arm klemde hij een zwarte leren tas.

Toen de man met zelfbewuste lange passen door de hal beende volgde Zaranthe hem op enige afstand naar buiten. Hij hield zich uit het gezicht achter plantenbakken en geparkeerde auto's, ondertussen hield hij de lange man goed in het oog. Deze begaf zich naar een afgezonderde kleine parkeerplaats en scheen volstrekt niet te merken dat hij gevolgd werd.

Bij een witte wagen stond hij stil en haalde in argeloze nonchalance een kleine sleutelbos tevoorschijn. Dat was het moment... Zaranthe sprong achter hem tevoorschijn uit zijn dekking en plaatste met zijn vuist een harde slag achter in zijn nek.

Geruisloos zeeg de man naar de grond. Zaranthe ving hem bij zijn oksels op en legde zijn slachtoffer achter de witte auto, waar hij onzichtbaar was voor toevallige passanten.

Zaranthe veronderstelde dat de man niet al te lang hinder zou hebben van zijn onzachtzinnige manœuvre. Nadat hij bovendien had vastgesteld dat zijn daad niet in de gaten was gelopen, tilde hij de tas van de grond waar deze was gevallen, opende hem en nam er de witte jas uit die hij de man er in de hal in had zien wegbergen. Het kledingstuk trok hij aan, de tas stak hij onder zijn arm. Aldus uitgerust begaf hij zich zonder opzien te baren terug naar het gebouw...

• • •

Er was niemand te zien op de gesloten afdeling, met uitzondering van een politieman die op een stoel zat, achter in de gang, naast de deur waarachter Zaranthe Aia wist.

De schrijvenaar verliet de lift en liep de gang in. De agent keek nauwelijks op van het boek waarin hij zat te lezen en dat hij omgevouwen in één hand hield — een gewoonte die Zaranthe instinctief tegenstond. De andere hand ondersteunde de geüniformeerde elleboog. Op hetzelfde moment dat Zaranthe zich in beweging zette kwam er een in het wit geklede vrouw met haastige passen uit een zijvertrek gestapt. Maar ze keek niet op of om en verdween door de tegenoverliggende deuropening.

Zaranthe, die even verschrikt zijn pas had ingehouden, begaf zich opnieuw voorwaarts. Stap voor stap naderde hij nu de politiefunctionaris. Hij stak zijn hand al verlossend uit naar de deur toen de gerechtsdienaar plotseling zijn boek omlaag bracht en Zaranthe recht in het gezicht staarde. De schrijvenaar dwong zichzelf om niet zijn blik af te wenden. Hooghartig knikte hij de agent toe. Toen sprak deze op hese toon: "Goedemiddag, dokter." En wendde zich weer tot zijn lectuur.

Zonder een zichtbaar spoor van haast stapte Zaranthe naar binnen en voorkwam met grote zelfbeheersing dat hij de deur achter zich dichtsmeet. Eindelijk, met zijn rug tegen de gesloten deur, veroorloofde hij zich een zucht van verlichting.

Het vertrek maakte een kale indruk. Slechts een enkel bed stond met het hoofdeinde tegen een muur, vlak onder een getralied raam. Onder smetteloos witte lakens lag Yaraia; haar ogen nog altijd gesloten. Haar handen lagen bleek en roerloos uitgestrekt over haar dek.

Zaranthe schoof een kruk naast het bed en bestudeerde een ogenblik de fraaie lijnen van haar gezicht, dat in deze magieloze wereld niet thuishoorde. Het bezat een volmaaktheid die alleen door het échte leven kon zijn geëtst. Het viel hem moeilijk zich voor te stellen dat een zo ultieme schoonheid in drievoud kon zijn uitgevoerd. Maar kom, het was niet voor dit soort bespiegelingen dat hij het risico had genomen om haar te bereiken.

Hij rukte zich spijtig los van haar aanblik en stak zijn hand in zijn zak. Voorzichtig bracht hij Randoers magische relikwie tevoorschijn.

De vinger bezat een ijle en bijkans etherische textuur die in deze kille omgeving in het oog springend was. En hij realiseerde zich eens te meer dat hij zich met de schone Besjar-heks in een minder geslaagd experiment bevond…

Hij bracht Randoers vinger boven het hoofd van Yaraia, op enkele millimeters hoogte, op een plek tussen haar gebogen wenkbrauwen, de plaats van haar derde, magische, oog. De precieze plaats viel in deze kille atmosfeer moeilijk te bepalen, maar na enig experimenteren merkte hij een minieme verandering op in het fluïdum. En de vinger wees naar de juiste positie.

Lange tijd gebeurde er niets. Zo er al extra activiteit in Aia's brein plaatsvond bleek dit nergens uit. Onbeweeglijk als een van de standbeelden van zijn leermeester Rinaldus lag zij in de wade van haar lakens.

Gaandeweg begon Zaranthe te twijfelen aan de juistheid van zijn methode. Hij pijnigde zijn hersenen, maar wist geen enkel plan te verzinnen dat haar bewustzijn wekken kon. Plotseling echter voer er een trilling door haar oogleden. Haar ademhaling werd dieper en toen, na vele kostbare minuten, sloeg ze eindelijk de ogen op.

Verbaasd blikte ze om zich heen. Haar lippen gingen vaneen en ze fluisterde: "Teleurstellend. Heel teleurstellend."

"Aia?" vroeg Zaranthe fronsend. Ze draaide haar hoofd opzij.

"O, schrijvenaar, ben jij het? Als je wist waar ik geweest ben: de kleuren…de pure schoonheid…" En toen somber: "…Alles is nu grauw en leeg."

"Pure schoonheid?" bromde Zaranthe, terwijl hij haar een kneepje in de hand gaf. "Demonische begoocheling, meer niet."

Hij nam ook haar andere hand in de zijne.

"Wel, ruk je los uit de valse herinnering van Silatasar en luister…"

Vervolgens bracht hij haar in simpele bewoordingen op de hoogte van hun situatie en de laatste ontwikkelingen. Aia luisterde, ietwat afwezig aanvankelijk, maar met gedurig groeiende aandacht. Toen de schrijvenaar was uitgesproken schudde ze resoluut het dek van zich af en zei: "Allereerst moeten we hier weg."

"Inderdaad," beaamde Zaranthe terwijl hij haar bij een arm tegenhield. "Maar niet zó, niet door die deur. Er is maar één weg naar buiten."

"Je bedoelt…?"

"Dezelfde weg waardoor we in deze realiteit zijn terechtgekomen: magie."

Aia keerde op haar schreden terug en zette zich peinzend neer op de rand van het bed.

"Zoals ik het zie," sprak ze, "hebben we de hulp van mijn zusters nodig. Hun kracht kan mij terug slingeren in de werkelijkheid. Wij drieën zijn één, begrijp je."

"O," reageerde Zaranthe nuchter.

"Wees niet bang, schrijvenaar. Ik zal je niet achterlaten," stelde ze hem gerust. "Kleed je uit."

Zelf trok ze het witte hemd dat ze in het ziekenhuis als kleding had gekregen over haar hoofd en stond een seconde later in al haar prachtige naaktheid voor hem. Zaranthe was een moment sprakeloos, maar volgde toen haar voorbeeld. Aia sprong op het bed en spreidde de armen.

"Als je me wilt helpen, trek dan een duidelijk zichtbare cirkel rond het bed en bedrijf vervolgens de liefde met mij."

"De eh... Nu?" stamelde Zaranthe verbluft.

"Zeker. Mijn zusters kunnen mij wellicht terughalen. Maar wil er iemand mee, dan zal hij zich ín mij moeten bevinden."

Zaranthe knikte verstrooid en was blij zich te kunnen afwenden, op zoek naar iets dat bruikbaar was als materiaal voor de magische cirkel. De aankleding van het vertrek was minimaal. Er scheen niets geschikts aanwezig te zijn. Toen echter zag hij de kraan. Hij experimenteerde enige ogenblikken met het hem onbekende voorwerp en vulde vervolgens een stenen kop met water. Hij liep terug naar het bed en besprenkelde de vloer rondom, daarna trok hij gehaast zijn kleren uit en stapte in Aia's ontvangende armen. Op dat ogenblik klonk het geluid van stemmen op de gang.

Geschrokken staarden ze elkaar aan. Toen sprongen ze gelijktijdig overeind. Zaranthe sprintte naar de deur, juist toen deze begon open te gaan. Hij wierp zich tegen de bewegende rechthoek en met zijn volle gewicht hield hij deze op zijn plaats Aan de andere zijde werd krachtig geduwd.

Aia was intussen achter het bed gekropen en rolde dit naar de deur. Het hielp iets, maar ze zag geen mogelijkheid het bed vast te zetten.

Zaranthe wees naar het nachtkastje. Het gebonk op de deur werd nu heviger. Iemand deed een poging die open te trappen en de schrijvenaar moest zich flink schrap zetten. Aia rolde het kastje tussen het bed en het raam. Toen ze zag dat er nog een ruimte open was griste ze twee stoelen naar zich toe en hierna bleek de deur onwrikbaar vastgepind. Ze sprong op het bed en spreidde uitnodigend haar armen, terwijl ze met snelle gebaren van haar vingers Zaranthe tot haast maande.

De schrijvenaar rende naar de kraan en legde een nieuwe cirkel rond het bed, ten slotte sprong hij in Yaraia's armen. Ze drukte zich krachtig tegen hem aan en sloeg haar gespierde benen rond zijn heupen, terwijl het bed schudde van de kracht die aan de andere zijde op de deur werd uitgeoefend. Er werd naar hen geschreeuwd en om assistentie geroepen.

Zaranthe trachtte zich te concentreren op waar hij mee bezig was. Zijn lichaam reageerde op het intieme contact met het hare, maar zijn hoofd was er nog niet helemaal bij. Aia's vingers gleden over zijn huid en beroerden de gevoelige plekken. Zaranthe kuste haar oren, likte haar kaaklijn, het kuiltje in haar hals, de glooiing van haar borsten.

"Ik heb contact," fluisterde ze opgewonden.

"Ik voel het."

"Nee, dwaas. Met mijn zusters bedoel ik. Het groeit."

"Hm!" Zaranthe voelde zijn opwinding stijgen en ook Aia kreunde nu. Ze boog en strekte haar lichaam steeds feller tegen hem aan. Terwijl een luid gekraak suggereerde dat de mensen buiten nu de deur met een bijl te lijf gingen.

Aia wreef haar onderlichaam tegen het zijne. Haar handen joegen over zijn nek, zijn schouders, zijn rug. Zaranthe volgde met zijn vingertoppen de lijnen van haar prachtige lichaam. Hij voelde zich beneveld raken door te veel aan zuurstof en de pure opwinding. Zijn hart bonsde in snel stijgend crescendo, dat zich weinig meer aantrok van de slagen tegen de deur, die bewoog, bewoog...

"O," hijgde Yaraia, bijna in extase. "Ik voel het in me."

"O, maar dat kan nog niet!" mompelde Zaranthe. Zijn ene hand masseerde haar billen, de andere woelde door het haar van haar achterhoofd, terwijl hij haar tong in zich opzoog.

"Kom dan, kom dan toch!" lispelde de heerlijke heks, met gloeiende lippen. Nu bracht Zaranthe zijn gezwollen geslacht voor haar opening. Maar vóór hij zou doorstoten bekroop hem een aarzeling.

"Wat is er?" fluisterde Aia vol ongeduld.

"Wel, wanneer je straks door je zusters wordt weggehaald, weet je zeker dat je dan niet alleen mijn…?"

"Stil toch…Je leidt me af." Ze omklemde zijn heupen en trok hem met een ruk naar zich toe, waardoor hij bij haar binnendrong.

Op dat ogenblik begaf de geïmproviseerde steun tegen de deur het. Het kastje schoot opzij, het bed verschoof en de deur zelf werd met een harde slag in tweeën gespleten. Mensen renden naar binnen: politieagenten in hun donkere uniformen. Zaranthe zag alleen witte, verbijsterde gezichten in een ronddraaiende nevel terwijl hij zijn climax voelde opborrelen.

"Nu!" schreeuwde Yaraia. Op hetzelfde moment werd het zwart voor zijn ogen…

Hij lag met zijn hoofd tegen iets hards. Zaranthe opende de ogen en zag dat hij zich in een halfduistere omgeving bevond. De situatie had iets bekends, stelde hij vast, maar zijn gedachten waren nogal verward. Hij tastte in een instinctief gebaar tussen zijn benen. Hij was compleet, constateerde hij opgelucht. Langzamerhand kwam hij tot zichzelf. Hij keek rond en zag een keldergewelf. De muren waren in gammele staat en een deel van de ruimte was zelfs ingestort. Niet ver van hem vandaan prijkte een geïmproviseerde oven. Hij was thuis.

Hij was ook alleen, merkte hij, terwijl hij zich wat wankel overeind werkte. Naast hem, tussen de opzij geworpen stenen lag een slordig openliggend boek; enkele bladen staken door een ontsierende vouw scheef naar buiten.

Plotseling verduisterde een schaduw de contouren van het trapgat. Het was Aia. Ze had haar kindgestalte weer aangenomen, waarin ze zich kennelijk het prettigst voelde, maar wat Zaranthe eigenaardige kriebels in zijn maagstreek bezorgde, denkend aan hun laatste contact.

Ze had een kreukelig hemd gevonden, dat zo ruim om haar magere lijfje hing dat een van haar schouders nog bloot door het halsgat stak.

"Zo," sprak ze kwiek en tamelijk opgewekt, terwijl ze halverwege de trap tegen de muur geleund stond. "Goed dat je er weer bent."

Zaranthe mompelde iets onbestemds. Aia vervolgde: "…Ik heb overal gezocht. Geen spoor van een halfelf. Jouw dienaar schijnt de benen te hebben genomen. Alles is echter weer op orde gebracht. Er valt geen teken van vernieling meer te ontdekken."

"Leerling, geen dienaar. Zeker niet na de wijze waarop hij ons geholpen heeft."

"Ik dacht dat het jouw spreuk was?"

Zaranthe knikte. "Dan nog! Ik weet overigens waar hij zich bevindt."

Op dat ogenblik schoot hem te binnen dat hij naakt was. Een denkbeeld trof hem als een steen uit de hemel. Aia bleek zijn gedachte te raden. Ze hield hem triomfantelijk Randoers vinger voor: "Meende je werkelijk dat ik dit kleinood buiten de transmissie zou hebben gelaten? Jouw schatting van Besjars magie komt mij kwetsend laag voor. Bedenk: transmissie, zowel als transformatie, is veelal een zaak van visualisering, zoals bij elke magie. Met zo veel vingers over mijn lichaam viel het niet zwaar mij er nog één extra bij voor te stellen. Bovendien, ik had hem tijdig uit je zak genomen."

Zaranthe had hieraan niets toe te voegen…

Opgefrist en gestoken in een schoon geel hemd, een blauwe broek en een paar hertenleren laarzen zat hij een halfuur later aangeschoven aan de tafel in de torenkamer. Aia had zich tegenover hem geplaatst. Haar knieën op het stoelvlak, met gekruiste onderbenen, de ellebogen losjes geleund op het tafelblad. Een brede stoffige baan zonlicht beroerde de warrige zwarte massa van haar haren, die goud-omlijst leken. Haar hele houding drukte een serene onschuld uit, die net zo echt was als haar prille leeftijd.

Tussen hen in lag de vinger van Randoer. Zaranthe bracht een lens van geslepen bergkristal op enige afstand van zijn ogen. Zijn magere vingers hielden de zilveren zetting onbeweeglijk.

De drie kootjes bleken nog altijd de fijne, haast doorschijnende structuur te bezitten en waren overdekt met een uiterst fijne tatoeering van runenschrift. De magische tekens schenen een eigen leven te leiden en veranderden voortdurend. Maar afgezien daarvan was de tekst zó klein geschreven dat zij onmogelijk te lezen was; een deel van de effecten kon dus even goed aan zinsbegoocheling te wijten zijn. Zaranthe slaagde er vooralsnog niet in om ook maar één teken te ontcijferen. In plaats daarvan werd hij lichtelijk bevangen door een vreemde hypnotische werking die van het schrift uitging.

Met moeite wendde hij na enige tijd zijn blik af. Aia zweeg belangstellend, haar hoofd schuin tussen opgetrokken schouders, de lippen peinzend naar binnen gezogen. Ten slotte slaakte Zaranthe een diepe zucht en streek over zijn smalle, baardloze gezicht en zijn schedel, die inmiddels weer dicht was begroeid met stekelige witte stoppels. Hij sprak het ontsluitingswoord en naast de tafel materialiseerde zich zijn kist met toverbenodigdheden. Op het met zilver beslagen deksel zat druipnat en in volkomen stasis, met opgetrokken knieën de kleine half-elf. Zaranthe tekende een rune in de lucht en knipte vervolgens met zijn vingers. Terstond kwam Sjerdi tot leven. Hij sprong opgetogen van de kist, met een blijde kreet: "U bent terug, Meester?"

"Zoals je ziet," antwoordde Zaranthe. "Je hebt je taken naar behoren uitgevoerd. Ik ben méér dan tevreden. Welnu. Er is werk te doen. Prepareer een sulfidebad. Verhit dit met een vuur waarin ectoplasmapoeder is gestrooid — niet te veel. Breng het aan de kook. Voeg er vervolgens mierikswortel en gelei van een pauwenoog aan toe. Roer negenenveertig maal naar links, waarbij je de volgende woorden prevelt:..."

De schrijvenaar instrueerde zijn leerling nauwkeurig. Sjerdi gehoorzaamde ijverig. Van zijn vroegere indolentie viel niets meer te bespeuren.

Na een klein uur waren de voorbereidingen voltooid. De groene walm was opgetrokken en de koperen ketel boven de haardcirkel was gevuld met een vloeistof waarvan het oppervlak sterk reflecteerde in complementerende kleuren. Zaranthe nam de gemummificeerde vinger, neuriede een enkele lettergreep en wierp vervolgens de vinger in de ketel.

De vloeistof begon te sissen en te borrelen, lichtstralen schoten als vuurwerk naar het eikenhouten plafond. Toen de vloeistof tot rust was gekomen viste Zaranthe de vinger eruit, bekeek hem nauwkeurig met de loep van bergkristal, knikte tevreden en stak hem ten slotte tussen zijn kleren.

"Zo," sprak hij. "Dit deel van mijn taak is onomkeerbaar in gang gezet. Het vuur dient opgestookt, de vloeistof ingedikt tot de laatste dampen vervlogen zijn. Kom, Yaraia. Er moet nog een draak worden verslagen. Er is nog veel te doen."

Hij en Aia verlieten de torenkamer, Ze lieten Sjerdi aan zijn arbeid. Zaranthe spreidde het kunstig herstelde gobelin over de vloer van de binnenplaats en prentte enkele nuttige en praktische spreuken in zijn brein. Vervolgens plaatste hij de ruïne onder de krachtigste bescherming die hij kende: die van de demon Zac-zac. Het was een afzichtelijk en oersterk monster, wiens bultige lijf enkel bestond uit een reusachtige voet met zes tenen, die alles en iedereen vertrapte die zich onbevoegd in en rond de burcht van Thyll zou ophouden. De demon was totaal ongevoelig voor magie, behalve van degene die hem opgeroepen had. Dat was een moeilijke en riskante zaak, mede door het feit dat men er nooit zeker van was op welke plaats Zac-zac in de werkelijkheid zou belanden.

Een heftige dreun uit de richting van zijn druivenvelden gaf aan dat Zaranthe geluk had gehad. Hij was gereed en hij noodde Aia op het gobelin plaats te nemen…

Hoofdstuk XVII

Zaranthe en Aia maakten hun vlucht boven de oude dwergenweg in Askania. Op enkele meters boven de grond volgde het gobelin de bochtige bergkloven, rotsige hellingen en droge rivierbeddingen, steeds hoger klimmend naar een soort terras dat werd ingesloten door drie vulkanen. Eigenlijk zou het verstandiger zijn geweest om het kleed bij het meer van Galazea achter te laten om vervolgens te voet te gaan. Maar Zaranthe voelde zich uitgerust en voldoende voorbereid om eventuele demonen met de meegebrachte runen te bedwingen.

Af en toe roerde er zich iets in de rotsspleten onder hen, maar tot dusver ontmoetten ze onrust, doch geen vijandigheid.

Voor hen uit en hoog boven hen verheven bewaakte de Montedivi in duistere majesteit het Askanisch Hoogland. De wind huilde rond de eenzame pieken waar tussendoor het magische voertuig zijn weg baande. Er bevond zich hier geen levende ziel meer, sedert het vertrek van de dwergen, zo veel eeuwen geleden.

Onder hen vergleden de ruïnes van Gharkha, de oude dwergenhoofdstad. Een citadel van gangen, zalen en schier onbegaanbare kloven, diep in de rots uitgesneden en nu grotendeels door de werking van tektonische krachten en erosie ingestort. De toegang van de voormalige burcht werd gevormd door een ovaal blok rode steen, dat met immense inspanningen uit een verre streek moest zijn aangevoerd, waar het gesteente uit sedimenten bestond. De reden voor deze voorhistorische werklust was al van ruime afstand zichtbaar:

Aan weerszijden van de monoliet waren fossiele ammonieten zichtbaar, ter grootte van wagenwielen, die de rots het aanzien gaven van een reusachtige ramskop: de voorstelling van Am-Rach, de belangrijkste dwergengod. Deze was na het vertrek van het kleine volk mét de stad in onbruik geraakt.

Links en rechts rezen vulkaankegels uit het omringende landschap op. Twee van de drie stootten nog altijd donkere wolken rook omhoog naar de Montedivi, waar de grauwe nevels zich om de een of andere reden verzamelden in een permanent aanwezige ring.

Het was een naargeestige omgeving en Zaranthe was niet van plan om langer in deze streek te vertoeven dan absoluut noodzakelijk. Hij liet de gobelin een bocht beschrijven en dook met Aia onder een schuin omhoog kringelende, naar zwavel stinkende rookpluim door. Het was een onaangename noodzakelijkheid, want zo naderde hij de berg tegen de wind in.

Volkomen onverwachts, op het laagste punt van de duik schoot er een gele arm uit een kloof tevoorschijn, en drie slijmerige vingers klauwden in de rafels van het kleed. Aia slaakte een kreet van schrik en wierp zich in een reflex tegen Zaranthes rug. De schrijvenaar reageerde bliksemsnel. Hij slingerde een rune naar achteren. De arm verkrampte en verdween weer in de kloof, een laagje slijm achterlatend dat zich in korte tijd sissend door het gobelin vrat.

Het was niets ernstigs, maar het toonde wel aan dat voorzichtigheid geboden bleef.

Onder hen klonk een onbestemd gerommel, misschien als demonische reactie op het verwonden van een soortgenoot, of anders was het de vulkaan zélf, wiens vurige krachten immers nog altijd niet waren uitgewerkt. In ieder geval troffen de beide tovenaars het geluk dat ze niet door verdere demonen werden lastiggevallen. Na een lange bodemstijging aan de voet van de berg werd de Montedivi zelf bereikt en het magische reiskleed gleed de nevelen binnen, die de reus van steen bedekten tot aan de top, als een vluchtige haardos.

Zaranthe hield zijn reismantel voor neus en mond en achter hem volgde Yaraia zijn voorbeeld. Bliksemschichten zetten de nevel afwisselend in rode, gele, blauwe en paarse kleuren. De begeleidende geluiden klonken als het knallen van evenzovele zwepen.

Toen, plotseling, brak de nevel en ze stegen er bovenuit. De top zelf, een spitse kegel met een verticale, trapvormige groef, die naar een beschut platform leidde, bevond zich nog zeker vijftig meter boven hen. Zaranthe besloot echter zijn geluk niet langer te tarten en hij zette het kleed aan de grond op een stuk vlakke rots, niet ver van het begin van de natuurlijke trap.

Naast hen liep de zijkant van een lange bundel zeskantige basaltstaven loodrecht naar beneden. De Montedivi had vele uitbarstingen gekend en droeg daar de overduidelijke sporen van. Vlak voor hen, als door een mes afgesneden, helde de vloer in een scherpe hoek omlaag, tot aan een brede baan in grillige tongen gestolde lava. Het leek een beeld van de demon Alardoem, die in de spleten van de lagergelegen hellingen huisde en met wie de beide bezoekers al eens hadden kennisgemaakt.

"Wat is je plan?" fluisterde de kleine heks, diep onder de indruk van de dramatische schoonheid van de landingsplek.

"Mijn plan is simpel en naar ik hoop doeltreffend. Er zijn echter nog elementen van twijfel."

Hun op zachte toon gesproken woorden hadden een onverwacht effect: boven hun hoofden klonk een schorre kreet, gevolgd door een kortstondige, maar felle lichtflits.

"Nirnir," hijgde Aia ademloos.

"Eén twijfel is in ieder geval opgeheven: ze is thuis," ademde Zaranthe in haar oor. Met een vingergebaar beduidde hij haar verder te zwijgen. Het was beter om de vuurdraak nu niet uit haar nest te lokken.

Hij staarde peinzend omhoog langs de treden van de trap — een oplopende reeks basaltstaven — en balde een vuist in zijn zak. Toen begon hij zacht te neuriën. Verschrikt keek de kleine heks naar hem omhoog…

Plotseling klonk er een donderende slag en de rots schudde tot in zijn diepste kern. Losgeslagen blokken steen rolden ketsend en springend omlaag. Enkele stukken misten ternauwernood de twee mensen op het rotsplateau, die enkele onbestemde druppels vocht over zich heen voelden regenen. Voor hun voeten viel met een kletterend geluid een geblakerde drakenschub neer, zo groot als een oesterschelp.

Aia het kind zocht bescherming bij de schrijvenaar en staarde angstig omhoog, waar de regen van stenen nu was opgehouden en een witte rookpluim zich vormde rond de top.

Zaranthe nam zijn hand uit zijn zak en opende zijn vuist. Randoers vinger was verdwenen. Zíjn helft van de relikwie had zich in een energierijke tijdsverkorting bij de helft daarboven gevoegd. Toch was er nog die onzekere factor. Maar toen er van boven geen enkel levensteken meer kwam, concludeerde Zaranthe dat zijn voorbehoud overbodig was. Hij nam Aia bij de hand en klauterde over de rotsen naar de trap. De kleine heks leek hevig ontdaan. Het was niet alleen de schrik. Haar totale stemming bleek omgeslagen; haar gezicht versomberde. Het was duidelijk dat haar iets dwars zat. Zaranthe echter voelde niets dan triomf en begon opgetogen aan de lange klim naar Nirnirs nest…

De draak zag er op het eerste gezicht ongeschonden uit. Haar van dichtbij bezien nogal plompe lijf lag te midden van reeds lang vergane resten van haar laatste partner. De door verwering gebarsten en gebleekte schubben waren zodanig aangestampt in de loop der tijden, dat ze één geheel vormden met de vloer van de kratermond, die Nirnirs leger was geweest.

Toen Zaranthe echter om het verse karkas heen liep, langs de nu onschadelijke klauwen, en de fel glanzende machteloze vleugels en de voorkant in ogenschouw kon nemen, bleek de explosie aanzienlijke gevolgen te hebben gehad: Nirnirs kop was halverwege de nek van haar romp gescheiden en bleek zelfs totaal onvindbaar. De vinger van Randoer moest ergens in de keel zijn blijven steken, misschien in een van de klieren die water produceerden als bescherming tegen de vuuruitstoot; om zo Zaranthes angst dat het gemummificeerde lichaamsdeel het lijf langs de natuurlijke weg zou hebben verlaten te logenstraffen.

Hij wendde zich om naar Yaraia, die daar stond met afhangende schouders, somber peinzend.

"Heb jij niet het gevoel," sprak ze huiverend, "dat er een eind aan een tijdperk is gekomen?"

"Zeker!" reageerde Zaranthe opgetogen. "Het tijdperk van mijn problemen."

Aia wendde haar blik af, terwijl de schrijvenaar onbekommerd vervolgde: "Ons wacht nog de inspannende maar bevredigende taak van het villen. De schubben van buik en rug zijn van uitmuntende kwaliteit."

Plotseling voer er een lichte schok door Aia's schouders. Alert staarde ze naar het bultige drakenlijf.

"Zaranthe," merkte ze op met nauw ingehouden opwinding. "Ik wil geen spelbreker zijn, maar dat plan dient te worden uitgesteld. Nirnir heeft zojuist bewogen."

Verbluft volgde hij haar blik. En werkelijk: het grote lijf maakte een golvende beweging, daarbij alle kleuren van de regenboog weerschijnend.

"Merkwaardig," peinsde hij. "Men zou verwachten dat het verlies van haar kop fatale consequenties zou hebben…"

"Dat heeft het ook…" In een oogwenk voltrok zich de verandering in Yaraia van kind naar oude vrouw. Ze oogde ineens gerimpeld en broos. Haar blik toonde een wijsheid van jaren. Haar haren verbleekten en vielen uit. Haar huid zakte in over breekbare botten. Haar schedel leek gekrompen. Met haar knokige en dooraderde handen zocht ze steun bij het geschubde karkas, terwijl ze voort schuifelde naar de plaats waar de machtige staart het achterlijf verliet. Daar draaide ze zich om naar Zaranthe.

"Dit is geen zaak voor schrijvenaars," beet ze hem met een bevende maar desondanks felle stem toe. "Het fluïdum is heel gevoelig in die dingen. Buitenstaanders horen hierbij niet aanwezig te zijn. Beweeg je voeten dus hier vandaan en blijf uit het zicht tot ik een teken geef van andersluidende strekking… Vooruit: ga!"

Zaranthe was te verbluft om te protesteren. Als oude vrouw straalde ze een onmiskenbare autoriteit uit. En hij zag zo gauw geen reden om niet te gehoorzamen.

Weinig later zat Zaranthe op een basaltpaal, enige meters lager dan de kraterbodem, uit te kijken over de wolkenlaag beneden hem en dacht na over de hinderlijke onvoorspelbaarheid van vrouwen…

Een klein uur later werd hij uit zijn overpeinzingen gewekt door een eigenaardig geluid boven zijn hoofd, dat hij met geen mogelijkheid wist thuis te brengen. Bezorgd over Aia — en haar verbod negerend — sprong hij langs de basaltblokken omhoog en keek over de rand van de krater. Verwonderd nam hij het tafereel in zich op: Yaraia, opnieuw in haar kind-verschijning, zat in hurkzit op de met schubben bedekte rotsvloer van Nirnirs leger. Op haar schoot lag de kop van een dier gevlijd. Met liefdevolle gebaren streken haar tere vingers over de knobbelige en nog vochtige kop, de lange blauwgroene nek met de doorschijnende schubben. Het dier lag nog na te hijgen van de geboorte en piepte klaaglijk, waar van tijd tot tijd een sissende borreling doorheen geweven werd, begeleid door een pufje rook uit een van beide neusgaten. Zijn bolle ogen leken van puur goud en bezaten spleetvormige pupillen. Het dier beantwoordde Aia's liefkozingen met een wrijvend gebaar van zijn kop langs haar dijbeen. Zijn onwillekeurig zwiepende staart was nu al een vervaarlijk wapen.

Zaranthe hees zich over de kraterrand. Aia glimlachte hem vermoeid maar stralend toe, alsof ze een jong katje had gekregen en na een lange dag van spelen haar geluk nog steeds niet op kon.

"De bevalling verliep zonder grote problemen. Maar we zitten wel met een nieuwe moeilijkheid, schrijvenaar."

"Waarom laten wij het beest niet waar het thuishoort en vertrekken met zijn moeders schubben?" wierp Zaranthe tegen. "Op die manier zijn de problemen minimaal. Overigens: hoe valt de geboorte van een jonge draak te rijmen met de omstandigheid dat Nirnir al meer dan duizend jaar de laatste van haar soort is?"

"Legenden spreken over een draagtijd van vijfduizend jaar. Wat jouw voorstel betreft: het is schandelijk, maar gelukkig is het ook onuitvoerbaar. Het kleine ding beschouwt mij als zijn moeder. Ik was het eerste levende wezen dat het zag. We kúnnen niet zonder hem vertrekken, schrijvenaar. Zodra het vruchtwater is opgedroogd kunnen jonge draken vliegen."

"Hm," bromde Zaranthe. "Het dier is nog kletsnat. Er is, dunkt mij, nog tijd genoeg, vooropgesteld dat we haast maken met het villen van het kadaver."

Aia's gezicht kreeg een koppige uitdrukking.

"Ik wíl helemaal niet zonder hem vertrekken. Ik ben van plan om Nirnirs zoon mee te nemen naar Besjar. Hier is er niemand die voor hem zorgen kan."

"Zoals je wilt," schokschouderde Zaranthe en voegde er glimlachend aan toe: "Ik moet toegeven dat het dier aandoenlijke eigenschappen lijkt te bezitten…We zullen elk onze eigen weg gaan. Mijn taak betreffende het extract is nog niet ten einde."

De eerstvolgende paar uren werden gevuld met het villen van Nirnirs kadaver. Het werk was zwaar en uitzonderlijk smerig. Drakenbloed bleek een substantie die zich gemakkelijk in alle mogelijke stoffen invrat, waarbij aan de gevolgen van een irritante kleverigheid eveneens niet te ontkomen viel.

Toen het karwei was voltooid reinigde Zaranthe zichzelf en de tovenares met een spreuk die hij zich met vooruitziende blik had ingeprent. Vervolgens hielp Aia hem met het stapelen van de losse schubben op het faunen-gobelin. Het drakenjong hobbelde achter de kleine heks aan bij elke stap die ze zette.

Toen alle werkzaamheden waren voltooid bleek het draakje volledig opgedroogd. Aia zwaaide zichzelf op zijn nek en terwijl ze het dier geruststellende woordjes in zijn oorgaten fluisterde spoorde ze hem aan zich in het luchtruim te verheffen. Ze bleek de waarheid te hebben gesproken. Na enkele vergeefse sprongetjes lukte het en Aia en de draak vlogen boven de Montedivi. Na enkele rondjes rond de top te hebben gecirkeld stak de kleine tovenares haar hand op ten afscheid. En draak en meisje zetten koers in de richting van Besjar. Zaranthe staarde ze na met halftoegeknepen ogen tot het koppel aan het uitspansel niet meer leek dan een minieme stip. Hoofdschuddend zette hij zich vervolgens neer op het gobelin, reciteerde de drievoudige spreuk en zette zijn eigen koers uit...

Zijn aankomst in Thyll vond plaats op een moment dat niet beter gekozen had kunnen zijn. De toestand was desastreus. De landerijen en het bosgebied direct rond de ruïne waren platgewalst door de demon Zac-zac, die zich eigenzinniger en ijveriger had gedragen dan Zaranthes bedoeling was geweest. Zac-zac was dan wel de krachtigste bescherming tegen indringers, maar hij was duidelijk een noodmaatregel, die nu haastig diende te worden opgeheven.

Sjerdi had zich verschanst in de toren en staarde met ronde angstogen naar de rondhuppelende voet, die doende was de laatste stoppel van het vroeger zo imposante woud in de grond te stampen. De vloeren van het kasteel trilden en schokten. Vele nieuwe stenen waren bij het al aanwezige puin gevoegd.

De schrijvenaar wachtte tot de demon op zijn volgende ronde

opnieuw voorbij denderde en schetste toen zorgvuldig een runenteken in de lucht. Zac-zac implodeerde en het volgende ogenblik restte slechts de puinhoop die hij had achtergelaten. Vervolgens riep Zaranthe Sjerdi tevoorschijn. Er was veel werk te doen en de assistentie van zijn leerling was daarbij onontbeerlijk.

Toen de jongen over zijn schrik heen was troonde hij zijn meester mee naar de torenkamer en toonde hem het bezinksel dat in de koperen ketel was achtergebleven na de bewerking waartoe de jongen was geïnstrueerd.

Op de bodem stond de tatoeëring gegraveerd die van Randoers wijs-vinger was losgemaakt en die nu een onvergankelijk magisch geschrift vormde, geëtst in het koper. De bestudering van de runen nam de rest van de dag en de daaropvolgende nacht in beslag. Sjerdi kreeg opdracht om voor een maaltijd te zorgen, die de schrijvenaar gebogen over zijn tafel met kleine verstrooide happen verorberde.

Vellen papier werden volgekrabbeld met berekeningen en magische symbolen, sommige subtiel van inhoud en strekking, andere in staat om de hele toren te splijten. Concentratie was vereist en soms schudde de vloer onder het geweld van nauwelijks in te tomen magie. Vreemde lichten wierpen hun schijnsel over de nachtelijke woestenij. Diverse malen werd de kleine halfelf van zijn bed gelicht met de opdracht terstond het een of andere kruid of mineraal te gaan halen uit de bossen of van een nabije berghelling.

Toen Sjerdi de volgende ochtend nauwelijks uitgeslapen en luid-ruchtig gapend de torenkamer binnen slofte met een homp brood en een rauw ei, precies zoals zijn meester dit scheen te believen, trof hij de schrijvenaar slapend aan en diep voorover hangend over zijn tafel. Onder zijn armen lag een onvoorstelbare stapel papier, beschreven in merkwaardige magische kleuren die, zelfs onder invloed van de tocht uit het trapgat en Zaranthes eigen ademhaling, konden verschieten langs de hele band van het spectrum — en vér daarbuiten. Het was duidelijk dat de meester zich die nacht met uiterst gevoelige magie had beziggehouden, van de hoogste orde.

Op het gevaar af dat hij het een of andere evenwicht zou verstoren stootte Sjerdi zijn leermeester tegen de schouder. Zaranthe antwoordde met een soort gegrom, waarna hij met een schok ontwaakte. Hij keek verward om zich heen en mompelde onbegrijpelijke klanken. Toen hij de aanwezigheid van zijn leerling bespeurde, zweeg hij abrupt.

"O, hoe wonderlijk eenvoudig," mompelde hij op afwezige en bijna onderdanige toon.

"Meester?" De jongen wreef hardnekkig en onophoudelijk zijn voetzool over de tenen van zijn andere voet.

"Het antwoord, Sjerdi…Het antwoord op al mijn problemen. Ik heb magische constructies ontworpen, zelfs in tot nog toe onbekende dimensies, mogelijkheden met onmogelijkheden verknoopt, Randoers formules uitgeprobeerd, waarvan sommige mijn krachten bijna te boven gingen. En op het eind? Het leven is altijd eenvoudig, tenzij je geen risico's wenst te lopen. Dat is het ware geheim van alles. Het gastenboek, Sjerdi. Breng mij het gastenboek."

Zaranthes opwinding was overduidelijk. Hij sloeg zich op de knieën, wreef over de stoppels van zijn haar, krabde langs zijn korte neus en trommelde op het tafelblad.

"Het gastenboek?" vroeg de jongen peinzend. "Maar we hebben alleen wat lege folio's en het boek waaruit u en die dame…eh, dat meisje, eh, die…"

"Er bevindt zich nog een woord in je brein," onderbrak hem Zaranthe, die zich het sleutelwoord zo gauw niet meer herinneren kon.

Sjerdi fronste zijn fijne wenkbrauwen. Zijn bleke haar groeide op zijn voorhoofd uit in een lange punt, eindigend bij de diepe groef die zijn inspanning verried. De dunne lippen vormden het woord al voor dit op aarzelende toon werd uitgesproken.

"VOET…VOETSCHIMMEL?"

Terstond lag de tafel bezaaid met folio's, brochures en omvangrijke, in leer gebonden banden. Sjerdi keek omlaag naar zijn voeten en merkte verbluft dat de jeuk die al een hele tijd zijn tenen had geïrriteerd, plotseling was opgehouden. Sterker nog: het drong nu pas tot hem door dat hij die jeuk had gehád — wat was magie toch wonderlijk!

Zaranthe schoof de hele stapel van de tafel, met uitzondering van het gevraagde boek. Zonder zich langer bewust te zijn van zijn leerling, die met onverbloemde nieuwsgierigheid over zijn schouder mee gluurde, sloeg hij het gastenboek open op een schijnbaar willekeurige blanco pagina. Met de wijsvinger van zijn rechterhand trok hij een teken over het papier en enige tijd later staarde een gezicht uit het blad omhoog: het was Coprates.

Een trek van pure ontzetting gleed over het kale, hoekige gelaat van de gildevoorzitter. En een vleugel gleed langzaam voor de wijd opengesperde ogen langs. Op de achtergrond — zeer tot Zaranthes genoegen — waren door het grijs en wit van Coprates' wolkenpaleis heen, blauwe flarden zichtbaar die aantoonden dat diens behuizing aan het uiteenvallen was.

"Gegroet, geachte voorzitter van ons gilde," sprak de schrijvenaar van Thyll opgewekt. "Hoe staan de zaken boven de Barranora...florissant, naar ik hopen mag? En naar volle tevredenheid?"

"Zaranthe?" Coprates had zich gedeeltelijk hersteld van de ongetwijfeld pijnlijke schok. Met moeite vond hij zijn spraak terug. "Ik dacht dat jij..."

"In mijn eigen boek was opgesloten? Voorgoed van deze werkelijkheid afgesneden door Moeri's vuur? Dat was ook zo en dat leek ook zo. Een leerzame ervaring, Coprates, en één waarvoor ik jou en de anderen dank verschuldigd ben. Het heeft mijn aandacht gevestigd op enkele fundamentele tekortkomingen in het ontwerp van mijn schepping."

"Hoe ben je er uitgekomen? Moeri vertelde dat hij het boek feestelijk had verbrand en meende beslist dat jij en die..."

"Het verheugt mij dat je onverbloemd op de feiten afgaat, mijn waarde. Het bevestigt jouw geschiktheid als voorzitter van ons gilde. Doortastendheid siert een capabel leider. Mijn aanwezigheid in je gastenboek moet echter elke ongerustheid omtrent mijn lot bij je hebben weggenomen."

"Zeker, Zaranthe...zeker!"

"Welnu. Ik heb dit contact gezocht om nog een andere ongerustheid weg te nemen. Uit mijn observaties maakte ik op dat het gilde al ver is gevorderd met het ontsleutelen van mijn schrijvenaarsboek; waarvoor mijn compliment. Jullie hebben sneller gewerkt dan ik had voorzien. En, wat belangrijker is: jullie hebben getoond — voor het eerst — ook werkelijk te kunnen samenwerken. Ik heb besloten deze samenwerking niet langer in de weg te staan. Wie ben ik om een zo verrassende en vooruitstrevende ontwikkeling onmogelijk te maken? Ik besef dat het gilde al zó ver is gevorderd dat mijn medewerking niet echt onontbeerlijk is, maar gezien de snelheid waarmee jullie werelden aan het vervallen zijn desondanks niet onwelkom, naar ik aanneem."

"Je bedoelt…" Coprates' verentooi was plotseling in beweging gekomen, na een lange tijd als bevroren te zijn geweest. "Je bedoelt dat jij je verzet tegen een belangrijke wijziging van de werkelijkheid, aangaande het extract, hebt laten varen?"

"Onvoorwaardelijk," knikte Zaranthe. "Je zou mij een groot genoegen doen door Merwold van Astala een gildebijeenkomst te laten uitschrijven voor, laten we zeggen: morgenavond bij Randoers mausoleum."

Coprates sloeg nerveus met twee van zijn vier vleugels en vroeg met enige achterdocht: "Weet je zeker dat je niet heimelijk de een of andere list gaat voorbereiden, zoals bij de vorige gelegenheid dat wij elkaar daar troffen?"

"Ik acht dat niet nodig, Coprates. Als ik zeg onvoorwaardelijk dan bedoel ik ook onvoorwaardelijk. Onderdruk je zorgen en verheug je met mij op een bevredigende samenwerking."

Vervolgens sloot hij zonder pardon het boek.

"Maar Meester," stamelde Sjerdi, die het hele gesprek had gevolgd. "Dat kunt u toch niet menen? Gaat u dan niet het boek maken dat de zeven andere overbodig maakt?" Hij wierp een ongeruste blik op de zak met schubben, welke achteloos onder Zaranthes werktafel was geplaatst.

"Dat is misschien niet eens nodig, mijn trouwe leerling," antwoordde Zaranthe grijnzend, terwijl hij zijn hand op Sjerdi's schouder legde.

"Maar…maar dan is alles voor niets geweest!"

"Niets is voor niets geweest, kleine vos. Maar komaan. Ik zal je nog één keer in het gezelschap van Zac-zac moeten achterlaten. Wees echter gerust: zolang je in de torenkamer blijft kan je niets gebeuren." Toen draaide hij zich om en bekeek de chaos in het vertrek.

"…Eerst echter dient deze kamer op orde te worden gebracht. Hoe chaotisch ik soms ook lijk, Sjerdi, alles heeft hier zijn plaats. Onthou dit als een belangrijke les. Patronen, Sjerdi; magie is het uitzetten van patronen."

Hij hielp zijn leerling met het terugplaatsen van zijn eigendommen. Daarna verorberde hij haastig het ontbijt, sloot zich enige tijd op in de torenkamer en prentte enkele spreuken in zijn geest. Voor het aanbreken van de noentijd kwam hij weer naar buiten. Hij riep Zac-zac op, die onmiddellijk dáár verder ging waar hij voordien was opgehouden, en spreidde het gobelin uit op de vloer van de ridderzaal…

Hoofdstuk XVIII

Zaranthe bevond zich op een uitgestrekt zandstrand. Boven het eindeloos ritmische ruisen van de zee en het blazen van de wind uit klonk af en toe de schorre schreeuw van een albatros. Een kleine groep sterntjes zat bijeen aan de rand van een ondiepe plas, op enige meters afstand van de waterlijn en staarde rondogig in de richting van de eenzame man.

Hij tuurde over het water en bezag zo de donkere lijn aan de horizon, waar het eiland Givraun juist zichtbaar was in de nevel boven het aanrollende water. Hij stond peinzend, bewegingloos; zijn armen over elkaar gevouwen. Na enige tijd draaide hij zich om en liep terug naar het gobelin, dat hij vervolgens oprolde en onder zijn arm stak.

Voor hem, voorbij een rij duinen, waren de zwaaiende kruinen zicht-baar van een bos dat zich links en rechts uitstrekte, zo ver het oog reikte.

Na een korte aarzeling zette de schrijvenaar zich in beweging. Een beklimming die enige tijd in beslag nam, bracht hem tot de rand van het woud en hij volgde deze tot aan de monding van een breed pad. Het pad inslaand begaf hij zich nu tussen het geboomte terwijl hij constateerde dat het weggetje veel gebruikt werd: op de grond was geen spoor van overwoekering zichtbaar.

Op een open plek bleef Zaranthe staan. Hij nam de omgeving goed in zich op. Plotseling werd zijn aandacht getrokken door een kale boomstam. Hij liep er naartoe, tuurde over het water, maar bleef toen op enige afstand staan. Hij glimlachte tevreden en zette zich opnieuw in beweging langs het pad, dat zich aan de andere kant van de open plek bleek voort te zetten. Zo geraakte hij steeds dieper in het woud.

Na enige tijd kwam hem een man tegemoet. De rijzige, gespierde gestalte droeg een stenen bijl over de schouder; zijn hoofd en zijn massieve kin werden gesierd door het zwartste haar dat Zaranthe ooit gezien had en dat in een warrige bos woekerend naar alle kanten groeide. Een bruin, linnen hemd en een korte wollen mantel omspanden de brede borstkas.

"Gegroet," sprak Zaranthe beleefd. "Ik zie dat u houthakker bent?"

"Dat is mijn professie. En ik groet u eveneens, vreemdeling," antwoordde de man opgewekt.

"Ik ben een magiër uit het Hoge Land," deelde de schrijvenaar mee. "En ben op zoek naar iemand die over uw kunde beschikt."

"U kunt uw speurtocht staken, heer magiër. Mijn diensten staan voor iedere redelijke beloning tot uw beschikking."

Zaranthe knikte hem vriendelijk toe.

"Over die beloning zullen wij het wel eens worden. Wat ik van u vraag zal geen van uw krachten te boven gaan." Vervolgens beschreef hij de kale boom die hij langs de open plek had aangetroffen en maakte zijn wensen kenbaar.

Het gezicht van de houthakker betrok.

"Wat betreft mijn krachten, heeft u volstrekt gelijk. Maar er is het risico voor mijn gezondheid."

"Daar ben ik mij van bewust," knikte Zaranthe. Hij nam zijn buidel tevoorschijn en toonde de ander een goudklompje ter grootte van een zee-egel. Hij wierp het de houthakker toe, die het met zijn grote hand ving en het keurend aan alle kanten bekeek en betastte. Zaranthe vervolgde: "Er ligt daar los hout genoeg, geschikt voor wiggen en pluggen. Neem elke veiligheidsmaatregel in acht die u denkt nodig te hebben. En laat het resultaat van uw arbeid onberoerd en onbeschadigd op de open plek achter."

"Zoals u vraagt, zo zal het gebeuren," knikte de man, meer dan tevreden met het goud.

"Eén ding nog," sprak de schrijvenaar. "Wat is de bestemming van dit pad?"

De houthakker was al in beweging gekomen, maar op Zaranthes vraag draaide hij zich nog een keer om.

"Het dorp Friald, heer. Mijn woonplaats: een onaanzienlijke nederzetting van vissers en houtbewerkers."

"Kan men daar een boot huren?"

"Als men betaalt." Vervolgens beende de man energiek het bos in.

De magiër vervolgde zijn weg en arriveerde korte tijd later in het door de houthakker beschreven dorp. Friald lag aan een bescheiden estuarium, een onbelangrijke zijtak van de laaglandrivieren en bezat een kleine twintig huizen, zonder duidelijk systeem gegroepeerd rond een reeks aanlegsteigers van hout en bamboe.

Korte, plompe zeilboten, bijna rond als een wastobbe, lagen her en der afgemeerd.

Veel activiteit trof Zaranthe niet aan. Kennelijk was het merendeel van de ingezetenen op dat ogenblik bezig aan het werk op zee. Een oudere man zat op een steiger en repareerde met vaardige vingers een oud net van hennepvezels.

"Een goede middag," groette Zaranthe, na een korte schatting van de hoogte van de zon.

"Dat gaat wel," reageerde de visser. "Zij wordt tenminste niet bedorven door al te zwaar werk." Hij droeg een puntige muts van leer, die door zeewater, zon en zilte lucht was gebleekt tot een volmaakt onachterhaalbare kleur. Een wollen trui, een broek met halve pijpen en leren laarzen completeerden zijn uitrusting.

"Ik vroeg mij af," begon de schrijvenaar met een veelbetekenende knik, "of uw boot mogelijk te huur zou zijn."

De man stak het draad in zijn mond en beet het met een krachtig gebaar af, vervolgens spuwde hij op het water.

"Enkel met de eigenaar aan boord," antwoordde hij kennelijk zonder veel interesse. Zonder ook maar een enkele keer te hebben opgekeken zette hij onverstoorbaar zijn werk voort.

"Wat is in dat geval uw prijs?" wilde Zaranthe weten.

"Dat hangt van uw reisdoel af."

"Wat mij voor ogen staat is nauwelijks een lange tocht te noemen."

"Zo?"

"Ik wil naar Givraun." De schrijvenaar knikte in de richting van de donkere lijn aan de horizon, die achter de riviermonding goed zichtbaar was.

"In dat geval zult u een ander moeten vragen."

Zaranthe keek om zich heen.

"Er ís geen ander."

"Uw pech."

"U vreest de centauren?"

"Dat en nog veel meer," antwoordde de visser. Toen legde hij zijn werk neer en keek op naar de vreemdeling. "En als ik u een raad mag geven: vergeet uw plannen. U zult geen zeeman bereid vinden zijn boot te riskeren, of erger. Niemand nadert Givraun en overleeft dit. Hoewel ze een hekel aan water hebben, kunnen de centauren uitstekend zwemmen."

"In dat geval kóóp ik uw boot." Zaranthe deponeerde een handvol glanzendgele korrels op de schoot van de dorpeling. "Ik heb haast en voel dus niets voor scherp gemarchandeer. Indien dit aan uw wensen niet voldoende tegemoetkomt, zegt u het maar."

"Dat zou ik zeker," knikte de visser. "Als dit het geval was. De betaling is bevredigend genoeg. Toch verandert dit niets aan mijn advies, vreemdeling: mijd Givraun!" Toen vervolgde hij op meer praktische toon:

"Weet u hoe u met een boot moet omgaan?"

"Volstrekt niet. Maar ik voorzie desondanks geen problemen."

De visser haalde zijn schouders op. Hij schoof wat opzij om Zaranthe te laten passeren. Deze stapte aan boord en zette zich neer bij het roer. Hij maakte het touw los van de steiger en sprak Randoers spreuk van universele doelmatigheid. Het zeil ontrolde zich. Uit een plooi van zijn hemd nam hij vervolgens een leren zakje. Het bevatte een helderblauw poeder, waarvan hij enkele grammen tegen het bollende canvas wierp, waarna de boot, voortgestuwd door een magische wind in beweging kwam.

De visser op de steiger keek hem hoofdschuddend na. Zijn gezicht stond strak en somber, alsof hij staarde naar iemand die reeds dood was.

Zaranthe zeilde langs het strand, terwijl het scheepje rolde op de branding, tot hij in het maagdelijke zand zijn eigen voetstappen ontdekte. Hij wendde de steven en zette even later de boot op een zandbank vast, vervolgens waadde hij het strand op. Door het rulle zand van de duinen volgde hij zijn sporen, tot aan de open plek in het bos.

De houthakker had zijn werk accuraat uitgevoerd. De dode stam lag naast een lage bult, die geheel uit houtsplinters bestond. Beide einden van de stam vertoonden een ruw bewerkte verdikking. Zaranthe knikte tevreden, zette zich schrijlings neer op het stuk boom en met de drievoudige spreuk verhief hij zich van de grond. Over de toppen van de bomen scherend en afdalend langs duinen en strand vloog hij richting zee. Hij overschreed de waterlijn en kwam ten slotte neer vlak achter de boot, die zachtjes dobberend nog altijd met de kiel op de zandbank verankerd lag.

Zaranthe had geen seconde overwogen om rechtstreeks naar het eiland te vliegen. Hij kende de omstandigheden daar niet en de centauren zouden hem zonder omhaal kunnen verslinden, nog voor hij zijn eerste stappen op Givraun had gezet. Hij gaf de voorkeur aan een minder magische route over zee.

Onder in de boot lag een rol touw, dat Zaranthe gebruikte om de boomstam achter het vaartuig te binden. Met het ene eind rond de stam en het andere los in zijn hand duwde hij staand in het water de boot van de ligplaats af. Vervolgens hees hij zich aan boord en wierp opnieuw een hoeveelheid blauw poeder achter het zeil. Het canvas bolde zich en de boot kwam in beweging. Hij nam het roer en zette koers naar het eiland aan de horizon.

Hoe dichter hij Givraun naderde, des te duidelijker doemde het eiland op uit de nevelen. Givraun had de vorm van een tuinhoed. Een rotsachtige heuvel op het midden rees op uit een met stenen bezaaide vlakte. Het eiland was troosteloos en kaal. Er groeide niets. Het was een dode pukkel op een huid van golven. Zaranthes blik ging speurend rond en al gauw kon hij vaststellen dat zijn nadering was opgemerkt.

Zwarte figuurtjes draafden heen en weer langs de waterlijn, af en toe stilstaand, steigerend en naar de naderende zeilboot gewend. Steeds dichterbij kwam de schrijvenaar, tot hij ten slotte de centauren in ieder woest detail kon onderscheiden. Ze waren opgewonden in beweging, dravend, stappend, in nerveuze galop, op een wijze die karakteristiek is voor paarden.

Zonder uitzondering waren hun hippische achterlijven zwart, de hoeven glansden als obsidiaan, weelderige manen van staart en rug dansten op en neer bij iedere beweging die de wezens maakten. Hun menselijke torso's waren bruin, in individueel verschillende tinten en glimmend van het zweet en dierlijke olie. De meeste centauren waren gewapend met spiesen of met pijl en boog.

Eén van hen, kennelijk de aanvoerder, was forser gebouwd dan de anderen. Uit het stoere paardenlijf rees zijn bovenlichaam op als dat van een atleet. Machtige spierbundels bewogen over massieve beenderen. Zijn gezicht was zelfs op deze afstand goed waarneembaar. Het bezat een woeste schoonheid. Het was enigszins langwerpig van vorm, bezat regelmatige lijnen, een klassieke neus. En was omlijst door een gitzwarte baard en lange, golvende haren die over zijn rug doorliepen tot soepele manen. Hij stapte driftig het water in, bleef staan toen dit tot zijn buik reikte, keerde zich om en liep weer terug. Dit gedrag werd enige malen herhaald, wat op Zaranthe de indruk maakte van een hongerig roofdier.

De uitstraling van pure bestialiteit deed bij de schrijvenaar de nekharen overeind komen. Op een afstand van zo'n honderdvijftig meter legde Zaranthe de boot stil. Hij stapte naar voren, waarbij hij met zijn vrije hand de mast omklemde.

"Hé, daar!" riep hij. Abrupt bleven de centauren staan. Het was nu duidelijk te zien dat de kudde bestond uit zo'n twintig exemplaren.

"Hé, daar!" riep hij nogmaals. Als in een soort paradepas stapten de centauren naar voren, tot dicht bij de waterlijn.

"Welkom, zeeman!" klonk een diepe, maar heldere stem over het water. Het was de aanvoerder. "Kom aan land en vertel ons het doel van uw komst."

"Ik blijf liever hier. Maar mijn bestemming is geen geheim. Ik wens de cycloop Enn te spreken."

"Zo?" galmde de grote centaur. "Kom aan land, dan kunnen we over uw wens onderhandelen."

"Dank u. Ik prefereer het dat over deze afstand te doen."

Zaranthes woorden prikkelden de paardmensen zodanig dat ze opnieuw in beweging kwamen. Enkelen steigerden met wild schoppende voorbenen, anderen begonnen langs de waterlijn heen en weer te galopperen. Alleen de aanvoerder bleef waar hij was.

"Wij onderhandelen niet over het water heen," was zijn reactie. "Kom aan land. U wacht een opmerkelijke gastvrijheid en een goede maaltijd."

Het ontging Zaranthe niet dat de centaur in algemene termen sprak. Zonder twijfel was de gast vogelvrij en de maaltijd voor de paardmensen bedoeld. Hij bleef dan ook daar waar hij zich veilig achtte.

Enkele vierbenigen gingen nu vol ongeduld te water. Kennelijk hadden zij hun weerzin overwonnen. Zaranthe wendde de steven en vergrootte de afstand tussen hem en het eiland. Achter hem klonk een woest gehinnik. Over zijn schouder kijkend zag hij dat de centauren teleurgesteld naar het strand terugkeerden.

Opnieuw wendde Zaranthe de steven. Deze keer voer hij weer dichterbij, tot op ongeveer de oorspronkelijke afstand.

"Te veel gretigheid leidt tot teleurstelling," riep hij de aanvoerder toe. "Houd uw kudde bij u, of mijn geschenk zal u ontgaan."

"Wat voor geschenk?" was de op verbeten toon geroepen reactie.

"Een geschenk voor de kudde, dat ik hier met mij mee voer. Het is een smakelijke specialiteit van Choeri."

"Hoe kunt u ons een geschenk brengen wanneer u weigert aan land te komen?"

"U vergeet de hardnekkigheid van uw reputatie. Ik wens als bezoeker te komen en niet als voedsel."

"Zonder twijfel mist uw angst iedere grond. Geloof niet alles wat er over ons gezegd wordt. Geen levende ziel kan aantonen dat de door u aangeduide reputatie terecht is."

"Zeker," beaamde Zaranthe. "Maar dat bewijst niets, aangezien een verslonden slachtoffer zelden in staat is getuigenis af te leggen. U zult met iets beters moeten komen om uw geschenk in ontvangst te kunnen nemen."

"Uw wantrouwen is fnuikend voor ons moreel, vreemdeling. Om onze goede intenties te tonen stel ik een compromis voor."

"Ik luister."

"Welnu," opperde de aanvoerder. "Ik stel voor dat u het geschenk aan land brengt, nadat wij ons in een kring hebben teruggetrokken."

"Hm... Ik vrees dat vierbeners sneller lopen dan iemand als ik. Mij staat een andere benadering voor ogen: alle centauren trekken zich terug, overeenkomstig uw eigen suggestie. Ik nader tot halverwege het eiland en laat mijn gift voor u achter in de branding. Vervolgens trek ik mij terug en u kunt het geschenk ophalen."

De centauren draafden in een groep bijeen, rond hun aanvoerder. Enkele ogenblikken werd er overleg gepleegd, toen riep de grote vierbener: "Wij gaan hiermee akkoord." Vervolgens, in overeenstemming met de afspraak, galoppeerden de centauren van het strand vandaan en ze zochten positie op een afstand van zo'n honderd meter van de kustlijn. Zaranthe voer nu dichterbij. Op het afgesproken punt liet hij het touw los en voer ten slotte weer van het eiland vandaan. Hij was nog maar nauwelijks aan die laatste manœuvre begonnen, of de centauren kwamen al in volle galop aangerend. Ze stortten zich in het water en zwommen met krachtige slagen van hun zes ledematen in de richting van de drijvende boomstam. Met een triomfantelijk gehinnik werd het geschenk naar het strand gesleept. Daar aangekomen werd hun ongeduld hun te veel en stampend met hun voorhoeven schopten ze de dode boomstam aan splinters.

Een vaalgele wolk steeg op uit het vernielde hout en er klonk een panisch gehinnik. De centaurkudde vluchtte in alle richtingen heen, achternagezeten door een zwerm woedende paardenhorzels. Zaranthe meende zich te herinneren dat er werkelijk ergens in Choeri een dorp bestond waar men gestoofde horzel in de herberg serveerde, maar dat was van geen belang. Hij bezag de gebeurtenissen goedkeurend. Hij liet het zeil bollen en voer ongehinderd aan land. Op het ogenblik dat hij met het opgerolde gobelin onder zijn arm het eiland betrad, was er geen centaur meer te zien.

Zaranthe begaf zich op weg naar de heuvel. Het lopen viel hem niet licht. De grond was ongelijk. Tussen de afgeronde stenen van de helling lagen de afgekloven botten van vogels, zeehonden en mensen. Het rottend karkas van een zeemeermin toonde aan dat deze wezens niet behoorden tot de meest favoriete dis van de centauren. De schrijvenaar sloeg verder geen acht meer op de resten van slachtoffers en bereikte spoedig de centrale heuvel.

De bodem van een reusachtige spleet vormde de toegang tot een al even omvangrijke grot, waarvan de vloer was bedekt met zeehondenbont. Achter een ruw uitgehouwen tafelblok van aanzienlijke afmetingen zat Enn. De cycloop was bezig een splinter uit zijn duim te trekken, turend door een concaaf geslepen bergkristal.

"Ah," zuchtte hij toen hij Zaranthe in de gaten kreeg. "U komt als geroepen. Zoals u kunt zien, zit ik opgescheept met een hinderlijk probleem."

Zaranthe zag een lobbige reus, gehuld in een kleed van zeehonden-bont, dat werd bijeengehouden door een leren riem, opgesierd met nautilusschelpen. Het gezicht met de uitgezakte wangen had een gebo-gen neus met enorme behaarde neusgaten, waarin de cycloop ringen droeg van walvisbaleinen. De schedel was kaal en leek samengesteld uit vettige huidplooien, die aan de zijkanten zelfs tot half over de oren hingen. De spekachtige lellen waren doorboord met het rostrum van een uitgestorven inktvissensoort, kennelijk afkomstig uit het oude gesteente van Givraun. Midden op zijn voorhoofd, onder een perma-nent gefronste plooi bevond zich één enkel oog. In een glazen flesje, dat aan een leren riem om zijn hals bungelde, was een tweede oog geplaatst. Beide ogen namen de schrijvenaar belangstellend op.

Zaranthe raakte onmiddellijk beïnvloed door de uitstraling van bovenaardse schoonheid die vanuit het flesje zijn wezen overgoot.

Maar hij had hierop gerekend en tekende razendsnel een bescher-mende rune in de lucht. Terstond verflauwde de gloed en nu bezat Iliria's verloren oog nog slechts de aantrekkelijkheid van een kostbare diamant; niet méér, maar ook niet minder.

"Kom erin, vreemdeling," verzocht de cycloop goedmoedig. "Kom erin en sta mij bij in mijn nood."

Zaranthe zette het opgerolde gobelin rechtop naast de ingang en deed wat hem was gevraagd. Enn stak zijn duim naar voren en zuchtte: "Verlos me van deze kwelling. Mijn vingers zijn niet fijn genoeg voor handelingen die precisie vereisen. Ik ben er de hele dag al mee bezig. En zie het resultaat."

Het zag er inderdaad niet al te best uit. De huid rond de splinter was rood en ontstoken. Enn had zijn huid opengekrabd en het gevolg moest pijnlijk zijn. De cycloop wees naar de hoek van de grot.

"Die kist daar kwam aangespoeld. Bij mijn pogingen deze te openen schoot er een roestige nagel in mijn duim. Ik schrok door de pijn en de beweging deed de spijker afbreken. De punt zit nu diep onder mijn huid."

"Heeft u al tovermiddelen geprobeerd?" vroeg Zaranthe belang-stellend.

"Helaas. De pijn maakt mij het concentreren vrijwel onmogelijk. Bovendien: ik kan van mijzelf geen prijs verlangen, dus waar haal ik de krachten vandaan? Het is geen geringe taak die te bundelen precies achter de punt van de nagel, zodanig dat hij naar buiten wordt gedrukt."

Het was een behoorlijk omvangrijk stuk roest, maar in de reusachtige hand, die breder was dan Zaranthes handen en voeten tezamen, viel de splinter weg als een nietige verontreiniging.

Zaranthe fronste de wenkbrauwen en staarde peinzend op naar de duim.

"Staat u mij toe?" vroeg hij terwijl hij behulpzaam zijn handen uitstrekte.

"Ga gerust uw gang," antwoordde de cycloop. Zaranthe nam diens zware loep over en hield de koperen rand ervan boven de splinter.

"Nu, dit wordt even pijnlijk. Bereid u voor."

De cycloop sloot een ogenblik zijn eigen oog, terwijl het andere belangstellend bleef toezien. Zaranthe ging behoedzaam aan het werk.

"Zo," zuchtte hij enige tijd later tevreden. "Geen splinter meer te zien. U zult nog enige tijd pijn houden: de ontsteking en zo…"

"Ah, welk een opluchting." Enn bekeek zijn duim en stelde tevreden vast dat de splinter inderdaad verdwenen was.

Zaranthe nam plaats op een hoek van het tafelblok en zei: "Maakt u zich geen zorgen. Het laatste restje ongemak zal spoedig genoeg achter de rug zijn."

"Mooi, mooi, vreemdeling. Ik sta bij u in de schuld. Vraag wat u wilt. Ik krijg maar hoogst zelden bezoek, dus ik kan mij veroorloven gul te zijn."

"In dat geval," sprak de schrijvenaar, "… kies ik het flesje om uw hals, met dat magnifieke oog."

Enns gezicht betrok.

"Ik vrees dat u nu juist datgene noemt dat ik onmogelijk kan afstaan. Ik kijk er mee, ziet u. Nee, nee, dat is uitgesloten. U zult iets anders moeten kiezen."

"Het komt mij voor, dat de betrouwbaarheid van uw woorden te wensen overlaat."

"Wees redelijk, vreemdeling," reageerde de cycloop enigszins nijdig. "Ik had u zonder meer een bak goud in de schoot kunnen werpen, of een gewillige metgezellin. In plaats daarvan hou ik rekening met uw persoonlijke wensen en laat u de vrije keus. Daarvan behoort geen misbruik te worden gemaakt."

"Ik ben het volstrekt met u eens. Helaas zal ik echter toch moeten aandringen. Het verloren oog van Iliria is de reden voor mijn komst. Ik zal dan ook met dat kleinood vertrekken, uw bezwaren ten spijt."

Enns neusgaten verwijdden zich tot twee druipsteengrotten en hij snoof luidruchtig.

"Stel mijn geduld niet op de proef, vreemdeling. Ik ben een uiterst goedmoedig schepsel van nature. Ik heb in mijn lange leven velen kunnen helpen bij het vervullen van hun grootste wensen. Steeds vond er een evenwichtige uitwisseling plaats van diensten. U echter verstoort het evenwicht."

"U hebt opnieuw gelijk. Het is dan ook met het grootste ongenoegen dat ik u de nu volgende mededeling moet doen: uw leven loopt ten einde."

De frons op het lobbige gezicht verdiepte zich.

"Hoe bedoelt u?"

"U herinnert zich de splinter?"

"Die is verdwenen."

"Zeker…Echter niet naar buiten, maar binnenwaarts. Ik beschik over een magisch poeder dat wind opwekt. Ik heb dit aangewend om de splinter in uw bloedstroom te blazen. Over enkele ogenblikken zal deze uw hart hebben bereikt en dan…"

Plotseling greep de cycloop naar zijn borst en zijn gezicht vertrok met een heftige siddering door zijn huidplooien. Met een donderende slag viel hij achterover. Het reusachtige lichaam schokte enkele keren. Het oog draaide naar binnen en toen lag de cycloop stil.

"…zult u sterven," maakte Zaranthe zijn zin af. Hij wachtte even tot de lichte aardschok, die Enns val had veroorzaakt was uitgewerkt en ook om helemaal zeker te zijn. Maar de cycloop bewoog niet meer.

De schrijvenaar klauterde op het enorme lijk en knoopte het koord met het flesje los. Even later droeg hij het oog van Iliria onder zijn hemd. Hij nam het gobelin en verliet de grot. Spoedig daarna liet hij Givraun achter en onder zich…

Hoofdstuk XIX

Zaranthe plaatste het opgerolde reiskleed tegen de balustrade en tuurde over de rand omlaag. Hij bevond zich op een balkon op de derde verdieping van het paleis in Kodar. Niets bewoog zich in de schaduwen achter de balustrade dan een enkel gordijn van blauwe zijde, dat de duistere nachtwind ving voor deze zijn weg kon vinden tot achter de geopende balkondeuren. Er brandde geen licht en Zaranthe hield zich op in de schaduw van de vuren daarbeneden op de betegelde binnenplaats. Hij herkende het plein van zijn eerste bezoek. De hoge vierkante poorttorens, de overhuifde put aan de voet van de taps oplopende verdiepingen van het woonpaleis, dat oprees nu tot in inktzwarte duisternis.

Elfenstrijders flankeerden de hoofdpoort, die voorheen nog door hooglanders werd bewaakt. Niet ver van de put vandaan stond een klein paviljoen. Het dak daarvan was deels afgedekt door een baldakijn van struisveren. Flambouwen rondom wierpen hun licht op hofdames van de koningin. Zachte stemmen stegen op, af en toe doorbroken met een kreetje of een kirrende lach.

Op een van de rustbanken lag een prachtige, melancholieke elfin in een lang gewaad, dat zich bij de enkels in het niets oploste; kennelijk een moerasnimf, die buiten de nevelen van haar natuurlijke omgeving even slecht op haar plaats leek als de drie kwetterende gnomen, met pruiken van druivenrank en goudspinsel; duwend en trekkend aan elkaar buitelden deze rond de rustbanken. Een tafel met uitheemse delicatessen, zoals kikkertong en gevilde sprinkhaan, werd geplunderd door een ongelooflijk ranke bosnimf. Haar lange gazellenbenen vertakten en verknoopten zich onder de enkels tot een gecompliceerd wortelsysteem, wat geenszins afbreuk deed aan haar elegantie.

Zaranthe had genoeg gezien om te constateren dat het gevolg van de koningin zich danig had uitgebreid, hetgeen er op wees dat de invloed van koning Omandras op het leven in Kodar evenredig moest zijn afgenomen.

De schrijvenaar trok zich van de balustrade terug en begaf zich naar de versluierde deuropening. Hij schoof het blauwe gordijn opzij en tuurde naar binnen. Het was er aardedonker en een intrigerende mengeling van geuren kwam hem tegemoet. Hij nam wat sterrengruis uit de zoom van zijn broekspijp en liet dit knarsen tussen zijn vingertoppen. Het gruis gloeide op, terwijl het bijna gewichtloos door de kamer dwarrelde. Zaranthes blik gleed over de omgeving:

Het ruime vertrek werd gestut door een elegante houten zuil met een gedraaide structuur, die meer als ornament dan als daadwerkelijke ondersteuning van het plafond scheen bedoeld. Daarachter, tegen de lange wand stond een hemelbed met blauw-gazen gordijnen. Langs de muren stonden kasten, of hingen draperieën van een half doorschijnende blauwe stof. Overal waren vrouwenzaken zichtbaar; zoals borstels, kammen, flesjes met parfum, potjes met geurende crème. Zelfs als zijn ogen het niet hadden opgemerkt bracht zijn neus hem op de hoogte van de bestemming van het vertrek: hij bevond zich in een boudoir. Er stonden boeketten in stenen vazen. Een kooi met zwijgende stenen vogels; een merkwaardig kort, maar luxueus nachthemd over het bed. Zaranthes ogen namen alles in zich op, voordat het sterrengruis was neergedaald en zijn glans had verloren.

Plotseling klonk er een morrelend geluid uit een hoek achter een van de gordijnen, dat vervolgens licht in de richting van de wand bewoog — het zuigeffect van een deur die geopend werd. Zaranthe had nog juist de tijd om zich te verbergen achter een houten kamerscherm in een hoek naast een hoge kast. Toen kwam er iemand het vertrek binnen.

De laatste sterrengloed op de houten vloer werd overstraald door een lantaarn, waarvan het schijnsel zich in de richting van het hemelbed bewoog. Zaranthe waagde een blik langs de kastdeur. Een gedrongen silhouet blokkeerde het licht, gekroond met een blonde, stralende aura. Een gebaar...en een cascade van schitterend haar golfde omlaag. Toen draaide de vrouw zich om...De discrepantie was schokkend: Zaranthe herkende onmiddellijk die bruine vooruitstekende tanden, de dunne scheve lippen, de grove huid, de omlaag druipende gerimpelde neus, de in twee richtingen dwalende blik...Hij was beland in de slaapkamer van vrouwe Achlarg, de koboldvrouw en vertrouwelinge van koningin Iliria.

De hofdame droeg een scheef zittend kleed van brokaat met hangende stroken van fluweel, dat ze met knokige vingers begon los te knopen. De afzichtelijkheid van haar gelaat zette zich naar beneden in volle uitbundigheid voort, constateerde de schrijvenaar met pijn in de ogen toen de hofdame haar kleding op de vloer had laten vallen. Ze was behaard, met slertige plukken op de meest onverwachte plaatsen. Haar rechterborst hing als een omgekeerde lepel over haar ribben. De andere was zó lang dat ze deze in een knoop moest leggen, waarna nog altijd de navel bungelend werd gepasseerd. Haar korte benen stonden even krom als haar neus en waren bultig en bleek als van een lijk.

De schrijvenaar staarde vol afgrijzen toe, niet in staat zijn blik van zó veel lelijkheid af te wenden, alsof hij niet kon geloven wat hij zag. Vrouwe Achlarg bukte zich met een geluid van krakend hout, om haar kleren op te rapen, waarbij ze dikke puistige billen toonde. Haar knieën stonden achterwaarts gericht, als poten van een monsterlijke kalkoen.

Ze bleef plotseling in half gebogen houding staan, terwijl ze fronsend naar de vloer staarde. Zaranthe volgde haar blik en zag terstond het vage schijnsel dat nog tussen de kieren hing. Ze maakte nerveuze, klokkende geluiden en dipte met haar vinger wat van het sterrengruis op. Ze bracht het tot bij de punt van haar neus om het met een scheel oog te bekijken. Haar ongerustheid bleek uit het feit dat ze zich met korte, flitsende sprongetjes rond het bed begon te bewegen. Ze krabde onderwijl nadenkend in het schitterende haar en bleef toen opnieuw in gebogen houding staan.

Een rood waas trok over haar huid en toen, als door een ingeving begon ze om zich heen te kijken. Zaranthe trok zich vliegensvlug terug, maar bracht daarbij een gordijn achter zich in beweging. Vrouwe Achlarg deed een hobbelende pas opzij — slecht gecoördineerd wanneer ze haar benen na elkaar gebruikte, in plaats van tegelijkertijd zoals kobolden plegen te doen — en stond vervolgens oog in oog met de schrijvenaar…

"Jiii!" krijste ze luidkeels. "Kss-kss! Een aanrander!"

"In geen duizend jaar!" Zaranthe sprong tevoorschijn als een steen uit een slinger. Hij had te laat gereageerd om haar eerste kreten te voorkomen. Maar nu greep hij haar bovenarm, draaide haar een slag om, ten einde haar niet langer in het gezicht te hoeven zien en kneep vervolgens haar keel dicht. "Zwijg, monstruositeit of ik knijp het leven uit je lijf!"

De naakte hofdame trachtte wild om zich heen zwaaiend te protesteren, maar Zaranthes vingers vergrootten de druk.

"Zwijg, zei ik. En hou je rustig, kobold."

Eindelijk koos vrouwe Achlarg een gedragskoers die met de eisen van haar aanvaller overeenstemde. Ze zweeg en liet haar armen gehoorzaam zakken. Hij duwde haar in de richting van de kast en fluisterde: "Zoek een kleed om je afzichtelijke lijf mee te bedekken. Ik geef de voorkeur aan een hooggesloten mantel met een capuchon, zodat mijn ogen zo min mogelijk worden gekweld met jouw aanblik."

"Kss, kss," siste ze woedend. Maar ze deed zoals haar was opgedragen. Spoedig was haar naaktheid op de aangegeven wijze bedekt. Een rand hermelijnbont overhuifde grotendeels haar gelaat en ze leek zodanig gekalmeerd dat Zaranthe de druk om haar keel enigszins durfde te verminderen. Hij maakte één hand vrij en trok een gevlochten ceintuur uit de klerenkast vandaan. Hij sloeg het ding rond haar nek, waarbij hij het uiteinde door de gesp haalde.

"Zo," sprak hij ten slotte. "Als je gehoorzaam bent kun je vrij ademen. In het andere geval trek ik stevig aan. Hetzelfde gebeurt als je tracht te vluchten. Is dat duidelijk?"

Het overkapte hoofd knikte.

"Voortreffelijk. Dan zijn we gereed om ons naar het koninklijk paar te begeven. Jij leidt de weg."

"Kss!" siste de kobold woedend. "Je zult hiervoor in de kerkers worden geworpen en gevierendeeld. Wie zich aan mij vergrijpt wacht de wraak van Hare Majesteit. Ik ben de hoogste van haar getrouwen."

"Wat het eerste betreft: in de kerkers ben ik al geweest. Daar heeft men mij niet kunnen houden. Wat het tweede aangaat: jij bent slechts koningin Iliria's rijdier. Nog één woord en je rijdt mij naar de koningin."

Vrouwe Achlarg zweeg, beschaamd door de herinnering aan Givraun. Maar haar ogen schoten vuur. De schrijvenaar gaf haar een por in de richting van de deur. Het koboldvrouwtje sprong gedwee naar voren en even later leidde zij hem door de kronkelige paleisgangen naar een wenteltrap die hen langs de binnenmuren van de centrale donjon voerde.

De troonzaal bevond zich op de begane grond, achter een ruime vestibule, waar een deel van het paleispersoneel zich warmde bij een enorme stenen schouw. De aankomst van de schrijvenaar en de springende hofdame aldaar zorgde voor een opvallende consternatie. Enkele laaglanders veerden op van hun krukjes rond de haard en hopten krijsend door het vertrek. Een van hen verdween met vliegensvlugge sprongetjes in de richting van een hoge deur. Zaranthe wierp hem een rune van verstilde pose achterna, die de kobold een ogenblikkelijke immobiliteit opleverde. Geen van de anderen reageerde nog. Door het snelle handelen van de magiër en diens duidelijk zichtbare greep op Iliria's hoogste vertrouwelinge was de besluiteloosheid algemeen.

Zaranthe hield het verbouwereerde personeel met zijn felle blik in bedwang en begaf zich naar de deur. Alvorens deze te openen trok hij een scherm van osmotische omsluiting rond zichzelf en de hofdame, als preventieve afweer tegen welke magische of stoffelijke penetratie dan ook. Toen duwde hij tegen het met zilveren nagels beslagen hout en trad over de drempel.

"…En toen we de verdwaalde herdersjongen hadden gevild, stuurden we hem terug naar zijn schapen, ja ja," sprak een stem hevig enthousiast. "Hij schreeuwde het uit van de pijn toen de zachte lammetjes hem groetend in de armen sprongen. Kss, hè, hè! We hebben er later nog vaak om geschaterd." Een heldere lach parelde door de zaal. De stem was van Uguroek, de laaglandmagiër; de lach kwam uit de lieflijke keel van de koningin. Beiden bevonden zich achter in de zaal, waarvan de vloer de afmetingen bezat van een marktplein. De ruimte was immens en besloeg zeker drie verdiepingen. Rondom de hal liepen verscheidene balustraden, waarop vele deuren uitkwamen. Een centrale trappenconstructie reikte via een hoger gelegen platform omhoog op de wijze van een amfitheater. Een verhoging met twee houten tronen doorbrak de lijn van een van de lange muren. Een sterpatroon van blauwe tegels aan de overzijde straalde uit van een ruime haard, waar omheen vier massieve zuilen een gigantische schoorsteen ondersteunden. Het bovenste deel daarvan verdween in de duisternis van het hoge plafond.

Zaranthe liet de ceintuur los en opende het osmotische scherm een ogenblik, juist lang genoeg om vrouwe Achlarg te laten ontsnappen. Krijsend hobbelde ze naar voren.

De lach brak plotseling af en vanuit de omgeving van de haard staarde een oneven aantal ogen verbijsterd zijn kant op... Een bevroren tafereel bij een krachtig aangeblazen vuur:

Rond de vergulde zetel van de koningin bevond zich een groepje hovelingen. Een jonge vrouw aan haar voeten, bezig de koninklijke nagels te vijlen, hield de vijl doodstil in de lucht. Een dienaar, juist doende een beker met wijn te vullen, verzuimde de karaf weer terug te kantelen, waardoor de vloeistof over de rand van de beker stroomde. Kobolden die stikkend van de lach rond Iliria's troon hadden gebuiteld verstarden abrupt. Achter de zetel stond de rijzige gestalte van een elf. Het was de in elegante kleding gestoken bevelhebber Lalely. Apart van de hovelingen en helemaal alleen, In een sombere en verloren houding, stond ook de jonge koning Omandras. Hij steunde met een gelaarsde voet op de koperen stang die in een gesloten cirkel rond de haard bevestigd was. Zijn rug was gebogen, futloos, als van een oude man.

"Vrouwe Achlarg," sprak de koningin eindelijk, op bestraffende toon. "Vanwaar deze onterende entree?"

"O majesteit! Kss, kss... Het is zo vreselijk!"

Toen pas kreeg Iliria's dwalende blik contact met de schrijvenaar.

"Wel, wel. Het is de standvastige gildemagiër," peinsde ze. Vanachter de troon sprong opeens Uguroek tevoorschijn en een heftig vonkende vuurbol suisde op Zaranthe af. De schrijvenaar liet zich niet verleiden tot instinctieve acties. Hij liet de bol eenvoudig afketsen tegen het osmotische scherm, waarna de laaglandbetovering zich opsplitste in vele kleinere delen; elk daarvan zocht vervolgens zijn eigen richting door de ruimte van de troonzaal.

"Oompje, laat onmiddellijk onze gast met rust," snauwde de koningin, zonder dat de blik uit haar turkooizen oog die van de gildemagiër ook maar een tel losliet. Ze droeg nog altijd de dunne kroon met de drakenschub. Haar kleed viel in crèmekleurige plooien, doorweven met gouddraad, langs haar ranke lichaam. Haar zwarte haren hingen zoals gewoonlijk vrij omlaag. Alleen aan de achterzijde was een enkele tres vervlochten met gulden koorden, tot ver over de rugleuning van haar zetel.

Ze was schitterend, net als de vorige keer. Maar nu bereikte haar schoonheid Zaranthes hart niet. Hij bleef innerlijk onberoerd en las in haar prachtige oog dat zij dit wist...

"O meesteres," huilde de koboldvrouw die zich nu voor de voeten van Iliria had geworpen. "Kss, kss. Het was vreselijk, zeg ik u. De brutaliteit! Hij stond mij te begluren, de insluiper. Vermorzel hem, bid ik u, met uw blik!"

"Ik doe mijn best, vrouwe," sprak de koningin fronsend. "Maar deze heer schijnt daarvoor niet gevoelig te zijn."

"Kss! Een heer? Het mocht wat."

"Vertel mij, schrijvenaar," vervolgde Iliria, ze negeerde haar haar dienares verder. "Hoe bent u uit de kerkers gekomen?"

Zaranthe glimlachte kort. "Het was mij niet voldoende enkel aan u te kunnen denken. En aangezien laaglandmagie inferieur is aan de mijne vermochten de ketenen niet mij gevangen te houden."

Beledigd sprong Uguroek tussenbeide.

"Míjn magie inferieur? Dat zullen we nog weleens zien!" Hij sprong voor Zaranthes ogen op en neer. Opeens was hij verdwenen. Zaranthe staarde om zich heen en verloor een moment zijn concentratie. Terstond werd hij van achteren geraakt door een hete vonk. Maar deze keer was de schrijvenaar niet onvoorbereid gekomen. Zijn vingers stonden verkrampt in het teken van een beschermingsrune, al vanaf het eerste moment dat hij Uguroeks stem in de zaal had gehoord. Het was de rune van het magische wiel, waardoor Uguroeks vuurbol om hem heen begon te draaien. Wel werd hij nu gedwongen het osmotische scherm geheel te laten zakken. Met een knip van zijn vingers liet hij de vuurbol wegslingeren, terwijl hij tegelijkertijd een wolkje blauw poeder in de richting van de kobold wierp. Deze bevond zich echter niet meer op dezelfde plaats. En de storm die door het tovermiddel werd veroorzaakt raakte niet hém, maar de deur van de zaal waardoor Zaranthe zo-even was binnengekomen en die nu uit zijn voegen werd gerukt.

"Zaranthe...?" sprak Iliria rustig. De stem bracht de schrijvenaar compleet uit zijn evenwicht. Zijn wil was opeens verlamd. Zonder de protectie van het osmotisch scherm had haar schoonheid weer toegang tot zijn hart.

"Zaranthe, draai je om, kijk mij aan."

De schrijvenaar zag vanuit zijn ooghoek hoe de kobold-tovenaar zijn kans wilde waarnemen. Knokige armen gingen omhoog… en weer omlaag toen de koningin haar dienaar bestraffend aankeek.

Nu echter sprong Lalely naar voren, juist op het moment dat Zaranthe aan het bevel van de koningin had gehoor gegeven en zich willoos naar haar toewendde.

De aanvoerder van de elfen bevond zich tussen de schrijvenaar en zijn geliefde meesteres. Hij had zijn zwaard getrokken en riep: "Als dan uw eigen magiër deze vijand niet op de knieën kan brengen, dan zal een hoge elf het moeten doen." Hij hief het zwaard, het gevest in beide handen geklemd. Zijn mantel zwaaide breed uit…

Een ogenblik blokkeerde hij volledig het zicht op de koningin en Zaranthe herinnerde zich plotseling weer waarvoor hij gekomen was. Met grote tegenzin bewogen zijn vingers en tekenden trillend een rune. Toen sprak hij: "Wacht, heer elf. Ik wens niemand kwaad toe. Integendeel. Ik ben gekomen met een geschenk."

Bliksemsnel trok hij het flesje tevoorschijn en liet het koord van zijn nek glijden. Lalely's zwaard bleef in de lucht hangen, terwijl de aanvoerder niet-begrijpend staarde naar het tweede oog van Iliria, dat de schrijvenaar nu hoog boven zijn hoofd hield, goed zichtbaar voor iedereen.

"Verraad!" krijste Uguroek, die haastig naar zijn meesteres schoot, om haar af te schermen. Vanuit die positie wilde hij opnieuw de gildemagiër te lijf gaan met de vurige bezwering, die kennelijk zijn specialiteit was. Opnieuw hield de koningin hem tegen.

"Nee, Uguroek. En ook jij, Lalely. Ik weet niet wat er gebeurt wanneer het oog beschadigd wordt. Ik neem geen risico." Toen richtte ze zich tot de schrijvenaar. Ze was lijkbleek geworden, zweetdruppels parelden op haar voorhoofd. Haar oog stond duister en angstig.

"Dat, heer Zaranthe, is een geschenk waarvan ik liever afzie."

Lalely had nu het voorbeeld van Uguroek gevolgd en zich dwars voor zijn meesteres geplaatst en dit voorbeeld was op hun beurt weer overgenomen door de andere laaglanders, zodat de eenogige vorstin nu volledig werd afgeschermd. Allen kenden ze de consequenties van het geschenk: een oog in ruil voor schoonheid — schoonheid in ruil voor het oog.

"Waarom zou u van dit geschenk willen áfzien?" vroeg Zaranthe terwijl hij het geforceerde tafereel in zich opnam. "Het is niet eens voor u bedoeld."

Vervolgens liep hij naar de koning en drukte hem het flesje in de handen. Omandras had zich al die tijd nauwelijks verroerd, zelfs niet zijn voet van de koperen stang gehaald. Hij was langzamerhand zó ver heen dat hij meer in beslag werd genomen door jaloezie tegen een heel volk dat zijn echtgenote blindelings volgde, dan door liefde voor zijn koningin. Zijn situatie was dan ook anders dan die van alle anderen. Hij werd niet alleen vertrapt door Iliria, die met iedereen kon doen of laten wat ze maar wilde, maar ook door geen van de anderen meer serieus genomen. Hij was verworden tot het meest verachtelijke wezen uit de annalen: een koning zonder land, zonder volk, zonder eer. Zijn allesverslindende liefde voor Iliria had hem leeggezogen: hij bezat niets meer, zíj alles. Hij was haar slaaf.

De koning staarde van het flesje naar de schrijvenaar. En plotseling drong het besef tot hem door: hij, die zelfs zichzelf niet meer had bezeten, hield het lot van Iliria in handen… Dit was een kracht die voor evenwicht tegen zijn afhankelijke liefde zorgde. Zijn rug werd rechter. Hij begon voor het eerst sinds maanden iets van gezag te voelen. Toen likte hij aarzelend rond zijn lippen en zijn ogen schoten nog wat schichtig heen en weer. Maar hij vermeed Zaranthes blik en wist toen uit te brengen: "Iedereen, eh… Iedereen! Verlaat de zaal. Ik dien enkele zaken met mijn vrouw te regelen."

Verbluft keken de wachters en de laaglanders elkaar aan. Ze hadden al zo lang Omandras' wensen kunnen negeren dat ze niet goed wisten wat nu te doen.

"En nu met spoed!" brulde de koning, terwijl hij het flesje triomfantelijk rond zijn hals hing. "Wie niet zéér snel uit dit vertrek is verdwenen, zal bij zonsopgang worden opgehangen." Vervolgens keek hij eindelijk naar Zaranthe. "…En dat geldt even goed voor u, schrijvenaar. U hebt uw plicht jegens uw koning vervuld. U kunt nu gaan."

Ten slotte riep hij iedereen nog na: "Familie van mijn vrouw wens ik in het paleis niet meer te zien. Wie van hen over een uur de stad nog niet uit is wordt over zeventig minuten opgehangen."

Zaranthe verliet de troonzaal, somber nagestaard door de beide ogen van koningin Iliria. En zonder spijt. Hij had altijd al een hekel gehad aan Omandras. Het was en bleef een ondankbare melkmuil...

Hij ging op zoek naar het gobelin, waardoor hij opnieuw te maken kreeg met vrouwe Achlarg; een kort en onbelangrijk incident...

Hoofdstuk XX

Toen Zaranthe de volgende ochtend arriveerde bij het mauso-leum van Randoer de Onverzettelijke trof hij daar nog slechts Coprates de Hoge aan. De gildevoorzitter deelde hem koeltjes mee dat hij iedere mogelijke voorzorg had genomen om bedrog en misleiding van de kant van Zaranthe tegen te gaan. De hele omgeving was een doolhof van spreuken en runen en vrijwel iedere grasspriet of grindkorrel was wel voorzien van de een of andere vervloeking.

Zaranthe antwoordde dat hij zich geenszins beledigd voelde en dat hij in Coprates' plaats hetzelfde zou hebben gedaan, wat een nieuwe reeks magische beveiligingen tot gevolg had. Zaranthe zette zich onbe-wogen neer op een van de gereedstaande zetels, terwijl de gevederde gildevoorzitter aan de overzijde plaatsnam, waarbij hij zijn eigen Boek en het exemplaar dat Zaranthe toebehoorde op zijn schoot legde. Zwijgend wachtten ze zo de komst van de andere schrijvenaars af.

De eerstvolgende die verscheen was Merwold van Astala. Hij had sedert de vorige ontmoeting zichtbaar gewicht verloren. De pogingen om door te dringen tot Zaranthes magische Boek hadden kennelijk hun sporen achtergelaten. Merwold droeg een enigszins besmeurde blauwe mantel en zijn haar stond fletser en minder verzorgd dan gewoonlijk. Hij zette zich aan Coprates' rechterzijde neer en wierp steelse, wan-trouwende blikken op Zaranthe.

Vervolgens verschenen Moeri en Babacar tezamen, wat welhaast een wonder mocht worden genoemd, aangezien de ruzies tussen beide magiërs legendarisch waren. Ook zij namen zonder een woord plaats, beiden aan de linkerzijde van de gildevoorzitter. De vier aanwezigen gaven elkaar heimelijk tekens van verstandhouding. Zaranthe werd genegeerd. Na enige tijd kwamen Falyrias en Adlay de Zwarte na elkaar het pad opwandelen dat naar het paviljoen op de heuvel voerde. De eerste maakte een wat verregende indruk. Toen iedereen zich had geïnstalleerd stond Coprates op en nam het woord.

"Vrienden, confraters," sprak hij. "Wij zijn vandaag bijeen voor een historische daad van verstrekkend belang. En ik weet dat de meesten van ons reikhalzend naar deze dag hebben uitgezien. Voor het eerst sedert de oprichting van ons gilde door de onovertroffen magiër Randoer, naast wiens graf wij ons nu bevinden, wordt er een beroep gedaan op onze samenwerkende vermogens. Hier mag niet lichtvaardig over worden gedacht. De verantwoordelijkheid drukt zwaar op onze schouders. Zó zwaar zelfs, dat één van ons..." Hij knikte onpersoonlijk in de richting van Zaranthe. "Dat één van ons aan deze druk bezweek en lange tijd zijn medewerking heeft geweigerd — uit de meest nobele motieven ongetwijfeld. Maar dát, vrienden, is nu achter de rug. Deze episode heeft ons veel geleerd; heeft onze saamhorigheid versterkt en veel gezamenlijke ondernemingen tot gevolg gehad, die voordien nooit mogelijk zouden zijn geweest. Het nut ervan voor de onderlinge verstandhouding van de meeste gildeleden is niet hoog genoeg in te schatten, terwijl voor andere leden...Wel, het heeft geen blijvende schade opgeleverd." Deze keer knikte hij niemand toe.

"...Ik heb het genoegen om opnieuw in ons midden te verwelkomen de schrijvenaar Zaranthe van Thyll, die ons deze keer zijn onvoorwaardelijke medewerking heeft toegezegd. Zaranthe...welkom bij het gilde."

Er werd flauwtjes geapplaudisseerd, terwijl Coprates met een plechtig gebaar Zaranthes Boek in beide handen nam en het zijn eigenaar overreikte.

"Welnu," vervolgde de gildevoorzitter. "Het is duidelijk dat we het moment van verandering niet langer mogen uitstellen." Met een beschuldigende blik naar Zaranthe lichtte hij zijn betoog toe: "De nood is hoog. Ik persoonlijk heb mijn toevlucht moeten zoeken in een van de grotten van mijn berg, aangezien mijn paleis hinderlijke gaten begint te vertonen, waardoor het niet langer veilig te bewonen is. Van Falyrias heb ik vernomen dat zijn magische eiland in het meer van Tayall gezonken is. En zo zou ik nog wel even door kunnen gaan."

Een boos en instemmend gemompel klonk op uit de kring, waarvan ieder kennelijk de behoefte voelde zijn hart te luchten.

Coprates legde allen met een vleugelgebaar het zwijgen op.

"...Het is echter van het grootste belang dat onze wensen zich voegen naar één en hetzelfde patroon. Het probleem is niet de kommervolle omstandigheden waarin wij individueel zijn komen te verkeren. Het extract is op. Ons doel moet zijn: het opnieuw vullen van de mijnen. Let wel! Het gaat om de staat waarin Randoer deze aantrof. Afwijkingen van persoonlijke aard, overeenkomend met persoonlijke extra wensen, kunnen niet getolereerd worden. Daar is toch iedereen het over eens?"

Moeri Zeshand stak één van zijn tentakels op, alsof hij nog iets wilde zeggen. Maar hij bedacht zich weer en de kronkelende arm gleed terug naar zijn oude positie.

"Verheugend," merkte Coprates op, terwijl hij goedkeurend de kring rondkeek. Zijn gevederde vleugels gingen enige malen opgewonden op en neer. "De saamhorigheid van het gilde is van een dusdanig peil dat mij de woorden van waardering ontbreken. Mijn vocabulaire schiet eenvoudigweg te kort. Wel, dan lijkt mij nu het ogenblik aangebroken om een aanvang te nemen met de ceremoniën die tot de beoogde verandering van de Grote Werkelijkheid moeten leiden: het tevoorschijn roepen van de *PEN DIE IS EN NIET IS*. Als u allen nu..."

"Eén ogenblik, Coprates!" Het was Zaranthe die het woord had genomen. Wantrouwen sprak uit iedere blik die hem tegemoet straalde. Coprates bewoog een moment nerveus met zijn onderste vleugelpaar en er voer een siddering door al zijn veren.

"Je wilt toch niet meedelen dat je ervan afziet, of ineens voorwaarden stellen?" snauwde hij.

"Geenszins, Coprates, geenszins." Toen stond hij op en sprak: "Vrienden, ik wilde enkel de gelegenheid te baat nemen om mijn dank uit te spreken voor de vergevensgezinde wijze waarop jullie mij weer in jullie midden hebt opgenomen nadat jullie eerst mijn Boek hebt gestolen, mijn huis geplunderd en mij van verdere, bijna onherroepelijke ongemakken hebt voorzien. Ik zal niet haatdragend zijn. Dat alles ligt in het verleden en zal ik zeggen: een andere werkelijkheid? Wat wij altijd ontbeerden en wat wij nu nodig hebben én hebben bereikt, is de

eenheid die door Coprates al zo uitbundig is geprezen. Dát en de ver-
gevensgezindheid tegenover de ongemakken die ik jullie bereid heb."

Het wantrouwen op de gezichten was onaangetast. Coprates
bromde: "Goed, Zaranthe, we accepteren de verontschul—"

"…Vóór wij echter overgaan tot de ceremonie van gezamenlijke
verschrijving, acht ik het niet minder dan mijn plicht het gilde op
de hoogte te brengen van een bijzondere bevinding mijnerzijds. Een
ontdekking, zó groot, zó verstrekkend, dat ik niet het recht bezit daar
zelfzuchtig gebruik van te maken."

"Wat is dit?" snauwde Babacar. "Een list? Een van je streken?"

Maar bij enkele van de anderen wees een lichte onrust op een voor-
zichtige belangstelling. Coprates echter trachtte opnieuw het initiatief
te nemen.

"Ik vind dit werkelijk niet het moment om…"

"Wacht tot je alles gehoord hebt, Coprates. Het is een ontdekking
met aanzienlijke consequenties voor het gilde."

Enige schrijvenaars begonnen nu onder elkaar te fluisteren. Even
later sprak Moeri met de kennelijke instemming van de anderen: "Ik
zie geen kwaad in Zaranthes woorden, voorzitter. We kunnen naar hem
luisteren zonder enige verplichting. We zijn toch wel in staat om leugen
van waarheid te onderscheiden, en essentialiteit van het triviale. Laat
hem spreken."

Er werd eenstemmig geknikt, zelfs Babacar bleek bijgedraaid.
Coprates krabde weifelend op zijn kale schedel. Ten slotte zei hij: "Goed
dan. Spreek, Zaranthe en onthoud: je woorden worden — gewogen."

"Het zou een daad van onverstand zijn om dit niet te doen." Zaranthe
boog welwillend. "Sta mij toe een voorwerp te tonen dat ik heb meegebracht."

Hij stak zijn hand op om het opkomend protest te sussen.

"…Vrees niet. Er zijn geen magische valstrikken. Het is enkel een
koperen pot. Een lege pot, om preciezer te zijn."

Argwanend gadegeslagen door alle aanwezigen verliet hij de kring
en volgde het pad omlaag tot onder aan de heuvel. Vervolgens keerde
hij terug met de ketel waarin hij Randoers vinger had laten koken. Hij
zette het voorwerp in de kring en sprak: "Ik heb het ginds moeten
achterlaten, als gevolg van Coprates' beveiligingen. Ik verzeker jullie

echter: de pot is geen drager van magie, maar is enkel gebruikt bij een zeker magisch ritueel."

Het feit dat Zaranthe de pot openlijk door alle beveiligingen had weten te krijgen gaf enige kracht aan zijn geruststellende woorden. Maar Adlay plukte nadenkend een pluis van zijn zwarte pak en streek zijn gepommadeerde haren glad, terwijl hij vroeg: "Welk ritueel?"

"Een ritueel om een magische tatoeëring van een vinger los te weken."

"Welke vinger?"

"Een vinger van de grote Randoer."

Er viel een diepe stilte. Allen wisten ze waar Zaranthe die vinger had aangetroffen. Enkelen waren er zelfs met een deel van hun geest aanwezig geweest, in de vorm van een raaf, en men besefte spijtig dat niemand er ooit nog in zou slagen de Onverzettelijke tot leven te roepen. Zaranthe vervolgde met een verslag waarin hij meedeelde wat er in de kelder van Randoer precies was voorgevallen. Hij voegde er een nauwkeurige beschrijving aan toe van de ontdekking van de runentatoeëring en het losweken daarvan, langs magische weg.

"En hier," besloot hij, "is het resultaat."

Zes hoofden bogen zich voorover. Zes paar ogen tuurden naar de runenspreuk die in de bodem van het koperen vat stond geëtst.

"En dit?" Het was Coprates, die wrijvend over zijn kin de lijnen van de spreuk had gevolgd. "Weet je zeker dat dit een accurate weergave is?"

"Meer dan dat," deelde Zaranthe hem welwillend mee. "Het is het origineel. Na de bewerking was de vinger zélf leeg en onbeschreven."

Er volgde een lange stilte, waarin veel werd gelezen, herlezen, overwogen en koortsachtig nagedacht. Na een poos was het Merwold, wiens onderkinnen nu als vellen over zijn te wijde boord hingen, die verbijsterd uitsprak wat ieders conclusie inmiddels moest zijn:

"Maar dit is de ultieme spreuk! Degene die deze inscriptie tot de letter en de krul uitvoert beschikt over het Boek dat alle andere overtreft!"

"Ik zei toch dat het belangrijk was?" repliceerde Zaranthe onbewogen. Niemand luisterde echter nog naar hem. Het waren Merwolds woorden die bleven hangen in de diepste stilte die er tussen de schrijvenaars ooit was geweest…

Zaranthe was klaar. Hij ging weer zitten en leunde in afwachting achterover tegen de leuning van zijn zetel. De eerste die zich uit de ban van de pot losmaakte, was Coprates zelf. Hij loerde arglistig naar de anderen en sprak: "Een onvoorziene ontwikkeling. Sta mij toe dat ik mij enkele dagen in mijn woning terugtrek ter meditatie. Dit zal zeker een weerslag hebben op de aard van mijn verantwoordelijkheden. Mijn functie verdient een herwaardering mijnerzijds."

"Zeker, Coprates," riep Merwold van Astala de haastig vertrekkende gestalte achterna. Zijn blik toonde een eigenaardig soort paniek. "Soortgelijke overwegingen nopen mij de schriftelijk-organisatorische kanten van mijn functie in afzondering te herzien. Ik ben zo vrij je voorbeeld te volgen, tot meerdere verdieping van menig inzicht."

Een voor een excuses mompelend stonden de schrijvenaars op, hun gezichten geconcentreerd van de inspanningen die ze zich moesten getroosten om de spreuk en zijn aanwijzingen haal voor haal te onthouden. De enige die geen excuus nodig had, was Moeri. De zeshandige magiër maakte niet in het minst aanstalten het voorbeeld van de anderen te volgen. Rond zijn mond speelde een sardonische glimlach, waarvan in zijn ogen geen spoor terug te vinden was. Zijn blik was behoedzaam en vol argwaan. Hij hield zijn linkerhanden verborgen achter zijn mantel. Iedere tentakel scheen door gebrek aan magische versterking zeker tot de helft van de normale lengte te zijn gekrompen, aangezien er niets anders onder de zoom uitkwam dan de punten van twee glimmende laarzen.

Zaranthe zweeg gespannen. Hij had een sterk vermoeden van wat komen ging. Zijn taak was bijna volbracht, maar Moeri Zeshand was iemand die men nooit mocht onderschatten. Zijn aanwezigheid hier op dit ogenblik toonde dat feit eens te meer aan. Lange tijd viel er geen woord in het zevenzuilige paviljoen bij Randoers voormalige tombe. Een zachte ochtendbries werkte zich geruisloos over de heuveltop, en voerde onbeduidende wolkenflarden met zich mee die zich later op de dag wellicht zouden samenvoegen op de verder gelegen berghellingen, waar het vrijwel dagelijks regende. Ten slotte was het Moeri die de stilte verbrak: "Ik wist dat je een list achter de hand hield, Zaranthe. Maar dat het zóiets zou zijn, had ik nooit kunnen vermoeden. Ik verwachtte vuurwerk, demonische begoochelingen, een aanval met energieën van chaos en leegte op deze heuveltop, Mariandors lussen van terugkerende tijd, wellicht."

"Een atypische inschatting, geenszins vreemd aan jouw aard, naar ik veronderstel," reageerde Zaranthe openhartig, terwijl hij zijn vingertoppen bijeenbracht in een gebaar dat ontspanning moest uitdrukken.

"Je hebt het gilde precies dáár waar je het hebben wilt," vervolgde de ander. "Iedereen is weer terug bij zijn uitgangspunt: thuis. En drukdoende met pogingen elkaar zo veel mogelijk dwars te zitten. Het is het einde van de eenheid en jijzelf blijft buiten schot."

"Zeker, dat was vanaf het begin mijn bedoeling. Zoals ik al eerder heb gezegd: ik ben nauwelijks haatdragend. Ik eis slechts met rust te worden gelaten. Maar zeg me, collega. Waarom doe jij niet net als de anderen en maakt het ene Boek dat alle andere overtreft?"

"Bah! Voor hoe onnozel zie je mij aan?" Moeri sloeg in een gebaar van verachting zijn linkervoet over zijn rechterknie, waardoor zichtbaar werd dat zijn tentakels nog verder gekrompen moesten zijn dan Zaranthe al had vermoed. "Als alle schrijvenaars het Boek maken dat alle andere overtreft, is er niets veranderd. Bovendien, je wilt mij toch niet wijsmaken dat je niet al lang zélf over het ene Boek beschikt?" Zijn ogen vonkten alert en een kwaadaardige trek krulde zijn dunne bovenlip.

"Dat wil ik nu juist wél," was Zaranthes besliste antwoord en hij verduidelijkte: "Ik heb het Boek niet gemaakt en ben ook niet van plan dat ooit te doen. Het zou mij meer verantwoordelijkheden bezorgen dan ik bereid ben te dragen. Te zijner tijd wens ik het Boek hier naast mij, dat ik beheers, over te dragen aan mijn leerling. Maar misschien laat ik dat ook wel, aangezien onze functie spoedig in belangrijkheid zal afnemen, naar ik vermoed."

Op zijn laatste woorden volgde een korte stilte. Moeri's ogen vernauwden zich een weinig.

"Misschien dat je een ander van je bescheidenheid kunt overtuigen," sprak de zeshandige schrijvenaar ten slotte sluw. "Maar mij niet in het minst. Ik beschik over informatiebronnen die mij hebben gemeld dat de laatste leverancier van drakenschubben niet langer op de Montedivi vertoeft. Tevens blijkt een ons beiden bekende schrijvenaar te zijn gesignaleerd op de oude dwergenroute naar de vulkaan. Wat denk je dat ik daaruit moet concluderen?"

"Het verbaast mij geenszins Moeri, dat je demonen onder je kennissen rekent. Maar een betere raadpleging van jouw bronnen had je de inlichting kunnen verschaffen dat er een draak is weggevlogen in de richting van de hoofdstad."

Moeri leek een ogenblik te verstrakken en er voer een trilling door zijn bleke neusvleugels. Bewonderenswaardig snel kreeg hij zichzelf echter weer onder controle.

"Nirnir?" vroeg hij schijnbaar achteloos. "Op weg naar Kodar?"

"Nou nee, en Besjar, om precies te zijn."

Moeri ontging de nuance in Zaranthes woorden.

"Grote Randoer!" kreunde hij geschokt. "Wat een verkwisting van kostbare schubben; verloren op de meest onbereikbare plaats van het continent."

"Och, zó nutteloos zijn die vrouwen daar niet. En als je het weten wilt: geheel onbereikbaar is hun stad evenmin." Zaranthe schoof naar de rand van zijn zetel en fronste zijn wenkbrauwen in een uitdrukking van vertrouwelijkheid. "De informatie die ik je nu verschaf is van uiterst discrete aard en dient niet verder dan hier en tussen ons tweeën te worden doorgegeven. De enige reden waarom ik er toch over spreek is het feit dat ik van alle leden van het gilde jou, Moeri, altijd als de meest opmerkelijke heb beschouwd. Luister: er is een weg die tot het hart van Besjar voert..." Vervolgens bracht hij de ander op de hoogte van het bestaan van de onderaardse gang, die van ergens in Kodar naar de plaats van de Heilige Eik leidde. En hij besloot zijn verhaal aldus:

"...Zoals ik al zei: er is dus een weg, zoals je ziet. Het is er een die tot onvermoede gevaren moet leiden, waarvan de hoedanigheid zich slechts raden laat. Ik zou dan ook niemand het advies willen geven, Besjar binnen te gaan. Tja..." En hij leunde weer achterover in de stoel, zorgvuldig formulerend. "Je ziet: het ene Boek zal dus wel nooit gemaakt worden."

Moeri was gaandeweg in gepeins verzonken geraakt en zoog op de vuist van zijn linkerhand, die hij onbewust tevoorschijn had gebracht en die, behalve door een wat rozige kleur, in niets meer leek op zijn vroegere tentakels.

"Hmm," bromde hij, meer voor zichzelf dan tegen de ander. "Dat ligt blijkbaar voor de hand." Plotseling rechtte hij zijn rug en greep de leuningen van zijn zetel beet. "Maar kom aan. Het wordt stilaan tijd naar huis terug te keren. Dit gesprek is uiterst verhelderend geweest. Er zal voor ons allen in de toekomst veel werk te verzetten zijn." Vervolgens stond hij op, groette opvallend verstrooid en beende met grote passen langs het pad de heuvel af.

Korte tijd later was de omgeving verlaten. Alleen Zaranthe bevond zich nog in het paviljoen. Hij was klaar met de uitvoering van zijn plannen. Hij besefte dat Moeri's intelligente observaties hem tot het nemen van een gok hadden gebracht. Maar, zo bedacht hij, bestond niet ieder interessant leven volop uit onzekerheden? Hij knikte schuins, nam zijn Boek en de ketel onder zijn arm en keerde tevreden huiswaarts...

EPILOOG

De laatste die het geschreven woord gebruikte om de werkelijkheid te veranderen was Zaranthe de Standvastige, die door sommige magiërs ook wel smalend 'de Dwarsligger' wordt genoemd. Na een periode waarin hij beide epitheta had verdiend, veranderde het ambt van schrijvenaar ingrijpend van karakter. Het werd een titel die eerder een status dan een taak betekende, hoewel het gilde een groot aanzien bleef behouden. De zeven Boeken bleven een begerenswaardig bezit dat nog eeuwenlang een symbool betekende van magische standing; en slechts aan de allerhoogsten voorbehouden.

Het Ene Boek werd nooit gemaakt, wegens gebrek aan een onmisbaar geachte grondstof. Naar verluidt dempte Zaranthe de put van Thyll met Nirnirs schubben en het laatste magische extract. Anderen beweren dat Zaranthe de huid en een kruik met magische inkt meenam op een van zijn vele reizen, die hij samen met Yaraia en zijn leerling Sjerdi ondernam in de Lage Landen, waarbij hij nog eenmaal het eiland van de centauren met een bezoek vereerde. Zijn pad werd nog enige malen gekruist door Uguroek, de koboldmagiër, tot uiteindelijke ondergang van de laatste.

Een feit is dat geen van Zaranthes opvolgers als schrijvenaar van Thyll er ooit in slaagde enig voorwerp van belang op te diepen uit de kasteelput, hoewel er menige poging in de annalen staat vermeld.

Koning Omandras hernam de macht over het land. De laaglandlegers, onder leiding van de elf Lalely werden over de grens gezet; officieel vormden zij het escorte van een aantal adellijke dames en heren uit het gevolg van koningin Iliria, die na een kort verblijf voor hun gezondheid in Kodar, naar huis terugkeerden. Inofficieel was het vertrék juist in het belang van hun gezondheid. De koningin bleef voortaan opgesloten in een afgelegen vleugel van het paleis, waar zij werd verzorgd door blinde en dove eunuchen. Tot op hoge leeftijd zou zij niet meer in de openbaarheid verschijnen.

Wat betreft de schrijvenaar Moeri, die een zo prominente plaats innam onder Zaranthes vele tegenstanders, zij vermeld dat deze er niet in slaagde zijn gerechte straf te ontlopen. Nadat het hem was gelukt via de onderaardse gang de stad Besjar binnen te komen, in een poging het jong van Nirnir van diens schubben te ontdoen, werd zijn aanwezigheid prompt ontdekt. Achtervolgd door vijfduizend hysterische vrouwen werd hij het diepste deel van het eikenwoud ingejaagd, waar hij de volgende dag werd gevonden, ontmand en gewurgd door tientallen nieuwe eikenloten, hetgeen een interessante blik werpt op sommige aspecten rond de Quercus-verering in de vrouwenstad. Op de plaats waar de schrijvenaar viel werd later een grafsteen opgericht met de eenvoudige tekst: memento Moeri!

De opengevallen plaats in het gilde zou worden ingenomen door Yaraia, die door de gildevoorzitter met open armen werd verwelkomd — zijn vleugels was hij inmiddels al kwijt — als het eerste vrouwelijke gildelid uit de geschiedenis. Een feit dat hij later diep zou betreuren toen ze...

Maar dat is een ander verhaal...

Colofon

Dit boek is gezet uit 11,5 pt Adobe Arno Pro.

Deze uitgave kwam tot stand met de hulp van Wil Ceron
en Fokke de Haan

Correctuur: Peter Schaap

Eindredactie: Koen Vyverman

Omslagontwerp: Joel Anderson

Typografisch ontwerp & Zetwerk: Joel Anderson

Management: John Vance, Koen Vyverman